アンドロメダの猫

朱川湊人

双葉文庫

アンドロメダの猫

＊

別れ話を、ファミレスでするってどうなの。

しかもも家族連れも当たり前にいるような、夜の九時――きっと私が、泣きもせず取り乱したりもしないってタカを括《くく》ってるんだろうね。それとも別れる女に金を使っても仕方ないから、早くも節約モードに入ってるのかな。

「黙ってたのは、ホントに悪かったと思ってるよ……ズルいよな、俺って。でも、どうしても瑠璃《るり》と仲良くなりたいと思ったから、つい独り身だって言っちゃったんだ」

正面に座った男は、さっきから同じような言葉を繰り返している。私はうなずきもしなければ、相づちを打ったりもしない。ただテーブルに片頬杖をついて、薄くなったオレンジジュースをストローでクルクルかき回している。

「なぁ、黙ってないで、何とか言ってくれよ……さっきから俺ばっかり、しゃべってるじゃん。何か、すっげぇミジメなんだけど」

どうして私が、この人の心を軽くしてやらなきゃいけないのか、さっぱりわからん。

何せ、こっちはダマされた被害者――奥さんがいるのを隠してたのは、そっちだろうに。

「ねぇ、違ってたら謝るけど……もしかして、まだ続けられるかもって思ってる？」

リクエストに応えて、ちょっと話す。

「奥さんとは絶対に別れるとか言って、私との関係をズルズル引き延ばそうとしてる？」

そう言うと目の前の男は、ギョッとしたように目を見開いて、その後、みるみるうちに顔が赤くなった。ビールの中ジョッキ、二杯や三杯飲んだって、そんなに赤くならないのに――どうやら図星でしたかな？

「いや、それは……」

恥ずかしそうに口ごもったから、少しだけホッとした。そんな言葉だけは、絶対に言って欲しくなかったからだ。

自分のバカを曝《さら》すようだけど、奥さんがいると知っていたら、私は絶対に、この人と付き合ったりしなかった。でも、やたらと若い見かけをしてるし、中身も子供っぽいから、ついダマされちゃったんだ。今どきは三十代後半でも独り身の男なんて、掃いて捨てるほどいるし。

だから、この人とのことには、自分にも責任があると思ってる。

私がこの人のウソを見抜けるくらいに賢かったら、こんな安い手には引っかからなかった。二ヵ月半も、ボケッとしてた自分も悪い。

だから私は一分でも一秒でも早く、この人と別れなくっちゃならない。私の存在が、この人の奥さんに知られる前に――奥さんと、まだ小学生と幼稚園だっていう二人の子供の暮らしに、影を落とさないうちに。

そう思えばこそ、いちばん収まりのよさそうな方法を提案したのに、何をゴネているんだか。

「悪いんだけど、もう話し合ってもしょうがないと思う」

私は話を畳む方向に持っていった。

「あなただって、そろそろ帰らないとマズいんじゃない？　私も、もらうものをもらったら、さっさと行くから……それとも五十万、惜《お》しい？」

そうだと言ったら、その時は殴る。

「バカ、俺がそれっぽっちの金を惜しむわけないだろ。ただ、俺たちの関係が、そんなもので」

「やめて。聞きたくない」

私は鋭い口調で、彼の言葉を遮った。

あのさぁ……その〝俺たちの関係〟とやらは、初めからウソの上に成り立っていたんだから、どんな言葉でも飾りようがないんだよ。それをきれいなものだったみたいに言うのは、ただミジメになるだけじゃんか。気づけよ、私より年上のくせに。

「何だ……結局は、金かよ」

彼は半分泣きそうな顔で言った。やっぱり私の言いたいことに気づいてないみたいだけど、もういいや。

「まぁ、そういうことかな」

面倒くさいから、そう答えておく。

そう、結局は金でケリをつけておくのが、一番いいんだ。

金で解決しないと、こっちも少し辛い。この人に髪を撫でられて気持ちよかったことや、背中から抱かれて、すごく安心したことなんか、全部ウソになるんだから——電話が掛かって来るたびにうれしかったことや、誕生日のプレゼントをウキウキしながら選んだことなんかも、全部全部、ウソになるんだから。

だから——私は援助交際とかしたことないけど、そういう関係だったと思うようにしたら、いっそ楽。

ああいうものの相場はよくわからないんだけど、たぶん私たちは二十回くらいはエッチしたと思う（少ないか?）。それを一回二万から三万と考えて、二ヶ月半で五十万。

初めから、そうだったことにしよう。

私たちの間には何の感情もなくて、そっちは奥さんとは別の女の体が欲しかっただけ。

私はお金が目当て。それだったら、とりあえずの収まりがつくんじゃないかと思う。

「わかったよ……じゃあ、ほら」

そう言いながら、カバンから出した銀行の封筒を、男はテーブルの上に投げた。そんな偉そうな態度、今まで一度も見たことがない。

「これでいいんだろ？」

怒ってるみたいな口ぶりで言うと、グラスに残ったビールを飲み干し、手酌で中瓶のビールを注ぎ足した。この期に及んでも、自分の方が強い立場でいたいらしい。

「数えさせてもらうわね」

たぶんATMから引き出して、そのまま封筒に入れたんだろうから、そんな必要はないのはわかってる。でも、わざとゆっくり数えるのが、私にできる精いっぱいのイヤミだから、たっぷり時間をかけてやる。

「はい、確かに五十万、あるね……じゃあ、最後に、おごってあげる。今まで、ありがと」

その中から一枚抜いて、私はテーブルに置いた。

「ふざけんなよ！」

男は怒って一万円札を手で払った。そのままテーブルの下に落ちたけど、私は拾わない。

「まぁ、楽しいこともあったよ。もう会わないけど、元気でやって。奥さんとお子さんを大切にね」

それだけ言うと、私は封筒をバッグに入れて席を立った。

「瑠璃……」

男が私の手を摑《つか》もうとしたけれど、私は身をかわして、体のどこにも触らせなかった。

「もう呼び捨てになんかしないで。万に一つ、どこかで顔を合わせるようなことがあっても、馴《な》れ馴れしく名前で呼んだりしないでよ。ちゃんと〝矢崎《やざき》さん〟って呼んで」

そうやって私たちは、他人に戻る──キスして、一緒にベッドにも入ったのに、ただの〝知らない人〟になる。「暖かくして寝てね」とか、「一緒に食べたら、何でもおいしいね」なんて言って、大切に思い合った時間も確かにあったのに、この瞬間から、ただのモブ。

生きていくって、そういうことなのかな。

きっと私が見えなくなったところで、あの人は一万円札を拾って、ちゃんとそれで会計をする。それから外に出て、奥さんに電話する。「ちょっと残業が入っちゃってさ。これから帰るよ」って、明るい声で言う。

さよなら──せいぜい幸せにね。

＊

「ぷはぁあああっ」

私はまっすぐアパートの部屋に帰って、缶の発泡酒を飲んだ。それでようやく、気分がゆるむ。

遅い夕飯は、冷蔵庫にあったレタスとハムで作った適当なサラダ、後は冷凍パスタをチン。懐が温かくなったから、途中のコンビニで何か買ってもよかったんだけど、ちょっと気力が湧かなかった。外から見た時、レジにいるのが例のエロオヤジだけだったから、なおさらだ。

五十過ぎくらいの頭の薄いオヤジなんだけど、アルバイトの子たちに偉そうに指示してるのを見たことがあるから、たぶん店のオーナーとかなんだろう。パッと見には、おとなしくて優しそうにも見えるのに、アパートの下に住んでる松田《まつだ》のおばちゃんの話によると、万引きした女子高生を捕まえた時に、警察には通報しないで、エロい写真を撮らせるのを条件にウヤムヤにしたってウワサがあるらしい。まさかとは思うけど、言われてみたら、確かにやりそうな雰囲気ムンムン——まぁ、男なんて、そういう目で見れば誰だって、そう見えるんだけど。

テレビをつけると、これまた判で押したみたいに、バカなバラエティーばっかり。今日はさすがに見る気にならなくてニュースに変えたら、ちょうどメインは終わってスポーツの話になったところ。仕方なく、一ミリも興味のない野球の結果を見ながらパスタを食べる。

その後、ベッドの上に投げたバッグを引き寄せて、銀行の封筒を取り出した。

(おぉ、福沢諭吉の修学旅行だ)

こんなにたくさんの一万円札を見るのは、久しぶりだ。

手切れ金というか、援助交際の代金というか、それはどっちでもいいけど——こいつのおかげで、少し息がつけるのはホントだ。

先月、母さんに五万貸したのが、本当にキツかった。

まったく、こっちが派遣の給料でカツカツにやっていると知ってて、どうして、そんな大金を借りようなんて思うのかね。どうせまた男に生活費を取られたりとか、何か無理して買ってやったりしたんだろうけど、そういうのは自分の手持ちの範囲でやってもらいたいもんだ。

実際、私が心を鬼にして、お金を貸さなければ済むことなんだけど、どういうわけか母さんに冷たくすることができない。この世でたった二人きりの母娘だからかもしれないけど、なぜだか、言うことを聞いてしまうんだよねぇ。

だから五万円貸したけど、戻ってくるとも思ってない。というか、思う方がバカだ。まぁ、母さんが宝くじでも当てたら、少しは返ってくるかもね。

少しばかり複雑な心境にはなるけど、福沢諭吉が修学旅行に来てくれて、本当に助かった。こんなボロアパートでも家賃はいるし、たまった年金の払いも、どうにかしないといけなかったし――やっぱりお金があるって、いいなぁ……と、つくづく思う。

それから私はお風呂に入って、顔にあれこれ塗りたくって、早々に寝ることにした。明日はコールセンターの仕事が入っていて、勤務地が少し遠いから早めに出ないといけない。

私は電気を消してベッドにもぐりこんだけど、やっぱり、すぐには寝られなかった。割と寝つきはいい方だけど、さすがに男と別れた直後は、そうもいかないか。

私は二十分近く寝る努力をした後、ついにはムリだと悟ってベッドから出て、焼酎の水割りを少し濃いめに作った。それから押し入れから例のものを引っ張り出して、ベッドの横にセットする。

それは、オモチャみたいな家庭用プラネタリウム――映画みたいに、星空を部屋の天井に映し出す機械だ。直径十五センチくらいのプラスチック製のボールみたいな格好《かっこう》をしてるんだけど、私はこれが大好きなんだ。

部屋を暗くしてスイッチを入れたら、天井に丸く星空が映った。

（あぁ、やっぱりいいなぁ）

　見慣れた天井の風景に重なった銀河や、無数に散らばる星を見ると、ホントにお腹《なか》の底から溜め息が出る。だいたい十二分で一回転する仕組みで、ときどき、スーッと星が流れていくサービス付き。

　それを見上げながら焼酎の水割りを飲んでると、何だか泣きたい気持ちになってくる。別に男と別れたことは関係ない。いつもの私の悪いクセだ。

　私は小さい頃から、宇宙が大好きだ。

　子供の頃は、いつか宇宙飛行士になって星の海を飛んで行けるような気になってたし、近所の図書館に行くと、宇宙の図鑑や星座の本ばっかり見ていたもんだ。

　ホントに、どうしてなんだろう――宇宙のことを考えてると、何だかすごく懐かしい気分になる。

「そりゃ瑠璃ちゃんが、宇宙のどっかから来たエルメス星人だからだろ。ウルトラセブンにやっつけられるかもしれねぇから、気を付けろよ」

　高校生の頃、そう言って私をからかったのはユウヤさんだ。

　ハッキリ言うと当時の母さんの彼氏で、私のお父さんになる一歩手前までいったけど、結局は別れちゃった。でも、何人もいた母さんの彼の中では、私はユウヤさんが一番だったと思う。

母さんが好きになるくらいだから、イケメンなのは当然として——気さくで明るい性格だったし、優しかったし、何より私のことを、ちゃんと一人の人間として扱ってくれるのが、うれしかった。

それまでの母さんの彼氏たちは、あくまでも私を、母さんの娘、おまけ、コブ、厄介《やっかい》者《もの》、扱いに気を使う火薬……みたいに思ってた人ばかりだった。それは何歳の時の私に会ったかで変わるだろうから、ユウヤさんはタイミングもよかったんだろう。

ユウヤさんと母さんが付き合ってたのは、私が高校二年の頃だ。

「それこそ、やたら尖《とが》ってて、面倒くさい時期だろ」と思うかもしれないけど、それは人の好き嫌いの基準が厳しくなるというだけで、一度懐《ふところ》に入ってしまった人には、逆にやたらとデレる年頃でもある。

ユウヤさんは母さんの一回り近く年下だったけど、とても気を使ってくれていた。

私の前でエロいことや下品なことを口にしないように心がけてたみたいだし、母さんがどんなに勧めても、家に泊まっていくこともなかった。寂しがり屋の母さんが「どうしてよ」って聞くと、「瑠璃ちゃんは難しい年頃なんだから、ちゃんと気を使わないと」と答えたそうだ。それを聞いた私は、やんちゃな口の利き方をする人なのに、意外にジェントルマンなんだ……と思った。

あのまま私のお父さんになってくれていたら、すごく面白かっただろうな。

口ではイヤがってみせたけど、ユウヤさんが私につけた〝エルメス〟ってアダ名も、実はけっこうカッコいいって思ってた。

もちろん、あの高級ブランドのことじゃない。

その頃の私はニョキニョキ背が伸びていて、TシャツとかブラウスのサイズがMでは間に合わなくなってきてた。幸い横の方は大丈夫だったんだけど、丈とか袖とかが短くて、カッコ悪いの。

だから悔しいけどサイズアップしてLを着るようになったんだけど——ある時ユウヤさんに、それを目ざとく見つけられちゃったんだ。

「おっ、瑠璃ちゃんはLなのかぁ。俺とあんまり変わらねぇじゃねぇか」

「いや、女物のLと男物のLは、全然違うから」

私はムキになって言い返したけど、ユウヤさんは聞いてないふりで、こんなことまで言った。

「体もデカいし、態度もデカい。ついでに将来、何かデカいことをしでかしそうだ……よし、今日から瑠璃ちゃんの二つ名は、〝エルメス〟だ。Lサイズの女……動物っぽく言ったらメスだからな。これから街でケンカする時は、〝エルメスの瑠璃〟って名乗ればいいよ」

「そんなのヤダ」

「いやいや、ネタばらしさえしなきゃ、けっこうカッコいいよ。ちょっと高級だぜ」

「街でケンカなんかしないし……何かイメージが、昔のスケバンじゃん」

もう二つ名って時点で、完全アウト。もろに昭和の感覚。

「カッコいいと思うんだけどなぁ」

そう言って首を捻《ひね》っていたユウヤさんとは、それからすぐに会えなくなった。何があったのかは知らないけれど、いきなり母さんと別れてしまったからだ。

だから私はユウヤさんの名前が、漢字でどう書くのかも知らない。

知っているのは、せいぜい岐阜《ぎふ》県出身で、昔はロックバンドのギタリストを目指していたことくらいだ。母さんに聞けば、いろいろ教えてもらえるかもしれないけど、改めて聞けるわけもない。

（考えてみれば、いろんな人と別れてきたよなぁ……）

私はアパートの天井で、ゆっくり回転している作り物の銀河を眺《なが》めながら、そんなことを考えて少しだけ涙ぐんだ。

やっぱり生きていくって、そういうことなんだろう。

＊

男と別れても、朝は来る。

私はいつもと似たような時間に家を出て、初めて働くコールセンターに向かった。生きていくためには働かなくっちゃいけないし、そのためには満員電車に揺られて、会社にも行かなくっちゃならない。何日も部屋に閉じこもって落ち込んでいられるのは、恵まれた人だけだ。

特に私は派遣だから、働いた分のお金しか手に入らない。言ってみれば、アルバイトに毛が生えたようなもの。

もちろん、ちゃんとした会社の正社員になりたい気持ちはあるけど、それがなかなか難しい。

私は高卒だし、何かの資格を持っているわけでもないし——そこにたどり着くための道は、ひたすら険《けわ》しいんだ。就活サイトで見つけた会社にアポを取ってみたことは何度もあるけど、光の速さで〝お祈りメール〟が返ってくるだけで、ちっとも埒《らち》が明かない。

けれど辛い思いをしているのは私ばかりじゃなくて、大学を出て留学経験もあるような人でも、私とデスクを並べて同じコルセンで働いていたりするんだから、ホントに世の中は厳しい。

それに正社員は正社員で、けっこう大変そうだとも思う。

残業だの何だのでコキ使われたり、きついノルマを押し付けられてハァハァしてるのを見たりすると、どっちが得で、どっちが損なのか、よくわからなくなる。とりあえず派遣会社が間に入ってくれているおかげで、私たちはムリな残業は断れるし、時間の融通も案外に利いたりする。でも先の保証はないから、いつも不安な気持ちがあるのもホント。「来週からは、もう来てくれなくていいですよ」って、いつ言われるかわからないんだから。

私は難しいことはよくわからないけど、何だか今の日本は、どこもかしこも間に合わせのような気がする。急場しのぎを何年も何年も続けて、みんな疲れちゃってるみたいだ。だから尖《とん》がって人に噛みついたり、ネットに変なことを書き込んで喜んでる人が増えたんじゃないかな。とりあえず私も、今日の派遣先が交通費を出してくれないことに噛みつきたい。

会社に着いて簡単な説明を受けた後、仕事を始めた。

コールセンターの仕事は、インカムをつけてしゃべるのは同じだけど、中身にはいろいろ違いがある。テレビの通販番組の受注（ほら、あの「オペレーターを増やして、お待ちしております」ってヤツ）とか苦情の受付とかみたいな、こっちが電話を受ける仕事と、営業とかアンケート調査なんかの、こっちから掛ける仕事もある。たまたまだけど、私は受ける仕事の方が多い。

どんな仕事でも、やってる時は何も考えなくていいし、忙しくしていたら、それなりに充実した気持ちにもなる。滅多にないけど、お客さんに応対のよさを褒《ほ》められたりすれば、やっぱりうれしいし。

正直に言うと、もっと自分に向いた仕事に就きたいと思うけど――実は、それがどんなものなのか、自分でもよくわかってないフシがある。

そもそも、あんまりなりたいものも、ないんだなぁ。

子供の頃は宇宙に行ってみたいと思っていたけど、私みたいに頭の悪い人間が宇宙飛行士になんて絶対になれるわけがないから、早々にあきらめた。その他には――そうそう、洋服のデザイナーになりたいと思った時期もあったな。

だから高校を出たら服飾系の専門学校に行こうと思ったんだけど、家に経済的な余裕がなくて、結局は断念した。あの時、母さんが壊れたロボットみたいに、何度も「ごめんねぇ」って言ってたのがイヤだったっけ。

それなら自分で働いて学費を作ろうと思ったんだけど、根性足らずの私にはムリだった。

せめてと思ってブティックの店員をやったこともあるけど、あれはなかなか笑えた。まぁ、友だちと遊び歩いちゃったせいもあるけど。

何せ小さめサイズの店で、売ってる服が私にはキツイものばっかりだったんだから、もうギャグでしかない。

そんなこんなで派遣の仕事をやるようになって、今に至っている。

気がつけば、二十七歳だって。

ホント、自分でも信じられないなぁ。

胸を張って言えることじゃないけど、高校を出てから何かをやったっていう実感が、まるでない。ただ毎日生きているだけで、すごい速さで時間が過ぎていった感じ。おまけに妻子持ち男にダマされて――最高だね、二十七歳。

＊

仕事が終わった後、駅にくっついたファッションビルに寄った。

やっぱり懐ポカポカだと、ブティックやセレクトショップを冷やかすのが楽しい。その気になれば買えると思ったら、体温も上がっちゃうね。

そのうち、すごくいいピアスを見つけて悩んだけど、結局は買わなかった。このタイミングで、しかもあの男からもらったお金で買ったら、何だかダマされた記念みたいだと気づいたからだ。

同じ買うにしても、少しほとぼりが冷めてからにしよう――そう考えたら急に冷静になって、カフェでラテを一杯飲んだだけで帰る気になった。

それから家の近くの駅に着いて、遅くまでやってるスーパーで買い物をした。だけど迂闊《うかつ》な私はスーパーを出てから、昨夜プラネタリウムを見ながら、家に少しだけ残っていた焼酎を全部飲んじゃったのを思い出した。

（しょうがない、コンビニで買うか）

家の近くのコンビニというと、例のエロオヤジの店しかないけど、この場合は仕方ない。まぁ、店に入っただけで脱がされるわけでもないんだから、パパッと買っちゃおう。

コンビニに着いて中に入ったら、やっぱりレジにいるのは当のエロオヤジだった。店の中を見回すと先客の女の子が一人いるだけで、他の店員の姿は見えなかった。いつ来ても店員の人数が少ないけど、大丈夫なのか、この店。

私はお酒の棚で、紙パックに入った焼酎（オヤジ臭いけど、いちばんコスパがいいんだ）と、やっぱり紙パックに入った梅酒を取ってカゴに入れた。ついでに雑誌コーナーの本を手に取ったり、アイスクリームのケースを覗《のぞ》いて、新製品のアイスを眺めたりもする。

その時、ふっと視線を感じて顔を上げると、先客の女の子が私の方を見ていた。が、目が合ったとたんに、ぎこちなく顔を背《そむ》ける。

（何なの、この子）

私はあまり知らない人をジロジロ見るようなことはしないけれど、その子の態度があからさまに不自然で、ちょっとだけ気になった。

その子は小柄で色白で、けっこうかわいい顔つきをしていた。

歳はたぶん、十八歳から二十歳ってところかな。髪は男の子っぽいベリーショートで似合ってるけど、あっちこっちがピンピン跳ねてる。あれはヘアセットじゃなくて、もしかしたら寝ぐせ？

〝人の跳ね見て、我が跳ね直せ〟なんてコトワザはないだろうけど、つい自分の髪が気になって、店の中の鏡になった部分で写してみたりする。相変わらず面白味のないショートボブは健在で、もう少し伸ばして、いっそド派手なソバージュなんかにしちゃおうかな……と思った時、その鏡の中で、やっぱり女の子がチラチラとこっちに気を配っているのが見えた。何だか私を警戒しているみたいだけど。

（近所の子かな？）

どう見てもスッピンだから、そう思ったのだけど——改めて見ると、着ているものが独特だった。

別に何を着たって自由だけど、ノースリーブで歩いている人がいる時期に、長袖ブラウスの上に厚手のパーカーは、さすがに暑いんじゃないかな。しかも、よく見たら履いているショートブーツがファー付きで、ちょっと六月に、それはないんじゃないの。

（何だか、おかしな子ね）

さらに観察してみると、パーカーの袖のところがうっすら汚れてる。もう何日か、続けて着てるみたい。

（もしかして……ワケありなのかな）

そう思った次の瞬間、私は喉元がキュッと締まるのを感じた。その女の子が手に持っていたパンを、肩に掛けた白いトートバッグに滑り込ませるのが見えたからだ。

本人は上手にやったと思っているのかもしれないけど、ハンパに私の方に注意を向けてたせいで、レジにいるオヤジへの注意がおろそかになってたみたいだ。完全に見られたよ、今の。

（よりによって女の子が、この店で）

松田のおばさんが言ってたことを思い出して、私は首筋が寒くなった。そっとレジの方を見ると、オヤジは明らかに女の子に目を向けている。完璧に気づいているみたいだ。

もちろん万引きはいけないことだし、どこかで捕まえてあげた方が、この子にとってはいいことなのかもしれない。でも、ここだけはダメだ——よりによって、このコンビニで万引きしなくっても。

（どうすりゃいいのよ）

そんな私の気も知らないで、また女の子はお菓子をバッグに入れる。やり方が大胆というより雑。ヘタクソすぎて、もしかして捕まりたいのかも……と、まで思える。

少し考えて、私は決めた。

この子がどうなったって、私には関係ない。世の中は厳しいんだ。人のことになんか、構っていられるかい。さっさと会計を済ませて、ここから離れよう。

私はレジに向かうと、台の上にカゴを置いた。

「いらっしゃいませぇ」

オヤジは形通りに言うけど、チラチラと女の子の動きに注意している。

それを知ってか知らずか、いきなり女の子は出入り口の方に向かった。やっぱりオヤジが私の会計しているスキに、強引に突破しようと考えてたんだ。幼稚な手だなぁ。

「あ、ちょっと待ってくださいね」

案の定、オヤジは会計の手を止めて、女の子を追いかけようとした。

「ちょっと待ちなよ！」

そう叫んだのは私だ。

私はオヤジより早く出入り口に向かうと、店を出ようとした女の子のバッグを摑んで、中に引き戻した。万引きは、店を出た瞬間に成立するらしいから、ちょっと厳しいけど、この子はまだ万引きしたことにはなっていない。

「おじさん、これもお願い」

私は女の子のトートバッグからパンとお菓子を引っ張り出し、私のカゴの中に入れた。

「ちょっと……お客さん」

オヤジは困った顔をしたけど、私は強気にスルーする。

「この子、私のイトコでさ。ここで待ち合わせしたの。でも、この子、ちょっと頭がユルくてね……お金払う前に、うっかりマイバッグにしまっちゃうことがあるんだ。言っとくけど万引きじゃないよ。あくまでも、うっかりだからね」

あぁ、まったく得にならないのに、私は何をやってるんだろ。

「ゆかり、もうないわよね？」

適当な名前で呼ぶと、女の子はビクッと体を震わせた。そして怯《おび》えた目で、私の顔を見る。

「あるんなら、ちゃんと出しなさいよ。お金を払わないと、ドロボーになっちゃうんだからね！」

その声にビビったみたいに、女の子はコートのポケットから小さなプラスチックの箱に入ったものを取り出した。女物の下着だ。コンビニには何でもあるなぁ。

「もうないね？」

私が言うと、女の子はコクリとうなずいた。その顔が少し可愛かったんで、ついサービスする。

「もう欲しいものはないの？　すぐ持ってくるなら買ってあげる」

そう言うと女の子は急いでデイリーの棚に行き、牛乳と二個入りのゆで卵と、小さなサラダを持ってきた。きっと、お腹が空いてるんだろう。

「ホントにいいんですか？」

オヤジが口を曲げて言うけど、それはあんたの知ったこっちゃない。ちょっと臨時収入があったから、こっちの気が大きくなってるだけだ。それとも、ちょっと残念だったかい？

会計を済ませて店を出ると、女の子は黙ったまま、私の後をついてきた。私は駐車場の端っこで立ち止まると、その場で買ったものを分ける。

「あんたさ……どういう事情があるのかは知らないけど、この店では万引きしない方がいいよ。あのオヤジ、よくないウワサがあるから」

女の子のものを手渡しながら、一応釘をさす。

「いや、ホントは、どこの店でだって万引きしちゃいけないんだよ。お金がなくっちゃ、ものが買えないってことは知ってるよね？」

そんなこと誰だって知ってるだろうけど、偉そうに説教するのがイヤだったから、ちょっとふざけて言ってみただけ。

「あの……ありがとう、ございます。どうして、買ってくれるんですか」

女の子は、おどおどした口ぶりで言った。向かい合うと、頭のてっぺんが私の胸元あたりにくる。女の子の身長は、このくらいの方がいいんだろうなぁ。

「んー？　何となくよ、何となく。ちょっとした気まぐれかな」

確かに、それ以上でもそれ以下でもない。あえてつけ足せば、クールに徹しきるのも、なかなか難しいってことかな。

「まぁ、大した額じゃないから、そんなに気にしなくっていいよ」

そう言うと、女の子が何度も頭を下げた。

「ありがたいです……パンツ、穿《は》いてなかったから」

そう言いながら、ようやく女の子は少しだけ笑顔を見せた。

「スカートの下、すっぽんぽん？」

「だから、ちょっと座るのも怖くって」

「ロングスカートだから、アグラでもかかなきゃ大丈夫じゃない？」

それでも不安なのはわかる。スカートというのは、完全には安心できない服だ。

「あの……私、ゆかりじゃなくって、ジュラです」

女の子は、おずおずと言った。

「ジュラ？　へぇ、カッコいいね。何か恐竜が出てきそう。アダ名じゃなくて、ホントの名前？」

「ホントの名前です。佐藤《さとう》ジュラ」

「あ、上は普通なんだ」

どういう字を書くのか、私には想像できなかったけど、きっと難しい漢字を使ってるんだろう。そんな変わった名前をつけたがる親は、たいていそうだ。

「よくわかんないですけど、お父さんが恐竜が好きなんで、そんな名前を付けたらしいです」

やれやれ、そういう子供みたいな大人って、あっちこっちにいるなぁ。まぁ、アニメやゲームのキャラクターの名前を、そのまんま付けるよりはマシかもね。

「深い事情は聞かないけど、あんた、困ってるんでしょ？」

柄じゃないのは十分にわかってたけど、私は財布から五千円札を一枚引っ張り出して、ジュラと名乗った女の子に握らせた。

「これ、何かの足しにしなよ。すぐになくなっちゃうだろうけど」

「そんなぁ……知らない人から、お金なんてもらえません」

正直言って、しゃべり口調や態度が何だかすっトロくて不安を感じさせるけど、案外に常識は弁《わきま》えているようだ。そういう子は嫌いじゃない。

「いいから、いいから。私は矢崎瑠璃って言うんだ。ほら、これでもう知らない人じゃないでしょ」

「瑠璃さんって言うんですか」

「そう、〝エルメスの瑠璃〟って言えば、このあたりじゃ、ちょっと有名よ」

ちょっと、いや、かなり盛ってるけど、こんなのは勢い。

「エルメスの瑠璃……さん」

どうやらジュラは真に受けたらしく、軽く引いた目で私を見た。やっぱり二つ名のある女なんて、ロクなもんじゃないって思われるみたいだよ、ユウヤさん。

「じゃあね」

私はジュラの肩をポンポン叩いて、そのまま別れた。

＊

その子と再会したのは、それから三週間ほどした頃だった。

再会って言うほど、大仰なものでもないんだけど――仕事のない日、私が駅前をたらたら歩いていたら、いきなり声をかけられたんだ。

「エルメスさん！　エルメスさんですよね？」

よりによって名前じゃなくって、そっちの方で呼ばれるとはなぁ。

振り返ると、水色のショートパンツにくすんだオレンジのシフォンのトップスっていう、この間よりは時期に合ったスタイルになったその子が、満面の笑みで駆け寄ってくるところだった。

「この間は、どうもありがとうございましたぁ」

そう言って頭を下げたけれど、正直に言うと、私の頭の中から、その子のことはスッポリ抜け落ちていた。三週間って長いし、私もそれなりに忙しかったからね。

「私のこと、覚えてないですか？」

「もしかして、コンビニで会った……ジュラちゃんだっけ？」

「そうです！ 佐藤ジュラです」

「久しぶりね」

ちょっとだけ面倒くさい気分で受け答えをしたけれど、ジュラは今にも私の手を取って飛び跳ねそうなくらいだった。全体的に小ざっぱりしているところを見ると、少なくとも、ちゃんとお風呂に入ったり、着替えたりできる生活をしているようだ。

「ちゃんとお礼をしないといけないなぁって、ずっと思ってたんですけど……なかなか会えなくて」

「いいよ、そんなこと」

正直に言ってしまうと、この子に助け舟を出したのは私にとってもイレギュラーなことだったから、改めてお礼なんか言われると、逆に居心地が悪くなる。こちとら、感謝されたりするのには慣れてないんだよ。

ふだんの私は、ハッキリ言って冷たい女だ。

電車でお年寄りに席を譲るようなことは滅多にしないし、目の不自由な人が点字ブロックの上に置かれた自転車に困っていても、チラリと見るだけで、それ以上に何かすることもない。募金箱に小銭を入れることもないし、いきなり降り出した雨に濡れネズミになっている人を傘に入れてやったこともない。それなりに気の毒に思ったりはするんだけど、最初の一歩が踏み出せないってヤツ。私みたいなタイプって、そう珍しくはないんじゃないかな。

「今日は、お仕事休みなんですか」

「まぁね」

派遣の仕事が切れていただけで、休みと言っていいのかどうかわからなかったけど、面倒だから、そう答えておいた。

「この間のお礼に、今度、何か奢《おご》らせてください。それに、借りたお金も返さないと……よかったら携帯番号、教えてもらえませんか」

そう言いながらジュラが取り出したのはスマホではなくて、近頃ではあまり見なくなった二つ折りの携帯だった。

「そんなこと、気にしなくっていいから」

あくまでも笑いを浮かべながら、私はやんわりと、その申し出を断った。

自慢できることでもないんだろうけど、私は熱心に人付き合いする方じゃない。派遣先で知り合った人と連絡先を交換することはほとんどないし、自分から誰かにＬＩＮＥやメールを送ったりすることも少ない。用事がある時は送るけど、それで楽しく会話するってことはないタイプ。

だから友だちも多くなくて、とりあえず続いているのは、高校時代からの何人かだけだけど、その子たちとも半年に一回くらい会えば多い方だ。二十七歳と言えば、みんな忙しいんだよ。

「そうですか……」

私が携帯番号を教えなかったから、ジュラはとても傷ついたような顔をした。私は何にも悪くないはずだけど、ちょっと後ろめたい。

「じゃあ、もし気が向いたら、電話してください」

そう言いながらジュラは肩にかけたバッグの中から、百均で売ってそうなプラスチック製の薄い名刺入れを取り出し、カードを一枚抜き取ると、私に差し出した。

表には名前と携帯番号、さらに小さなピンクの花のイラストが描かれているカードだ。見るからに少女っぽいシロモノだけど、よく見ると印刷ではなく手書きだった。裏返してみると、やたらと個性的な猫らしきもののイラストと、「好きなもの　お絵かきパスタ　チョコレイト」と、特にありがたくもない情報が書いてある。しかも〝チョコレイト〟――これ、きっとわざとだよね。

「へぇ、お手製なんだ」

「まだ二十枚くらいしかないんですけど、好きな人にだけしか、あげないんです」

今じゃパソコンで好きなデザインの名刺が作れるし、ネットで業者に頼んだりもできると思うけど、あえて手書きなのは意味があるんだろうか。何だか中学生みたいだ。

「じゃあ、もらっとくね」

それさえ拒んだら単に性格の悪い女なので、私は形程度にありがたがって、バッグの内ポケットに適当に押し込んだ。

「もし気が向いたら、電話してくださいね」

ジュラがそう言った時、一台のグレーの車が近づいてきて、私たちの手前で止まり、小さくクラクションを鳴らす。

「おーい、何でロータリーで待ってねぇんだよ。捜しちまっただろ」

運転席から顔を出したのは、短く刈った髪を明るい茶色に染めた小太りの男だった。ファッションは若いつもりみたいだけど、四十は過ぎてるんじゃないかと思える。首からぶら下がっているシルバーの極太チェーンが、見るからに重たげだ。

(ジュラちゃんの彼氏?)

私は反射的に思ったけど、その人を見た瞬間、ジュラの表情が硬くなるのがわかったから、たぶん違うんだろう。さらに言うと、仲のいい友だちってわけでもないようだ。

「ごめんなさい……ちょっと知り合いに会ったから」

ジュラが言うと、男が一瞬、睨《にら》むような目で私を見た。

どうして私が、そんな目で見られなくっちゃなんないんだ……と、思わずムッとする。第一、駅前のロータリーと私たちが立っていた場所は、そんなに離れてもいない。ロータリーから見えたから、あんたもここに来たんだろ。

そう思いながら私が男の目を睨み返すと、いきなり態度がコロッと変わった。

「あぁ、そうか。いやぁ、すみませんね」

男は鬱陶《うっとう》しいくらいに低姿勢になって、気味の悪い猫撫で声で言った。賭けてもいいけど、絶対にろくでもない男だ。

「じゃあ、早く乗れよ」

男の言葉にジュラは助手席の方に回り、ドアを開けて車に乗り込んだ。その間際、チラリと私に向けた目が、何だか困っているようにも、助けを求めているようにも見えた――けど、きっと気のせいだろう。

「じゃ、すみません」

男は愛想よく私に笑顔を向けて、車をスタートさせる。ホッとしたような気分でそれを見送ると、三十メートルほど先の信号で、いきなり止まった。

（鬱陶しいなぁ……早く行けばいいのに）

私が行きたい方向だったから、わざとゆっくり歩く。信号が変わる前に追いついて、「またコンニチハ」ってなるのも辛いからだ。

そう思いながら歩いていた時——ハンドルを握っていた男の左手が、いきなり助手席のジュラの方に、勢いよく伸びるのが見えた。後ろからだからシートのヘッドレストが邪魔になってたけど、どう見ても顔を殴っていたような……。

続いて男の頭がジュラの方に向き、さらに左手が何度も動く。姿は見えないけど、身を守ろうとするジュラの手の動きだけが見えた。

（やっぱり殴ってる！）

ハッキリ確信した時、私は胸がドキドキして、同時に体が熱くなるのを感じた。

さっきも言ったけど、ふだんの私は冷たい女だ。それでも、年下の女の子が男に殴られてるのを見過ごせるほど、丸くもないつもりだよ。

「ちょっと、何やってんのよ！」

そう叫びながら走り出した時、信号が変わって車が走り出した。

私は後ろのバンパー近くに貼られたトライバルタトゥーのような狼のステッカーを睨

みながら追いかけたけど、距離をつめるのはムリだった。そのまま車が左に曲がってしまうと、通りで大きな声を出した私だけが、通行人に珍しそうな目で見られてる。

(女の子を殴るなんて、とんでもない野郎だ)

私はその場に立ち尽くしたまま、ただムカムカしていた。

どんな暴力だって絶対にいけないけど、特に力の強い男が、女の人や子供を殴ったり蹴ったりするほど最低なことはない。そういうバカなヤツは、丸太みたいな腕をしたヘビー級のボクサーに何発も殴られる刑に処してやればいいんだ。

その後、私は駅前のカフェに入って、二階席から町を眺めながらアイスラテを飲んだ。自分なりのクールダウンだ。

(イヤなもん、見ちゃったなぁ)

見たばかりの光景を何回も頭の中でリピートして、ホントにジュラが殴られていたのかどうか考えてみたけれど、やっぱりそうとしか思えなくて、少し凹んだ。

確かに、自分には関係ないことだけど――そういうのを見せられたことと、自分には何もできなかったという思いが勝手に込み上げてきて、どうにもつまらない気分になる。

どうして私が、こんな不愉快な思いをしなくちゃなんないの……なんて気持ちも、少なからず浮かんできたり。

だいたい、あの子は何なんだろ。

万引きはするわ、男に殴られるわ――たぶん、あんまり恵まれてない人生を歩いているんだろうな。今は幸せな人が少ない時代だし、私自身も順調とは言えない生活だけど、それでも、あの子よりはマシ……という気がする。

ふと思い出して、バッグの内ポケットから例のカードを取り出した。

改めて見てみても、名前と携帯番号、好きなものの情報と小さなイラスト以外は、何も書かれていない。駅前で会ったということは、この町に住んでる可能性が高いんだろうけど……何とも言えないな。

私が住んでいるのは、東京のはずれにある、今一つパッとしない町だ。

駅前だけは少し賑《にぎ》やかだけど、十分も歩けば、古い一軒家やアパートが目立つようになる。方角によっては、もっと早くそうなる。

何か特徴があるわけでもないけど、有名なスーパーやドラッグストアなんかは揃《そろ》っているから、住む分には特に不自由は感じない。まぁ、本屋さんが潰れて携帯屋さんになったり、住宅街の真ん中にいきなり本格的なカレー屋さんができて、二カ月もしないうちに開店休業状態になったりしてるけど、今はどこも似たようなもんだろう。

（それにしても……可愛くない猫だなぁ）

ジュラからもらったカードに描かれた猫の絵を眺めながら、私はつくづく思った。

猫なんて、そのままでも可愛い生き物なんだから、逆に可愛くないように描くのも難しいんじゃないかと思うけど、ジュラの猫はホントに可愛くない。吊り上がった目が顔の四分の三を占めていて、何だか怖いくらいだ。

確かに目は猫の顔の中で一番目立つところだし、チャームポイントでもあるんだから、強調して描きたくなるのもわかるよ。でも、ハッキリ言って、やり過ぎ——これは猫じゃなくってキツネですって言われた方が納得いきそう。だけど、片方の目と耳のまわりに薄い模様が入れてあるから、やっぱり猫なんだろうね。

そう言えば初めて会った時、大きなトートバッグを持っていたけど、その中には小さめのスケッチブックも入ってたっけ。きっと本当に、絵を描くのが好きなんだろうな。

（もしかすると、ガチで芸術系ってヤツ？）

少しも可愛くしようと思ってない猫の絵を見ながら、そんなことも考えた。

＊

〝触らぬ神に祟りなし〟なんて言葉を引っ張り出すまでもなく、面倒なことやヤバそうな人間には、初めから関わり合いにならぬが吉——そう思いながら生きている人は多いだろうけど、もちろん私も、その一人。

思えば十代の頃や二十代の初め頃は、母さんや友だちが巻き込まれたトラブルに首を突っ込まざるを得なくて、少なからず損な思いをしたこともある。他にもストーカーみたいな男に付きまとわれたり、化粧品のキャッチセールスに引っ掛かりそうになったり、友だちだと信じてた人にカードを勝手に使われたり――そういう経験を数多くしてきたせいか、二十代も半ばを過ぎた頃には、トラブルの臭いみたいなものに敏感になった。

夜道で帰宅途中に酔っ払いなんか見つけると、絶対に近づかないようにするのはもちろん、場合によっては経路そのものを変えたりするし、電車の中でお客さん同士がロゲンカを始めると（混んでる時なんか、けっこうあるんだよね）、さっさと次の駅で一度降りて、別の車両に移ったりしている。

やっぱり女一匹で世知辛い世を渡っていくためには、とにかく用心深くなくっちゃいけない。石橋を叩いて、さらに他の人が何人も渡ってるのを確かめてからでないと、自分は渡らない……くらいでないと。

だから、私の方からジュラに連絡を取ることなんて、まったく考えていなかった。

万引き女ってだけでも面倒くさいのに、女を殴るようなシルバーチェーン野郎とツルんでるなんて、とんでもない話。関わり合っても、いいことなんて一ミリもなさそう。

いや、逆に面倒に巻き込まれる可能性の方が高いんじゃないかな。

でも――そういうことを別にすれば、ちょっとだけジュラに興味がないでもなかった。

なかなか可愛いし、すっトロいのが愛嬌にもなっていたから、一度くらいなら話をしてみてもいいかもしれない。

けれど、こっちから連絡する気には、どうしてもならなかった。それなのに、どういう巡り合わせか、また偶然に顔を合わせることになるとは、さすがの私も思っていなかった。

そう言えば昔、ネットに男性向けモテ方指南みたいな記事があって、〝女は三回偶然が続くと、運命と感じる〟と書いてあったのを覚えてる。だから偶然を装って、思いがけない場所で三回顔を合わせるようにすると、女の方は勝手に運命と思い込んで、その後はスムーズに事が進む……というボケナスな記事だったんだけど、ほんの少しくらいは当たってるのかもしれない。三回目にジュラと顔を合わせた時、「これは運命なのか？　それとも腐れ縁ってヤツなのか？」って、私も思ったんだから。

ジュラと三回目に顔を合わせたのは、駅前で偶然に会ってから、十日くらいが過ぎた暑い日の午後だった。

その日も平日だったけど私は仕事が休みで、久しぶりに近くの屋内プールに行った。そこは区の施設で、近くの清掃工場だか何だかの熱を利用して、一年中（冬は当然、温水ね）、しかもリーズナブルな値段でプールに入れるのだ。

やっぱり今どきの二十代女子としては、たまには運動もして、健康と体形に気を使わなくっちゃならない。でもジムで鍛えたり、流行《はや》りのものに通うのはお金がかかる。シューズくらいの投資で済むジョギングも悪くないけど、私は走るのが好きじゃなかった。愛好家には悪いけど、黙々と走るのって、何だか退屈なんだよね。それに小学校の時に宿題を忘れて校庭を走らされたことを、どうしても思い出しちゃうし。

でも、泳ぐのは嫌いじゃない。いや、むしろ好き……大好きだ。

水の中に浮かんで体の重さを感じなくなると、本当に宇宙を漂っているような気持ちになれて、自然と心もウキウキしてくる。できるだけ速く泳いだり、ノンビリ泳いだり、たまには苦しくなるまで潜ったり、好き放題やってるうちに全身が鍛えられて、ホントに最高のスポーツだ。

だからプールに行くと熱を入れ過ぎて、いつもクタクタになってしまう。プールを出て着替える頃には、もうグッタリだ。

その日も疲れ果てた体にムチ打って自転車でアパートに向かってると、途中の公園の近くに自動販売機があった。いつもならアパートに戻るまで休んだりはしないんだけど、その時はやたらと喉が渇いて、炭酸系のものが欲しくなってた。

それでビタミン入りの炭酸ドリンクを買ったんだけど——面倒がらずに自転車を降りればよかったのに、私はモノグサして自転車のサドルを跨《また》いだままだった。それで無理して自動販売機の取り出し口からドリンクを取ろうとしたものだから、不意にバランスを崩してしまう。

あっ、これはヤバい——そう思った時には、私は自転車ごと、ぶざまに倒れていた。上半身は自動販売機に抱き着くようなポーズで、下半身には自転車が倒れかかっていて、カッコ悪いの一言。

「大丈夫ですか！」

転んだだけでも恥ずかしいのに、大きな声を上げながら駆け寄って来る人がいて、羞恥プレイのレベルがアップする。本当にありがたいんですけど、もう少し声を落としていただけると、助かります——そう思いながら顔を上げると、その声の主が、まさかのジュラだったのだ。

「エルメスさん！」

倒れたのが私だと知って、さらにジュラの声は大きくなった。

「あぁ、ジュラちゃん……また会ったわね」

「大丈夫ですか？　ケガないですか？」

「大丈夫だから、そんなに大きな声を出さないで」

私は痛さよりも恥ずかしさで泣きたくなりながら、ジュラに言った。

「でも、目が真っ赤ですよ。痛いんじゃないですか？」

一応ゴーグルはつけていたけど、あれだけ泳いだら目も赤くなるだろうね。何か風景に虹がかかってるし。

「これは、別に泣いてるんじゃないの……ちょっとプールに行ってきただけ」

ようやく私は立ち上がって言ったが、その時、右の足首にズキリとした痛みが走った。

＊

さすがの私でも、この状況でジュラを丸め込んで、そのまま解散に持ち込むことはできなかった。公園のベンチに座り、大きな犠牲を払って買った炭酸ドリンクを飲む。

「何だかジュラちゃんとは、よく会うわね」

どうやら少し捻ってしまったらしい足首を氷で冷やしながら、私は言った。

その氷はジュラがコンビニで買って来てくれたものだけど、そこは例のエロオヤジの店だ。未遂だったとはいえ、万引きしかけた店に何事もなく行ける神経は、なかなかのものですな。

「そりゃあ、神さまがジュラのお願いを聞いてくれたからですよ」

私と並んでベンチに腰を下ろし、コンビニで一緒に買って来たアイスクリームを舐めながらジュラは答えた。体の横には、見覚えのある白いトートバッグ。

「ジュラは、ずーっと、エルメスさんに会いたいって思ってたんですから」

「そうなんだ……どうして？」

「だって、すっごく、よくしてもらったじゃないですか。パンとかゆで卵とか買ってもらったし。あ、あとパンとパンツも」

「そうそう、パンとパンツね」

どうして初めて会った時にパンツを穿いてなかったのか、その理由を聞いてみたい気もしたけど、やっぱりやめとこう。どんな理由だろうと、きっとろくでもないものに決まってる。

「だからジュラは、エルメスさんに会って、お礼を言いたいって、ずーっと思ってたんです。そういうのは、いいお願いだから、わざわざお願いに行かなくっても、神さまが叶えてくれるんですよ」

「へぇ、そうなんだ」

ずいぶん平和なことを言うもんだと思ったけど、わざわざ否定することもない。そういうのって、ただのイジワルだしね。

「あの時は、ホントにありがとうございました。おかげで、お巡りさんのところに連れて行かれずに済みました」

ジュラは立ち上がって私の方に体を向けると、アイスクリームを持ったまま、頭を下げた。今日はミントグリーンのショートパンツに、サイケとしか言いようのない派手な模様の入ったTシャツ姿で、少しサイズが大きいようだけど、なかなか可愛く見える。

「そういえば……この間の男の人って、誰なの？　もしかして、お父さん？」

「違いますよ。あの人は、グレさんです」

「グレさん？」

そりゃ、どっから見てもグレた中年だったけどね。

「ホントは小暮《こぐれ》さんっていうんですけど、みんなグレさんとか、グレちゃんとか呼んでるんです」

「あの人、ジュラちゃんのこと……」

殴ってなかった？と聞こうとしたのに、ジュラがいきなり大きな声を出したから、思わず言葉を飲み込んでしまう。

「そうだ、エルメスさん、私の描いた絵、見ませんか？　ほら、この間渡したカードにも、お絵描きが好きって書いてあったでしょう？」

「あと、パスタとチョコレイトが好きって書いてあったね」

「うん、パスタ大好き。チョコレイトも大好き」

そう言いながらジュラは、奇妙な踊りのような動きをした。彼女なりの喜びの表現なんだろうか。

「そう言えば聞いてなかったけど、ジュラちゃんって何歳？」

「ジュラは、二十歳ですよ」

〝はたち〟とは言わず、律儀に〝にじゅっさい〟と言う。

（この子……もしかしたら）

敬語らしいものも使っているし、話した時間が短かったせいか、今まで思いもしなかったけれど、こうして言葉を交わしてみると、少しばかり怪《あや》しく感じられてきた——この子は、もしかすると、少し精神年齢が低いんじゃないかな？

「じゃあ、ジュラの絵を見てください。はい、これ、ちょっと持ってて」

そう言うと私にアイスクリームを持たせ、トートバッグの中からスケッチブックを引っ張り出した。少し小さめのA4サイズのものだ。

「じゃーん！」

ジュラが表紙をめくると、いきなり例の猫の顔が出てくる。

カードに書いてあるものより何倍も大きいけれど、まるで拡大コピーしたみたいに同じタッチの絵だ。全体は薄い灰色の色鉛筆で塗られ、特徴的な大きな目は黄色だった。片方の目の周りと片耳についているブチは、薄い茶色だ。

（これって……どうなのかな）

きっと同じ猫の顔を何枚も描いていて、ある程度のパターンみたいなものがあるんだろう。けしてヘタじゃない。この猫の顔に関しては、むしろ書き慣れてるみたいだ。

その後、一ページずつページがめくられていったけど、半分ほど見たところで私は思った。

(やっぱり……この子、少し幼いんだ)

ジュラは見かけこそ二十歳相応に見えるけれど、どうやら中身は、もっと子供に近いようだ。特に絵だけ見れば、どれも十歳くらいの子供が描いたもののように見える。

しかも上手な人が、わざとヘタに描く〝ヘタウマ〟とは明らかに違う。そういうのには、どうしても達者なところが出ちゃうものだけど、ジュラの絵は、そういうところがまったくない。むしろ正真正銘のヘタ。

それなのに、絵なんか少しもわからない私にもわかる、引力みたいなものがあるような気がした。ヘタなのに、なぜか目が吸い寄せられるみたいな感じ。

「ジュラちゃんって、面白い絵を描くんだね」

そう言いながらスケッチブックのページをめくっていると——いきなり現れたそいつに、私は思わず「あっ」と声を上げてしまう。

それは大きさもまちまちのイチゴが五つ、無造作に描いてあるだけの絵だった。

けれど私には、そのイチゴが宇宙の惑星に見えたんだ。

いや、描いてあるのは、粒が不ぞろいの赤いイチゴに違いない。それなのに大きさと配置が絶妙過ぎて、宇宙空間のどこかに立って星を見た時、五つの惑星が、このイチゴと同じ位置と大きさで見えるんじゃないかと思えてしまうような力(何て言えばいいのかな……不思議さ？　説得力？　迫力？）がある。もっともそんなふうに感じるのは、私が宇宙ファンだからだろうけど。

「それ、よく描けてるでしょ。ジュラも気に入ってるんだ」

次第に私に慣れてきているらしく、ジュラの言葉遣いも、次第に砕けたものになっていった。

「絵は、どっかで勉強したりしたの？」

尋ねると、ジュラが目を丸くする。

「絵って、勉強するものなんですか？　自分の好きなように描くのがいいって、先生が言ってましたけど」

「先生って、学校の？」

「そうです。なかよし学級の佐々木《ささき》先生が」

あぁ、やっぱり――それって、たぶん特別支援学級ってヤツなんだろうな。

器の小さい私が少しばかり困惑を覚えた時、ジュラのトートバッグの中から大音量で携帯の呼び出し音が響いた。その瞬間にジュラの顔が強張り、大急ぎで携帯を取り出して、通話ボタンを押す。

「はい、ジュラです。お散歩してます」

わかりやすいくらいに縮こまった口調で話しているけれど、どうやら相手はこの間の

〝グレさん〟らしい。ただでさえ音量が大きいうえに、怒鳴るように話しているから、声が筒抜けだ。

「フラフラするなって言っただろ！　また逃げたら、どうなるかわかってるよな？」

「はい、わかってます。もう逃げたりしません」

「どのみち、逃げてもすぐにわかるけどな」

やっぱり、この間コンビニで会った時は、あの男から逃げていたんだ――首に極太のシルバーチェーンをかけていた男の顔を思い出し、私は何とも不愉快な気分になった。

「五時から仕事って、わかってるよな？　わかってたら、とっとと帰ってこい」

そう言って男は電話を切ったけど、その切る音まで、何かを踏み潰したくらいに大きく聞こえる。

（ジュラちゃん……）

携帯をバッグにしまっているジュラを見ながら、私はすぐに何かを言うことはできなかった。

「グレさん、怒ると怖いんです。お仕事だから、もう行きますね」

短い一本の電話は、ジュラから可愛い笑顔をもぎ取ってしまった。

「イヤだったら答えなくていいけど……ジュラちゃん、何の仕事をしてるの？」

私が尋ねると、ジュラは神妙な顔をして少し考えていたけど、うまく言葉にできないのか、変な動作で答えた。

「男の人のを、こうしたり……こうしたり」

何か筒状のものを上下に動かしたり、その上で口を開けて頭を上下したりするのを見て、私は頭がクラッとした。言うまでもなく、水泳の疲れのせいじゃない。

この子は――たぶん性的搾取をされている。

「あの小暮さんって人に、やらされてるの？」

この時、すでに私はトラブルの臭いを嗅ぎ取っていたけれど、何も聞かずにいることは、とてもできなかった。

「しょうがないんです。ジュラ、〝しゃっきんのカタ〟なんで」

「そんな……誰のよ」

「お父さんの」

おい、ふざけるなよ……と、思わず口走りそうになる。あんたの親は、娘を売っぱらって、何をやってるんだ。

「お父さんやお母さんは、どうしてるの？ 近くに住んでるの？」

「よくわかんないです。どっかに引っ越しちゃったみたいだし」

スケッチブックと携帯を入れたトートバッグを肩にかけながら、ジュラは言った。

「どういうこと？」と聞こうとしたけれど、ジュラは気持ちがあせっているのか、あっさり話を変えてしまう。

「エルメスさん、また会えたらいいですね」

「ちょっと待って」

私は前にもらったカードを取り出し、自分のスマホから発信した。やっぱり大音量で呼び出し音が鳴る。再びバッグから携帯を取り出し、着信ランプが光っているのを見て、ジュラはうれしそうに笑った。

「はいはい、ジュラでーす」

目の前で掛けている電話に、わざわざ出てどうするの。

「エルメスさんですか？」

「はいはい、そうですよ」

私もバカ正直に応答した。

「お友だちになってくれるんですか？」

その顔があまりにあどけなくて、冷たい女の私も、さすがに胸が詰まった。

「そうですね、お友だちになりましょう」

私の言葉に満足げにうなずくと、いきなり「バイバイ」と言って、ジュラは電話を切った。

「ちゃんと番号を登録しておきますね。それくらい、ジュラにだってできるんです」

「お願いね」

「あ、エルメスさんでいいですか？　それとも瑠璃さんで登録した方がいいですか？」

「好きな方で、いいよ」

「じゃあ、エルメスさんで……外国の人みたいで、カッコいいから」

それだけ言うとジュラは私に背を向けて、公園の出入り口に向かった。その背中を見ながら、私は考えないではいられなかった――万引きを見つけた時、そのまま警察に連れて行った方が、きっとよかったんだ、と。

そう思った時、まさかテレパシーが届いたわけじゃないだろうけど、ジュラはいきなり振り返って、私に向かって元気よく手を振った。

＊

その日の夜、私はアパートの小さな浴槽の中で体育座りしながら、ジュラのことを考えていた。昼間に泳ぎまくって、夜には長々とお風呂に入ってるんだから、何だか水浸しの一日。

もっとも公園でジュラと別れた後、やっぱりアパートに戻ったとたんにバタンキューして二時間くらい寝ちゃったから、その前の記憶が、それなりに遠くなってはいたけど。

（何か……不思議な子だよね）

防水ケースに入れたスマホでお気に入りの歌をかけながら、そう多くないジュラの記憶を掘り返す。

やがて、あの子が父親の〝しゃっきんのカタ〟で、たぶん風俗の仕事をやらされているに違いないことに思い至って、苦々しい気持ちになった。

幸い私は、そういう世界に縁を持たずに生きてこられたけど、自分には務まりそうにない仕事だと思う。夏の電車なんかで、見ず知らずの男の人の生腕が自分の腕に少し触れただけでも悲鳴を上げたくなるのに、いくらお金のためとはいえ、それ以上のことをするなんて想像できない。

きっと、そういう仕事をしている人たちは、心に強い麻酔をかけてるんだろう。働くってことは、どんな仕事でも多かれ少なかれ、そういう部分があると思うけど、あの手の仕事には、普通より何倍も強い麻酔がいるんじゃないだろうか。少なくとも、私ならそうだ。

それなのに世の中には、「女はいいよなぁ。女ってだけで、売る物があるんだから」なんてほざく男が当たり前にいるからムカつく。特に「減るもんじゃないし」っていうヤツは、まったくのクソだ。目には見えないだろうけど減るんだよ、確実に、いろいろなもんが。

（やっぱり、あの子は……あの時に捕まってた方がよかったんだろうなぁ）

そう思うと胸がチクリとしたけど、考えてみたら万引きしたのはエロオヤジのコンビニだったから、やっぱり私が口を出さなきゃ、どうなっていたかわからない。ウワサ通りに事務所でエロ写真を撮られていたかもしれないし、それ以上のヤバいことが起こっていた可能性だってある。何せ、あの時のあの子はパンツ穿いてなかったんだから。

（また、あの子に会いたいな）

お風呂を出る頃、どういうわけか私らしくもなく、そんなふうにまで考えていた。あのイチゴが宇宙の惑星のように見える絵のせいかもしれないけど、もう少しだけ、知り合いたいような気がしていたんだ。

だから、それからすぐにジュラから電話が掛かってきたのには驚いた。まるでテレパシーをキャッチされたみたいなタイミング。

その時の私は、きっちりカーテンを閉めて人目がないのをいいことに、パンツ一枚のトップレス状態で、ポカポカに茹だった背中や脚に扇風機の風を当てて、「うひょー、こりゃ極楽じゃあ」とつぶやいていたところ。スマホの呼び出し音に声を出して驚いた後、濡れた髪が画面に触れないように、少し耳から離して出た。

「エルメスさんですか？　こんばんはー」

聞こえてきたのは、弾んだようなジュラの声だ。

「おっ、さっそく電話くれたんだね」

ベッドサイドに置いた時計を見ると、九時少し過ぎ。

「どうしたの？」

「今、仕事が一つ終わって、車に戻るところなんですよぉ。歩いてたら、何かエルメスさんの声が聞きたくなっちゃって」

そんなうれしいことを言ってくれるのはありがたいけど、それよりも、〝仕事が一つ終わった〟という方に気になる。どうしても昼間のジュラが見せた、生々しい動きを思い出しちゃうよ。

「お部屋に帰っちゃったら、あんまり電話できないもんですから」

「そう……ありがとね」

話しながら、ジュラの仕事は、いわゆる〝デリバリー・ヘルス〟というヤツじゃないかと考えた。

私は風俗関係に詳しいわけじゃないけど、それくらいは聞きかじりで知っている。客が電話で、女性をホテルや自分の部屋に呼ぶタイプの風俗だ。ふだんは控室のような部屋に詰めていて、客がついたら店のスタッフが車で送り迎えするらしい。今のジュラの言葉と照らし合わせると、たぶん当たりだろうな。

「エルメスさんは、何をしてたんですか」

「私は今、お風呂から出て、涼んでたところよ」

「あっ、ホントだ。わぁ、おっきいおっぱい」

一瞬、ギクッとする。

もしかするとスマホの画面のスイッチに触って、テレビ電話にしちゃったか……とマジメに考えた。スマホは便利だけど、そういう余計な機能もついているから油断できぬ。

けれど画面を見ても、普通の通話モードだった。そもそもジュラの携帯は、そういう機能には対応してないガラケーだったはず。

「どうして私が、服を着てないってわかったの?」

「実はジュラには、超能力があるんです。ずっと遠くのものが、ときどき見えたりするんですよ」

「まさか」

思わず左腕で胸を隠しながら言うと、ジュラは笑った。

「ふふっ、冗談ですよ、冗談」

「おどかさないでよね」

ジュラが言うと、そんな冗談も本当のように聞こえてしまう。

「ところでエルメスさん、おいちいハンバーグには興味ありませんか?」

「おいちいハンバーグ? 興味あるある」

「実は××に、メッチャおいちいハンバーグのお店があるんですよ。知ってます？」

××は私が住んでいる町から電車で四つ行ったところにある繁華街だ。

「さぁ、どこだろ。××には、あんまり行かないからなぁ」

「明日のお昼、一緒に行きませんか？　あのおいちいハンバーグ、エルメスさんにも食べさせてあげたいなぁ。この間のお礼に、私が奢っちゃいますよぉ」

「ごめん、明日はお昼から仕事なんだ」

私は相変わらずコルセンの仕事を続けていて、勤務時間は昼の一時から夜の九時までだった。一応は二部制の遅番ということになっていたけど、圧倒的に午後に掛かってくる電話が多いから、私はほとんど遅番固定。

「そうなんですかぁ……夜は、私がダメなんですよねぇ」

ジュラの勤務形態はわからないけれど、あの手の仕事は、やっぱり夜が忙しいのかな。

「でも奢ってくれるんなら、何をおいても行かなくっちゃね……来週の水曜は、どう？　会社、休みだから」

私が提案すると、ジュラの声がパッと明るくなった。

「水曜日ですか。じゃあ私、お昼の仕事には行かないようにします」

「ジュラちゃん、昼も夜も働いてるの？」

「たまぁにですよ」

やれやれ、あんまり働き者なのも考えもんだぞ、この場合。

「詳しいことは、また近くなったら決めましょう」

「わかりました。また電話しますね。あ、エルメスさんから電話してくれても、いいですよ」

「それじゃあ、私が掛けるわね」

「いえいえ、そういう意味じゃなくって……エルメスさんも気が向いたら、私に電話してくださいねってことです。そうしてくれたら、すっごくハッピーですよ」

また可愛いことを、さらりとジュラは言った。

＊

私たちは、その会話通りに、水曜日のお昼過ぎに××で会った。

待ち合わせたのは駅の東口改札で、時間は一時ちょうど。お昼時だとお店が混んでいるだろうと思って、少しずらした。

私が行くと、ジュラは先に来ていた。

ピンク地にチェック柄の入った三段フリルスカートに白のニーハイソックス、白の半袖ブラウスに、やはりピンクのチェック柄のベストを合わせたスタイルは、テレビでよく見る大人数の女子アイドルユニットを思わせるスタイルだ。コンビニで初めて会った時の格好を思い出すと、まるで別人だけど、肩にいつものトートバッグをかけているのは相変わらずだ。こうしてみると、バッグの汚れが目立つ。

(あれ……何だか前と雰囲気が違うな)

私を見つけ、大げさに両手を振るジュラに手を振り返しながら思った。着ているものの話じゃなくて、なんだか妙に顔がのっぺりしているような気がするけど。

駆け寄ってきたジュラの顔を近くで見て、その理由がわかる。そういう好みなのかもしれないけど、ファンデーションだけ塗ってるんだ。

「おっ、今日はメイクしてるんだね」

今までスッピンしか見ていなかったから、ちょっと新鮮な感じがしたけど、どこかハンパというか、メイクの途中で出てきたような感じ。別にファンデーションだけで終わらせたってバチは当たらないけど、せめてリップを塗るなり、チークをのせるなりした方が、ずっとよくなると思うんだけど。

「いつもはお化粧なんかしないんですけど……今日は何だか、自分でもビックリするくらい顔色が悪かったもんで」

「そうなの?」

私はまじまじとジュラの顔を見たけれど、特にそう感じなかったのは、厚めに塗ったファンデーションの効果なんだろうか。言われてみれば、ちょっと疲れてるようにも見えるけど。

「もしかして調子悪いの？　今日はやめとく？」

「えっ、全然大丈夫ですよ。ときどき、ちょっとお腹が痛くなるだけなんで」

「あっ、もしかして、お客さん？」

私が尋ねると、ジュラは不思議そうに首を傾《かし》げた。

「早い話、毎月のあれのことよ。ほら、来たら、お座布団を出すでしょう？　だから、お客さん」

この言い方は、母さんがしていたものだ。ナプキンを〝お座布団〟って表現するのが、いかにも昭和って感じがするけど、私の家で当たり前な言い回しになっていた。そのまんま生理って言うよりオチャメな感じがして、私も嫌いじゃない。

「それって、面白い言い方ですね。今度から、私もそう言おう」

ジュラは笑いながら言ったけど――かわいそうに、どうやら重いタイプらしい。

私のお客さんは、いつもパッと来てパッと帰るタイプなんで、いわゆる生理痛っていうのとも縁が薄い。言ってみれば、申し訳程度にお茶に口だけつけて帰る、ライトなお客さんだ。

けれど中には、いきなりやって来たくせに豪華な接待を要求して、挙句の果てには泊まっていく図々しい親戚みたいなタイプのお客さんの人もいて、こればっかりは体質によりけりなんだろうけど、同性ながら気の毒になる。

そういえば、いくつか前の職場で、やっぱりお客さんが来ると、まったく動けなくなるくらいにダメージを受ける超重タイプの人がいたっけ。その人の欠勤連絡の電話は息も絶え絶えで、それこそ集中治療室から掛けてきてるんじゃないかと思えるくらいだったな。

さすがにそこまでではないみたいだけど、ジュラもそれなりに重いタイプなんだろう。病気じゃないとはいえ、女だけがこんな思いをしなくっちゃいけないのは、ホントに理不尽だ。こんな思いをさせられ続けて、いつか女でよかったと思える日が、ちゃんと来るのかね。

「でも、ホントにムリしなくっていいからね……辛くなったら、いつでも言って」

「ホントに大丈夫ですよ。ときどき、ちょっと痛いのがきて、しばらくしたらスーッとなくなるんです。たいしたことないですよ」

私の言葉にジュラは明るい声で言った。やっぱり生理痛の現れ方も人によるから、私としては「そうなの?」という他はない。

「せっかく初めてのデートなのに、テンション下げちゃってゴメンなさい。エルメスさんは、気にしないでくださいね」

「初めての……デート？」

おいおい、女同士で遊びに行くのを、普通はデートと言わんぞ。

「でも、時間を決めて、どっかで会うことをデートって言いませんか？」

いや、それは、ただの待ち合わせだけど——まぁ、別に何でもいいや。

その後のジュラは、本人の言うとおり、特に変わったところはないようだった。もしかすると我慢していたのかもしれないけど、私も「大丈夫？」って聞くのを控えた。病気じゃないんなら、あんまり気を回すのも、逆に失礼だし。

決めていたとおりに、ジュラのおすすめの店に行って、ハンバーグを食べた。そこは有名なチェーンで、私も当たり前に知っている店だったけど、せっかくジュラが私に食べさせたいと思ってくれたんだから、わざわざ言うこともない。しかも奢ってくれるんなら、ここはガッツいて食べるくらいがいい。むしろ、それが礼儀だ。

「ジュラちゃんは千葉出身だって、前に電話で言ってたよね……千葉のどこ？」

ボックス席に向かい合わせに座り、店イチ押しだという〝ハワイアン・テリヤキハンバーグ〟なる国籍不明のハンバーグを食べながら、私は尋ねた。

実は最初に電話をもらってから、ジュラは毎日、私に電話してきていた。きっと仕事の合間だったんだろうけど、こっちから掛ける必要が、まったくないほどにだ。

話題は、その日にあった出来事やテレビ番組の話だったりが多かったけど、たまにお互いのことを話したりもした。知り合ったばかりなんだから、やっぱり外堀から埋めていくような話題が多くなるのは当たり前。

だから私は、ジュラが千葉の生まれで、両親が小さな劇団みたいなものをやってたらしい……くらいのことはすでに知ってた。他にも中学にはろくに行けなかったとか、会ったことのない弟がいるらしいとか、続きを聞きたくなるような話もいくつかあったけど、掘り下げるのは、もう少し時間を置いてからの方がよさそうだ。

「生まれたのは木更津《きさらづ》らしいんですけど、あちこち引っ越したんで、よくわかんないんですよ。出身っていうのは、生まれた場所ってことですよね？」

「まぁ、そうかな」

「でも、生まれた次の日に別の県に引っ越して、そこでずっと住んでいたら、どっちの出身ってことになるんですか？　そういう人って、実際にいると思うんですよね」

意外に面倒くさいことを聞かれる。確かに、そういう場合はどこの出身になるんだろう。

「私にもわかんないけど……うん、そう思ったら、どこで生まれたかなんて、あんまり意味ないね。どこで育ったかの方が、大事なのかな」

それも大事じゃないような気がしたけど、とりあえず話を終わらせた。我ながら、つまんないことを聞いちゃったもんだ。

「エルメスさん、私……山が見えるところに住んでみたいなぁ」

ハンバーグをキャラメルくらいの大きさに切りながら、ジュラが話の方向を変える。

「目の前におっきな山が、ドーン！って見えるのって、いいと思いません？　その間から太陽が顔を出したり、沈んだりするんですよ……絶対キレイだと思うな」

朝日と夕陽が同じところから出たり入ったりするはずはないけど、ここでそれを言うのは野暮ってもの。

「山か……確かにいいかもね」

私も生まれてこの方、関東平野から出たことがないので、ジュラの言うことは理解できる。確かに、山の見える町っていいな。

「私は山にはこだわらないけど、星がきれいに見えるところに住みたいよ」

「星？」

私の何気ない言葉に、ジュラがうれしそうな顔をした。

「そう……実は私、星が大好きなのよ。子供の頃から」

思えば、それを人に話したのは、高校の時以来だった。何か乙女チックと思われそうだし、ギャグのネタなんかにされたりするのもイヤだったからだけど、つまりは、そんな話ができる友だちがいなかったってことかな。

でもジュラになら、話してもいいと思った。

いろいろワケアリそうだけど、何だか妹みたいで可愛いし、今のところはピュアな印象しかない。慣れるにしたがって、そのうち黒いことを口走ったりするようになるのかもしれないけど、その時はその時よ。

「星、私も大好き！　そう言えばエルメスさん、流れ星って見たこと、あります？　ジュラはありますよ。子供の時」

「私だってあるわよ、流れ星くらい」

そんなことで張り合っても仕方ないのに、私とジュラは、それぞれが見た流れ星の話を、代わりばんこにした。それはきっと夢の話と同じで、どんなに説明しても、その美しさや、それを見た時のうれしさを伝えきることなんかできはしないんだろうけど、なぜか話さずにはいられなかった。別に「私だって、きれいなものを見たことがあるんだ」って、言いたいわけじゃないんだけどさ。

「絶対にムリなのはわかってるけど……一度でいいから、自分の目でアンドロメダ銀河が見られたらなぁって思うんだ」

大好きな星の話になったのに勢いづいて、思わずポロリと言ってしまう。

実は、これこそ私の秘密中の秘密で——子供の頃から、真剣に願い続けてきたことだ。宇宙船の窓越しでも、宇宙服の金魚鉢みたいなヘルメットのガラス越しでもいい。宇宙空間に輝くアンドロメダ銀河を、自分の目で直に見ることができたら、その次の瞬間に死んでも、私は後悔しないだろう。

たぶん同じような願望を持っている人は、当たり前にいるんじゃないかと思う。

実際、高性能の望遠鏡を使えば、白い靄《もや》のような姿なら見ることができるみたい。でも、それは写真で知られた姿と大きく違っていて、特にきれいというわけでもない。残念だけど、地球からだと、それが限界ってこと。

だから、ほとんどの人は、ムリなものはムリと割り切って、その願望と上手に折り合いをつけているに違いない。私みたいに家庭用プラネタリウムを買ってみたり、ハッブル望遠鏡が撮影した星の写真集を買ってみたり、大きなテレビにＤＶＤの映像を映してみたり——そうするしかないんだから、仕方ないよね。宇宙に行けるのは、選ばれた人たちだけなんだから。

実は恥ずかしい話、自分は絶対にアンドロメダ銀河を見られないってことが、どうしても悔しくて悲しくて、こらえきれずに泣いてしまうことが私にはある。

あんなにきれいなものを、自分は絶対に見られない。

存在だけは教えられたのに、まるで手が届かない。

せめて同じ地球にあるものなら、目にできるチャンスはゼロじゃないだろうに、さすがに二百五十万光年は、絶望的な遠さ。それなら、いっそ存在そのものも知らない方が幸せだったのに。

「アンドロメダって、星の名前でしたっけ」

控えめに嘆いていた私に、ジュラが尋ねてくる。

「アンドロメダは、たくさんの星が集まった銀河だよ。昔はアンドロメダ星雲って言うことが多かったんだけど、ホントは銀河なんだって」

「えーっ、銀河と星雲って、どう違うの」

銀河は星の集まり、星雲はガスの集まり……って、口で言うのは簡単だけど、どこから話せば、ジュラにわかってもらえるかな。

「ジュラちゃん、大丈夫?」

説明しようと顔を上げた時、ジュラがお腹の下の方を押さえているのに気が付いて、思わず声をかける。

「ちょびっと痛くなってきたけど、ぜーんぜん平気。少ししたら、治まっちゃうから」

そう言いながらジュラは、傍らに置いてあったトートバッグに手を伸ばし、例のスケッチブックを取り出した。

「これ、前にも見せましたけど……この猫の名前、〝アンドー〟って言うんですよ」

ジュラが示したのは、例の名刺にも描いてあった、目の大きな猫の絵だ。いつ見ても可愛くないな。

「アンドーって……そいつ、日本人なの?」

ジュラの顔に苦痛の表情が浮かぶのを見ながらも、急に方向転換できない私は、バカなことを尋ねる。

「お父さんの友だちに、すっごく目の大きな安藤さんっていう人がいて……私が描いた猫の絵を見て、『なんだよ、こいつは安藤か』って言ったんです。それから面白がってアンドーって呼ぶようになって」

脈打つように痛みが押し寄せてくるらしく、それに合わせてジュラは顔を顰《ひそ》めた。

「アンドーとアンドロメダって、似てますよね」

それでも無理して笑おうとするのが、何とも痛々しかった。

「ねぇ、ジュラちゃん、それってホントに生理痛なの？　もしかしたら、別の病気なんじゃないの？」

思わずテーブルの上でジュラの左手を握ると、かなり脈が速くなっていた。

「いやいや、これはお客さんですよ……久しぶりだから、大暴れしてるんです」

「久しぶりって……最近、来てなかった？」

「私、いっつもそうなんです。半年くらい何もなかったり、終わったかと思ったら、すぐ来たり」

何だか、イヤな予感がした。

「前に来たのは、いつ？」

「たぶん、桜が咲いてた頃」

それが四月上旬という意味なら、丸二カ月、いや、もう丸三カ月、来てなかったということだ。

「痛い！」

大きな痛みがきたのか、ジュラは握っていた私の手を振りほどき、両腕でお腹を抱えた。体をくの字に曲げ、額にはみるみるうちに汗の粒が浮かんでくる。

「ジュラちゃん、しっかりして」

私は席を立ち、ジュラの横に移ろうとして、初めて気づいた——フリルスカートから出たジュラの脚に、粘ついた血が流れている。

それは白いニーハイソックスにも染みて、赤い葉脈のような筋を浮かび上がらせていた。その筋の先端が、かなりの速さで伸びていく。

（すごく血が出てる）

それに気づいた時、私の頭は白くなって、何も考えられなくなりそうだった。けれど、ここで私が気を失うわけにはいかない。

「すみません、救急車……救急車を呼んでください」

私は近くにいたウェイターさんに、叫ぶように言った。

＊

救急車は、十分ほどで来た。ジュラはストレッチャーに体を固定されて店の外に運び出されたけど、その間も身を捩《よじ》って痛がっている。

「お姉さんですか？」

中年の救急隊員の男性に聞かれて、私は頭を振った。

「いえ、友だちです」

「では、この方のご家族の連絡先とか、ご存知ですか？」

「実は……知り合ったばっかりで、何も知らないんです」

「そうですか」

救急隊員は不自然なくらいに力強くうなずいたが、あれはきっと舌打ちの一つもしたくなったのを、顔や態度に出さないためにだろう。ムリもない。一緒にいるのに、しかも年上なのに、私は何の役にも立ってない。

「一緒に来てもらえますか」

「はい、もちろん」

ジュラが中に運び込まれた後、私は自分と彼女の荷物を持って、救急車に乗った。大きなサイレン音と共にすぐに走り出し、近くの幹線道路に出る。

「ジュラちゃん、しっかりして」

他にできることがなくて、私は同じような言葉を繰り返すしかなかった。

もちろん、初めて乗る救急車の中を眺め回すような余裕もない。ただ上の方の一部だけが透明になったガラスの間から街の景色が見えて、それがあまりに当たり前だったから、何だか切なくなった。ここでジュラがこんなに痛がってるのに、それを誰も知らないことが腹立たしいような、悲しいような気がしたからだ。

しばらくして、ジュラの名前や歳を救急隊員に聞かれた。私はホントにわかる範囲のことだけ答えたけど、最後に出てきた質問には、思わず言葉が詰まった。

「この方、妊娠してます？」

「いえ、そういうことは聞いてませんけど……でも、生理はあるみたいですから、それはないんじゃないでしょうか」

そう答えると、救急隊員はまた力強くうなずき、こうなる前はどんな様子だったかと尋ねてくる。

「鈍い痛みが、時間を置いて来るって言ってました。で、少し時間が経ったら、スーッと痛みが引くらしいです。でも、また時間が経ったら痛くなって、その度合いが少しずつ増してたみたいでしたけど」

そう口に出して答えた時、鈍い私の頭にも閃《ひらめ》くものがあった——それって、いわゆる〝陣痛〟じゃないの？

額に汗を浮かべて苦しんでいるジュラの顔を見ながら、可能性は十分にあると思った。

ジュラの働いているところが、どんなふうに女性の健康管理をしているかわからないけれど、どうせ本人に任せきりに決まってる。ああいう業界は万事が適当で、性病の検査をしているだけマシだと聞いたこともあるし。

（ホントに……ろくなもんじゃないな）

まだジュラが妊娠してたと決まったわけでもないのに、例の極太シルバーチェーンを首から下げた男の顔を思い出して、私は頭に血が昇る。一度しか見てないせいか、その顔つきは限りなく下品に脳内再生されていたけど、きっと実際の中身もそうなんだろうから、間違っちゃいないだろう。

救急車が到着したのは、大きな総合病院だった。緊急搬送口の前に取り付けられた看板には、外科や内科、小児科に混ざって、産婦人科の文字もある。

それからジュラは緊急処置室に運ばれ、私は看護師さんに廊下で待つように言われる。

（どうして、こんなことになっちゃったんだろ）

私は自動販売機でペットボトルのお茶を買い、その場で半分近くを飲みながら思った。

ジュラが倒れてしまったことの原因を考えてるわけじゃない。せっかくの休みに、こんなトラブルに巻き込まれてしまう自分の不運を嘆いただけだ。

（まさか……死んじゃったりしないわよね？）

ジュラの脚に赤い葉脈のような模様を作っていた血の量を思い起こすと、腕や首筋が寒くなる。よく女は血に強い（毎月、見なれているから……らしいが）と言われるが、それも程度問題。とりあえず、命に係わるようなことにだけはなって欲しくない。

私は緊急処置室に一番近いところにあるベンチに腰掛け、ぼんやりと時が過ぎるのを待っていた。

しばらくして、大きな携帯の着信音がした。自分のスマホのものとは明らかに違う。

（ジュラのだ）

慌ててトートバッグを覗くと、いつものスケッチブックとビニール製のペンケース、小物がまとめてあるらしい巾着袋とキャンディーの袋の間で、ローズピンクのガラケーの着信ランプが点滅してる。

私は慌てて取り出し、フラップを開いた。小さな画面に、〝ぐれさん〟という文字が浮かんでいる。極太シルバー男が、掛けてきたのだ。

いっそ通話できるところまで行って、ジュラに起こったことを教えてやった方がいいかもしれない……という考えが頭をよぎったが、大音量で鳴り続ける着信音に焦らされ、私はスイッチを長押しして電源を切った。あの男と直に話すのも、気が進まなかったし。

その時、処置室の扉が開いて、私と同じ年くらいの看護師さんが顔を出す。

「ここでは、携帯の電源を切っておいてくださいね」

声こそ優しかったが、口調は明らかに上からだった。私は自分のじゃないと言い返したい気分だったけど、素直に「すみません」と答える。

その後、看護師さんは、淡々と言った。

「今、少し落ち着きました。ですけど、この後、本格的な処置をしなくちゃならないんで」

「あの子は……どこが悪いんですか」

私が尋ねると、看護師さんは眉を顰めて答えた。

「そういうことは、言えないんですよ。あなた、ご家族じゃないんですよね？」

確かに私はただの知り合いで、保護者でも身元引受人でもない。言えることと言えないことがあるのも、仕方ないか。

「ですが手術の必要がありますので、ご家族と至急連絡を取らないといけないんですが……何もご存知ないですか？」

「手術ですか」

どうやら、薬を飲んで寝ていれば治る……というレベルの状態じゃないらしい。まったくジュラは、トラブルだらけだ。

「今、話したりできる状態ですか？　それなら、あの子自身に聞いてもらった方が早いと思うんですけど」

言えることと言えないことがあるのは、私だって同じ――ジュラが女でも平気で殴るような男の下で性的搾取をされているなんて、ただの通りすがりみたいな私が、他人に話してしまっていいものかどうか。

「わかりました。もう少し、お待ちくださいね」

そう言って看護師さんは一度処置室に戻ったが、二分ほどして再び戻ってくる。

「あの方の荷物、お持ちですよね？　少し来ていただけませんか」

案内されて中に入ると、ジュラは何枚ものカーテンをくぐった先のベッドに寝かされていた。

「ジュラちゃん！」

口元には酸素吸入のマスク、腕には点滴のチューブをつけられているジュラを見て、思わず声が大きくなる。上には白のブラウスは着ているようだけど、胸から下には白いシーツが掛けられていて、様子がわからない。けれど、はみ出たつま先は生脚で、ベッドの下半身の部分に分厚いビニールが敷かれているのを考え合わせると、きっと下は裸なんだろう。

「エルメスさん」

ファンデーションがまだらになった顔を向けて、ジュラは無理やりな笑みを浮かべた。

「せっかく楽しかったのに……ごめんなさい」

「いいのよ、そんなこと。それより、大丈夫なの？」

私はしゃがみ、顔を近づけて尋ねた。ジュラが手を伸ばしてきたから、その汗ばんだ手を握る。

「エルメスさん……私のお腹の中に、赤ちゃんがいたんだって」

その弱々しい言葉に、喉元がキュッと締まったような気がした——あぁ、やっぱり。

「全然、気が付かなかったなぁ……私、お母さんだったんだ」

今、その胎児はどうなっているのか、聞くのが少し怖かった。

「でも、ちゃんと大きくなることができなくって、小さいうちに出てきちゃったんだって。でも、ヘンなところに引っかかっちゃってるから、これから麻酔をかけて、お医者さんが取るんだって」

淡々とした口調で言った後、ジュラの大きな目から涙が零《こぼ》れる。それはポロリと音を立てそうなくらいに大粒で、何の光を照り返したのか、白く輝いて見えた。

「かわいそうだね、赤ちゃん」

「うん」

私はただうなずいて、ジュラの手を強く握るしかなかった——あんただって、十分かわいそうだよ。

「誰の子だったか、わかるの?」

過去形で聞く私は残酷だ。

「うーん」

ジュラは口を尖らせて、考えているふりをする。でも、きっと本人にだって、わからないだろう。

私の考えている通り、ジュラの仕事がいわゆる〝デリバリー・ヘルス〟だとしたら、原則的には性行為は禁止されているらしい。けれど、それはあくまでも建前で、抜け穴なんていくらでもある。

ふと、たまに顔を出すバー『むこう向き』の主人であるロコさんが、いつか笑いながら言ってた言葉が頭をよぎっていく——「そういうことに関しちゃ、男はいくらでも知恵を絞るからね。もっと他に考えることはないのかって言いたいくらいよ」

まったく同感だよ。

「いいのよ、わからなかったら、別に……ただ、こんなことになっちゃったのを、相談できる人がいるのかなって思って」

「そう言えば、グレさんに電話しなくちゃ……何だか手術するのに、書類にサインしなくっちゃいけないんだって。エルメスさん、そのバッグ貸して」

そう言いながらジュラは体を起こそうとして、痛そうに顔を歪《ゆが》める。

「ちょっと！　何やってんのよ。何を取ればいいの？　携帯？」

「うん。携帯見ないと、電話番号わかんないから」

私はバッグの中からガラケーを取り出し、ジュラの手に握らせた。

「やっぱり……ジュラちゃんの保護者は、あのグレさんって人になるのかな」

本人の言葉を信じればジュラは成人しているから、この場合は身元引受人と言った方がいいのかな。

「お父さんもお母さんも、どこにいるかわかんないし……だから困ったことがあったら、何でもグレさんに言うことになってるの。頼りになるんだ、グレさん」

ジュラがそう言って目を細めたのが、私には理解できなかった。いいように搾取されてるって自覚があるんだか、ないんだか。

「でも、あの人、ジュラちゃんにひどいこと、するでしょう？　この間だって電話で怒鳴ってたし、その前なんか、車の中で殴ってたじゃない。私、見たのよ」

そう言うと、少しの間ジュラの目線が宙を泳いだ。

「ねぇ、あの人がどういう人か、私はよくわかんないけどさ……あんまり、一緒にいていい人じゃないんじゃないの？」

どういう事情で、あの男のところで働くようになったのか、それさえ私は知らなかったけど——このままだと、もっとジュラがかわいそうなことになるような気がした。

「でもグレさん、いい人ですよ」

思いがけないことを、ジュラがつぶやく。

「確かに怒ると怖いですけど、ふだんはいい人なんです。変なお客さんに会っちゃった時は助けてくれるし、ドーナッツも買ってきてくれるし……ジュラのこと、可愛い可愛いって言ってくれるし」

鏡がないから見たわけじゃないけど、その言葉を聞く私の目は、限りなく丸くなっていたに違いない。誰のおかげで救急車に乗るような羽目になったのか、ちっともわかってないんだなぁ。

「ジュラちゃん、あのね……」

私が言いかけた時、カーテンが開いて看護師さんが顔を出した。手には書類ホルダーを持っている。

「お話し中、悪いんですけど、いろいろ、お尋ねしておきたいことがありまして」

なるほど、私の出る幕は、このあたりで終わりのようだ。

(考えてみれば……私には関係ない話だよね)

そこで私はいつもの冷たさを取り戻し、ジュラのトートバッグを看護師さんに預けた。とりあえず、それなりの役目は果たしたかな。

「元気になったら、また電話してね。今日の続きを、どっかでやろう」

そう言って手を握ると、ジュラは何回も「ごめんね」と言った。

「あ、すみません、念のためにお名前と電話番号を、お聞きしてよろしいですか」

処置室を出ようとした私を呼び止めて、看護師が尋ねてくる。救急車の中でも救急隊員に同じようなことを聞かれたけど、書類を埋めるためには必要なんだろうな。

私は出された書類に自分の住所と電話番号を書いて、看護師に手渡した。

それから病院の外に出ると、まだ空は明るくて——この一時間あまりの間に起こった出来事が、すべて悪い夢のようだった。

＊

病院を出た後、まっすぐアパートに戻ってもよかったのだけど——今日が水曜日だったのを思い出して、私は錦糸町《きんしちょう》に向かった。六時まで時間を潰せば、『むこう向き』のレディース・デーに行くことができる。

久しぶりに行くとなると手ぶらは許されまいと、駅の近くでロコさんの好きなクッキーを買った。何と言ってもロコさんは、私が心を許している数少ない人間の一人だから。

『むこう向き』は、錦糸町から少し歩いた横川《よこかわ》というところにある、小さなバー。

ちょうど錦糸町駅と、とうきょうスカイツリー駅の真ん中くらいの場所にあって、どっちの駅から行っても同じような距離なのが、便利とも不便とも言えた。雑居ビルの二階にあって、カウンターに十人も座ればキュウキュウになっちゃうくらいの広さしかないけど、慣れると、その狭さが逆にいい感じになってくる。

私は錦糸町の駅から暑さの残る道を歩き、やがて『むこう向き』に着いた。

見慣れた白い扉に「本日レディース・デーにつき、男性のお客様はご遠慮ください」と書かれた看板が掛かっている。隅の方に『ムーミン』に出てくるニョロニョロのイラストが描かれ、フキダシで「ゴメンネ」というセリフが書き添えてあるのがオチャメだ。

「こんばんはぁ」

そう言いながら扉を開けると、カウンターの中で水仕事をしていたロコさんが「いらっしゃーい」と言いながら、顔を上げた。

ワインレッドのフレームのメガネをかけてるけど、そのレンズが分厚いせいで、切れ長の目が、ずっと奥まって見える。胸元に細かいフリルの付いたゴシックっぽい黒サテンのブラウスと、波打つロングヘアーが神秘的な雰囲気なのに、そのメガネのせいでヤボったくなっているのが残念に思えちゃうけど——今日は、これでいいんだ。

「おっ、ルリゴン」

彼女は、私を怪獣みたいに呼ぶ。

「久しぶりじゃないの……前に来たのは、確か大政奉還の頃だったよね」

「どんだけ昔なんですか。まぁ、確かに二ヵ月ぶりくらいですけど」

少し時間が早かったせいか、客が誰もいないどころか、まだ開店準備さえ終わってないようだったけど、この店では、あまり細かいことは気にしなくてもいい……と言われている。

「そうそう、細マッチョの彼氏ができて、浮かれまくってたよね。どう、うまくいってんの？」

「それが……あいつ、妻子持ちだったんですよ。アッタマきますよね」

「うわっ、それでどうした？」

「もちろん、別れたに決まってるじゃないですか。不倫とか、ノーサンキューなんで」

「それでヒマになって、私の顔を見に来てくれたってわけか。わかりやすいヤッチャ」

「そういうわけじゃないですよ」

そう言いながら私は、お土産のクッキーの箱を手渡す。

「おっ、ちゃんと世の中というものを理解しているね。こういうところは、伸ばしてあげたいな」

「何です、学校の先生みたいに」

二ヵ月ぶりなのに、私とロコさんは普段と変わりない調子で話した。ジュラの一件がヘビーだっただけに、本当にホッとする。

「ルリゴン、最初はどうする？　暑いから、ビールがいいわよね」

ロコさんはカウンターの中に置いてある小さな冷蔵庫からビールの中瓶を取り出し、栓を抜いて二つのグラスに注ぎ分けた。私はカウンターの真ん中あたりに腰を下ろす。

「じゃあ、カンパーイ」

グラスを軽く打ち合わせた後、一息に半分ほど飲み干すと、何だか目の前が明るくなったような気がした。

「やっぱり、夏はビールに限るわい」

そう言いながらロコさんは、メガネをはずしてハンカチで額と鼻筋を押さえた。冷房を利かしてはいても、開店準備で汗をかいていたらしかった。

「どうです、最近は」

私はすぐに話題が見つけられなくて、とりあえずオヤジっぽい言葉で間を繋《つな》ぐ。

「いやぁ、〝ぼちぼちでんなー〟って言いたいとこだけど、正直言って厳しくなる一方よ。もともと場所が今イチだし、外でお酒を飲む人が減ってるしさ」

二つの駅から同じくらいに離れているというのは、どっちの駅からも客が流れてきにくい……ということでもある。私が錦糸町のセレクトショップで働いていた頃、店の先輩に連れられて初めて来たのだけど、その時も微妙に遠いと感じたもんだ。

「でも、まぁ、すぐに潰れるってこともないから、ルリゴンも、もっと来てよ。別にレディース・デーじゃなくてもいいじゃない。普段の日だったら、美しくドレスアップした私が見られるわよ」

私は数えるほどしか見ていないが、普段のロコさんはメガネではなくコンタクトで、衣装もことさら凝《こ》ったものになっている。寄せてあげた胸の谷間を強調するのがデフォルトで、さらに口元のマリリン・モンローと同じ場所に、黒子《ほくろ》を描いてるくらいだ。でも、それは男性客向けのサービスみたいなもんで、レディース・デーの時は、今日のように手を抜いたモードが当たり前。その方が、お客さんたちがくつろげるからだ。

そもそもレディース・デーというと、普通は女性客だけ安くなったり、特別なサービスが付いたりするのを言うことが多いのだけど、この店の場合は違う。第一と第三水曜日だけ、完全に男性客お断りの女性オンリーになるのだ。連れで来るのもダメという徹底ぶりよ。

よくわからないけど、男というものは、とにかく女を追いかけたいものらしい。いい歳になろうと、さらには奥さんがいようと、つまらないちょっかいを出してくるヤツがホントに多い。お酒が入る場所となれば、言うまでもない。

もちろん、そういうのを期待してたり喜んでる人もいるから、全部ひっくるめて悪いことだとは言わない。けれど女にだって、ゆっくり酒を味わいたい時がある。グラスを傾けながら、一人であれこれ考えたい時もあるんだ。

そんな時に声をかけられても、ただ迷惑なだけ。

それでも相手を気遣って、やんわりと断らなければ、理不尽な攻撃を受けたりするから、ホントに頭にくる。「こんなところに女が一人で来るってことは、そういうのを期待してるからだろ」なんて言葉が耳に届いた日には、その場で怒りを大爆発させたくなるくらいだ。世の中全部が、男の尺度で回ってると思うなよ。

私よりも何倍もセクシーで美人路線をひた走っていた若き日のロコさんは、そういう風潮にほとほとウンザリしてしまったそうだ。だから自分の店を持った時、月に二回だけでも男子禁制の日を作ろうと思った。それがレディース・デーだ。

商売的なことを言えば、やっぱり女は男ほど飲まないから、あんまり儲からないらしい。それでもロコさんがレディース・デーを続けているのは、女が男の目を気にせず、気楽に楽しめる場所が必要だと心の底から思っているからなんだ。

私の見る限り、レディース・デーはおおむね好評じゃないかと思う。

常連が多いようだし、集まってくる人たちは、みんな楽しそうに飲んでる。中にはグチっぽくなる人もいるけど、そういう時はうまく話題を逸《そ》らして、別の方向で盛り上がっていくように仕向けるロコさんの気配りは大したもの。

レディース・デーで伸び伸びと飲んでいるお客さんたちを見ていると、私自身も楽しい気持ちになってくる。それだけ普段の生活に、大きなストレスを抱えているんだろうな。

それもムリはないことだ。

女はこうあるべきという価値観を押し付けられたり、さりげなく男を立てることを期待されたり、外見に勝手に優劣をつけられたり、女は当てにならないと面と向かって言われたり――ホントに面倒くさいことばっかり。

おまけに同性の目も厳しくて、たとえば私なら「身長がそんなにあるなんて、女としてはヤバいんじゃない?」とマジメに言われたり(好きで背が高くなったわけじゃないよ)、靴のサイズで驚かれたりするのは日常だ。特に顔やスタイルについては、むしろ同性の方がキツかったりする。

もちろん男も同じように苦しんでると思うし、逆に男だからこそ辛いこともあるでしょうよ。

きっと「女ばっかり大変だと思うなよ! 男だって、毎日ストレスだらけなんだ!」と反論したくなるだろうってことは、私なりに理解してるつもり。世の中、まったくストレスなしに生きて行くことなんて、誰にもできゃしない。

だからこそ、お酒を飲んでいる時くらい、そんな面倒くさいことから解放されたいと思う。お酌をさせられたり、料理を取り分けたりしたくない時だって、当たり前にある

「そうねぇ……まぁ、ルリゴンがそう言うんなら、まわりがゴチャゴチャ言うことでも
引くような気がしたんですよ。私としては、少しでも早くリセットしたかったんで」
「まぁ、気づかなかった自分もバカだったと思いますし……金額で揉めてたら、話が長
じゃないかと思うけど」
「落としどころとしては、妥当かもね……私的には、もう少し吹っ掛けてもよかったん
とにした……というところで、ロコさんは腕組みしながらうなずく。
話した。あの人に妻子がいるのを知って、結局、五十万円もらって全部終わりにするこ
そんなバカな掛け合いで笑いあった後、仕方なく私は自分のダメダメな恋愛の顚末《てんまつ》を
「体格はボン、キュッ、ボン！だけどね」
「ロコさん、性格悪いなぁ」
んだから」
「まぁ、そう言うなよ、きょうだい……私、他人のダメダメな恋愛話を聞くのが好きな
私としては思い出したくない気分だったんだけど、ロコさんには通じない。
「えーっ？　その話は、いいですよ」
もう一本ビールを開け、私のグラスに注いでくれながらロコさんが尋ねてくる。
「そう言えば、細マッチョの彼の話、聞かせてよ。何がどうして、どうなったの」
んだよ。

ないわな。その五十万、バーッと使っちゃいなさい」

「私もそう思ったんですけど、いざとなると、できないもんですよ。別に未練とかじゃなくて、やっぱりお金は大事ですから」

「あぁ、そうやって、いつのまにか生活費で消えちゃうのね。何か悲しいわ……ホントに詩情もへったくれもない」

「そんなもんですって」

私が言うと、ロコさんはカウンターの中で肩をすくめた。

ロコさんは昔から詩が好きらしく、店の隅に作った小さな本棚には、何冊もの詩の本が置いてある。この店の『むこう向き』という名前も、金子何とかという人の、『おっとせい』という詩から取ったのだそうだ。

私も一度だけ読んだことがあるけれど、確かオットセイが書いたというスタイルの詩で、最後は〝自分はオットセイが嫌いだけれど、自分自身がオットセイであることも間違いない。だから自分は、『むこう向きのオットセイ』だ……みたいなことを言って終わっていたと思う。

それはつまり、群れに馴染《なじ》めないハグレ者だということなのかもしれないけど、何となくロコさんのイメージに合っている気がする。もしかすると私にも、少しはそういうところがあるかな。

「それにしても、ろくなもんじゃないですよ。どうして奥さんがいるのに、他の女に手を出そうとするんですかね」

だから男はしょうがない……と、私が言葉を続けようとしたのを悟ったのか、ロコさんは先手を打つ。

「そんなの、別に男に限ったことじゃないでしょ。ダンナがいても、別の男にちょっかい出す女もいるし……ひどいのになると、自分も結婚してるくせに、人のダンナを平気で取っちゃったりするでしょ」

それは珍しい話ではないし、ここのレディース・デーの常連客の中にも、そういう状況にいるのを楽しそうに話してる人もいる。

「これはもう、男だから女だからっていう話じゃなくって、人間だからしょうがないってことじゃないかしら」

「あぁ、〝みつを〟ですか」

私なりに相づちを打ったつもりだが、ロコさんはギャグと思ったらしく、大げさに噴き出した後で、「そうじゃないだろ」と手の甲で私の肩先を叩いた。

「何て言うのかなぁ……人間って、不思議な生き物だよね。愛とは何か、命とは何かって哲学的に考える頭と一緒に、とにかくセックスしたい、気持ちいいことがしたいっていう本能みたいなものを持たされてるんだから」

まだ外には完全に夜がきていないのに、ロコさんは過激なことを口走る。

「そういうことで失敗した人なんて、掃いて捨てるほどいるじゃん。政治家だの、学者だの……ふだんは立派な仕事をしてるんだろうけど、一時の欲に負けて恥を曝しちゃったりして」

「でも道を踏み外さない人だって、普通にいるじゃないですか」

私が言うと、ロコさんはあごを指先でつまむようなポーズを取って答えた。

「そりゃ、もちろんいるわよ。みんなが本能に身を任せてたら、大変なことになっちゃうわ。でも、人間はそういう生き物だってことには、ルリゴンも反対しないでしょ」

「それは、まぁ……」

私だって健康な成人だから、それなりの欲求はある。

「どんな立派な人だって、裏では本能に振り回されてるのよ。上手にコントロールできれば、ホントにいいんだろうけど……悲しいかな、人間は純愛と同時に快楽も求めちゃう動物なのよね。だから私、ロミオは絶対ジュリエットにフェラさせたと思うんだ。オー、イエーとか言いながら……大した悲恋だのう」

思わず飲みかけたビールを噴きそうになる。

「ロコさん、何か飛ばしてませんか？　まだ七時前ですよ」

「そう？　私はいつも、こんなもんざんす」

あっけらかんとした顔で、ロコさんは言った。

「厄介なのは、人間には、もう一つ抑えきれない感情があることなんだよねぇ……それが人間を本能に向かわせちゃうのよね」

何だか難しい話になってきたぞ……と思ったけれど、興味はある。

「何なんですか、抑えきれない感情って」

「そりゃあ……何て言ったらいいかな……まぁ、犬っころの心よ」

「犬っころの心？」

初めて耳にする言葉だけど、そういうのが心理学の本なんかに載ってるのかな。

「別にセックスするとかじゃなくても、ただ誰でもいいから引っ付きたいって気持ちかしらね。頭を撫でられたいとか、くっついて寝たいとか……結局は寂しがり屋ってことだろうけど、そうやって、いろいろな感情をごまかしたい気持ちって、あるでしょ」

「あるかもしれませんけど、普通は、誰でもいいとは思わないんじゃないですか？」

私は特に、見ず知らずの人と体が触れ合うことに抵抗を感じる。むしろ気持ち悪いだけだと思うけど。

「そこが危ないいんじゃない……どんな理由であれ、先に肌を合わせちゃったりすると、その後に湧き起こってきたものを愛情だと信じちゃうでしょう」

その言葉を聞いたとたん、子供の頃のある風景が、私の頭の中に鮮明に甦った。

それは間違いなく忘れたい記憶の一つで、実際、いつもは心の奥底に沈めたままにしている。思い出すだけで全身に鳥肌が立って、大きな声で叫びたくなっちゃうから、このまま他の記憶にまぎれるのを待つか、あるいは、いっそ笑いのタネにしちゃうしかないと思ってた。

けれど、〝犬っころの心〟という哀れげな言葉と、その意味が私を打ちのめした。

そう、あの頃の私は――まさしく犬っころだった。気まぐれに可愛がられたのを愛されていると勘違いして、その人の姿を探して歩いた。たった七歳だったのに、その人は自分を愛してくれているんだと信じてたんだ。

今思えば、ただの変質者野郎なのに。

＊

物心ついた頃から、私は埼玉県の団地に住んでいた。

ずっと古い記憶では、母さんと父さんらしき男の人の姿もあるから、その団地に入居した時には、私の家も両親がいる、ありふれた家庭だったんだろうな。

その父さんらしき男の人に関しては、楽しかった記憶しかない。

テーブルで一緒にご飯を食べたり、セーラームーンの人形を買ってもらったり、「げんこつ山のたぬきさん」を身振り付きで一緒に歌ったり——きっと優しい人だったんだろうと思う。

けれど、どういうわけか、その人の顔が思い出せない。

ガリガリに痩《や》せていて、白っぽい開襟シャツがずいぶん大きく見えたとか、薄い茶色のジャンパーを着てたとか、赤い箱のタバコを吸ってたとか、そういう欠片《かけら》みたいな記憶はあるのに、顔だけが思い出せないんだ。ムリに思い出そうとすると、テレビで見た俳優の顔になったりしちゃうから、今のままでもいいのかもね。

その父さんらしき人は、いつのまにかいなくなった。

ずっと後になって、父さんは女を作って出て行ったと、母さんに教えられたけど、ホントはどうなのかはわからない。その後の母さんの奔放ぶりを目の当たりにした娘としては、むしろ母さんの方が最初に浮気したんじゃないのって気もするけど、それは邪推かもね。

ただ一つ言えるのは、父さんらしき人の姿は、いつのまにか見えなくなっていた……ということだけだ。まだ小さかったから、しょうがないのかな。

私の中にはっきりとした記憶が残るようになったのは、たぶん保育園に通うようになってからだ。五歳くらいの頃だと思うけど、一緒に遊んだ友だちの名前も何人かなら覚えているし、顔が思い出せる子も多い。

その時、すでに私の家は母子家庭。

母さんは近くのスーパーでレジ打ちの仕事をしていて、私は保育園以外の時間の多くを、一人で過ごすことが多かった。だから小さい頃からビデオデッキの使い方を覚えて、同じディズニーのビデオを何度も見ていたもんだ。

保育園に通っていた頃は、昼寝の時間が大嫌いだったとはいえ、夕方までは先生や友だちと一緒に過ごすことができる。けれど小学校に入ってからは、私が一人で過ごす時間が増えた。

母さんが学童保育というものの存在を知らなくて、申し込まなかったんだ。子供時代に自分が行かなかったからかもしれないけど、そんな雑な親を持つと、子供はホントに苦労する。

もっとも、私たちが住んでたのは、県でも有名なマンモス団地。

大小いくつもの公園があちこちにあるし、パン屋も本屋もオモチャ屋も、すべて団地の中に揃っている。だから車の行き交う道路さえ渡らなければ、割と安全に過ごせた。

小学校から帰ってくると、私は団地の中を走り回って遊んだ。低学年の頃は午前中で授業が終わっちゃうから、時間は持て余すくらいにあったんだ。

私は学童保育に行ってない近所の同級生と遊ぶことが多かったけど、そのうちにスイミングや英語なんかの習い事に行く人が増えて、遊び相手がいないことが多くなった。

そんな時は公園にいる幼稚園の子と遊んだり、逆に上級生の子たちの遊びに入れてもらったりしたけど、しょせんはワンポイント・リリーフ。その子たちが、いつも仲間に入れてくれるわけじゃないんだよね。

自然と私は、団地の中にある本屋に通うようになった。

団地の一階に店を構えた個人商店で、本の種類も多くなかったけど、本を乱暴に扱いさえしなければ立ち読みも許してくれたから、なかなか居心地のいい場所だったな。

私は小学一年の冬に、そこでアキラくんと出会ったんだ――今となっては名前さえ思い出したくないけど。

＊

どういうわけか私の友だちには、何の問題もない家庭で育ったという子が少ない。

尋ねれば、「まぁ、普通って言えば普通よ」なんて答えるのだけど、実は親が離婚してたり、父親がアル中だったり、母親が不倫して家庭がメチャクチャになってたり、すごく貧乏な家で育った……なんて子ばかりだ。きっと私自身の家がそうだったから、それが当たり前だと思っていて、自然とそういう子と仲良くなるんだろうな。

だから、たまに〝何不自由なく生きてきたっぽい人〟と知り合って、ちょっと家の話をしたりすると、ドン引かれることがある。

さすがに露骨に「かわいそうね」と言われたことはないけど、あきらかに自分とは違う種類の人間を見るような目で見たり、口先だけで同情したりする。その人にとっては、両親の揃ってない家や、お金に困っている家なんかは、よっぽど珍しいものに見えるのかな。

そういう人は私にとっても煙たいから、自然と距離を置くようになっていった。だから、どうしても似た者同士の友だちが増えていくのは仕方ないね。

私は、自分と同じような陰を持っている友だちが好き。

子供の頃、どっちが貧乏だったか張り合ってみたり、片方の親しかいなかった苦労を語り合ったり——そうそう、親の再婚相手（あるいは恋人）と、どんな風に折り合いをつけてきたかって話題も、私たちならではだ。そんな友だちと話していると、私は本当にくつろげた。

それに比べて……と言うと、意地の悪い言い方に聞こえちゃうだろうけど、何の陰も苦労もなく育ってきた人たちは、意外と冷たい時があって苦手だ。私の家がそんな家だとは夢にも思わないで、「どんな事情があろうと、子供を置いて出て行くような親はクソだよ」とか、「浮気して家庭を壊すなんて、人間のクズだな」なんて、平気で悪口を言ったりする。

確かにその通りだし、どんな言い訳もできないとは思うけど、その言葉の強さと冷たさが、どうしても私にはカチンと来る――クソで人間のクズの親だって、当の子供にとっては、たった一人の親なんだ。そんな親でも、子供は慕ってしまうんだ。誰だって、自分の親をクソ呼ばわりされたくないんだ。そんなこともわからないで、よく偉そうなことが言えるもんだな。

何より、自分がいつ、そっち側の人間になっちゃうのかもわからないのに、よくも無神経に他人をバカにできるもんだな。明日は我が身……と一ミリも考えないでいられるなんて、どれだけノンキなんだよ。

だから、そういうことを口走る人に会うと、少しばかりヒネた気持ちになる。「結局あんたは、可愛い子供を泣かせる親は最低だって言いたいんだろう？　なるほど、あんたは優しくて、いい人だよ。それはわかったから、もう黙ってろや」と言ってやりたくなるんだ。〝自分は優しい人間だ〟アピールは、他所《よそ》でやってくれよ。

そして、こうも付け足してやりたくなるんだ――真っ当に暮らしてるように見える家で育てば、みんながみんな、真っ当になるわけじゃないんだよ。

そういう人たちは、たいていが優しくて善良だろうけど、中にはクズもいる。残念ながら、アキラくんもそうだった。

少なくともアキラくんの家は、真っ当だったはずだ。

同じ団地住まいと言っても、お父さんは有名な新聞社に勤めてたらしいし、お兄さんも、すごくいい高校に行っていたそうだ。だから団地の本屋のおじさんも、他の子供は呼び捨てにしたり愛称で呼んだりしてたのに、アキラくんだけは〝くん付け〟だった。

アキラくんと会ったのは、私が小学一年生の時だ。

本屋で立ち読みしてた時、手の届かないところにある本を取ってくれたのが、話すようになったきっかけだったと思う。

その頃、アキラくんは中学一年生で、私から見れば、どっちかというと大人の仲間だった。

詰襟の学生服もカッコよかったし、袖から覗くワイシャツの白さもステキだった。いつも手に提げている黒い学生カバンもピカピカ、履いてる皮靴もピカピカで、どこから見ても真っ当な家の子。見たことはないけど、きっとお母さんも、きちんとした人なんだろうな。

アキラくん自身は、たぶん同じ年頃の中では小柄な方だったろうと思う。

頭が大きい上に目も大きくて、ついでに耳も大きかったから、何となく宇宙人っぽい雰囲気がないでもなかったけど、変にイケメンじゃないところが、逆に親しみやすかった。体も薄っぺらで、学生服もブカブカ――いかにも子供から大人に変わり始めた体形をしてた。

本屋で会ってから、私はよくアキラくんを見かけるようになった。きっと、それまでも姿は見てたはずだけど、子供にとって制服を着た人たちは風景と同じだから、気づかなかったんだろう。

アキラくんは、優しかった。

私が公園で一人で遊んでいるところに行き合うと、必ずニコニコ笑いながら声をかけてきてくれるし、塾に行くまでに時間がある時は、ベンチに座って私の話を聞いてくれたりした。学校での出来事や、前の日に見たテレビの話ばかりだったけど、ふだんから話相手の少ない私は、マシンガンみたいにしゃべった。パートと家事に追われていた母さんは、家では「疲れた」しか言わないから、私も鬱憤《うっぷん》が溜まってたんだろう。

今から思えば小学一年生の話なんて、中学生には一つも面白くなかったろうに、アキラくんは何でも楽しそうに聞いてくれた。

それにコンビニでおでんを買ってくれたこともあったし、クリスマスプレゼントをくれたこともあったっけ。百均で売ってそうな、小さな折り紙のセットだったけど——私のために買ってくれたというだけで、飛び上がりたくなるほど嬉しかった。おまけにアキラくんは、いつ会えるかわからない私のために、その折り紙セットを学生カバンの中に入れて、ずっと持ち歩いていてくれたんだ。その気持ちを思うと、寂しい子供だった私が、彼を好きにならないわけがなかった。

何もなければ、きっとアキラくんは私の中で、子供の頃のキラキラした思い出の人になっていただろう。

さすがに初恋というのじゃないかもしれないけど、きょうだいのいない私は、こんなお兄さんがいたら、ホントにいいな……と思ってた。アキラくんは私のことを律儀に〝瑠璃ちゃん〟と呼んでいたけど、いつかは呼び捨てにされるくらいに仲良くなりたいなんて、思ってもいたんだ。

けれど、小学一年生の二月——あの出来事が起こってしまった。

私はアキラくんに人気のない公園のトイレの裏に連れ込まれ、いきなり抱きしめられてキスされたのだ。

それも、ほっぺにチュッとするような、可愛いもんじゃない。唇をしっかり押し付けて、その合わせ目から舌先で私の歯をこじ開け、さらには口の中に侵入してきて、小さな舌を舐めまわすディープキスだ。

逃げようとしたけど、アキラくんに両方の肩を掴まれ、私は身動きできなかった。それでも身を捩っていると、アキラくんは不意に顔を離し、聞いたことのないような低い声で、「じっとしてろよ」と言った。

アキラくんが私に、そんな乱暴な話し方をするのは初めてだった。私は怖いというより、アキラくんが怒っちゃった……と思った。

もう、いくらバカと言ってくれてもいいけど——私はアキラくんが怒るのがイヤだった。優しいアキラくんが、私のせいで不愉快そうに顔を歪めたり、ウンザリしたような声を出すのがイヤだった。

だから私は、アキラくんの温い舌を受け入れるしかなかった。アキラくんの唾液の甘さで頭がぼうっとなるのを感じながら、私もアキラくんの舌を舐めた。

そのうち、アキラくんは服の上から私の体をさすり始め、やがてスカートの中にも手が伸びてきたけど、その日、厚手のタイツを穿いてたのが幸いした。それはおヘソが隠れるくらいに股上が深くて、その中に手を入れるにはどうすればいいのか、アキラくんにはわからないようだった。

きっとアキラくんは、お兄さんが隠し持ってた本でも見つけて、異性の体に強い興味を持ってたんだろう。中学一年で早いのか遅いのかは知らないけど、その一部だけでも体験したくて仕方なかったに違いない（だから、彼がもう少し大人だったら、きっとキスだけじゃすまなかったはずだ）。

しばらくして他の子供たちの声が聞こえてきて、アキラくんは飛び退くように私から離れた。私は何が起こったのか理解できないまま、唇のまわりを汚していた唾液をジャンパーの袖で拭《ぬぐ》った。

「誰にも言っちゃダメだよ」

アキラくんは優しげな顔に戻って、私の頬を指先で撫でた。私は、ただうなずくことしかできなかった。

こんな話を聞けば、たいていの人は眉を顰めるだろうね。どこから見ても、幼児狙いの立派な変質者。どうせ優しくしていたのも、それが目的だったんだろう……と、考えるに違いない。

もちろん私も、やがてはその考えに至ったけれど——それには少しばかり時間が必要だった。そう考えるようになる前、特にその出来事の直後は、あろうことか、私はアキラくんに愛されていると思い込んで、むしろ自分から彼を求めていたんだ。

お願いだから、子供だったんだから仕方がない……と、誰か言って欲しい。

何せ当時は、キスの意味も理解していない歳だ。

テレビのドラマや映画でキスシーンを見ても、唇をくっつけ合う意味が少しもわからなかった。可愛い赤ちゃんのほっぺにチュッとしたくなるのはわかるけど、どうして大人同士だと唇になるのか、そんなことをして何になるのか、そんな行為が、なぜ物語を〝めでたし、めでたし〟で締めくくる意味になるのか。

けれどアキラくんの舌が口の中に入って来て、その甘さを感じた時、私はキスの意味が少しだけわかったような気がした。

手を繋いだり、ほっぺにチュッとするよりも、もっと直接的で、もっと強い感覚があって——その行為が特別なものだと理解できた。たった七歳でも、そういうことがわかる回路が、ちゃんと備わってるんだ。

「じゃあ、気をつけて帰るんだよ」

白々しいくらいに私と距離を置いて言った後、アキラくんはバツの悪そうな顔をして、そのままスタスタと帰ってしまった。私は一人取り残されたまま、自分に起こったことの意味を幼いなりに考えた。

すぐに何もかもが、わかったわけではないけれど——その時の私は、少なくとも自分はアキラくんに愛されていて、唇を合わせたことで、特別な存在になったんだと思った。今までよりも、私とアキラくんは、ずっとずっと近くなったんだ。

つまり、それは見えない優待券をもらったようなもので、次に会った時は、もっと優しくしてもらえるということだ……と、私は一人で納得していた。

だけど、私がその優待券を使う機会はなかった。

やはり後ろめたさがあったのか、それを境にアキラくんは、私の前に姿を現さなくなったからだ。自分のしたことを私が人に話したら、大変なことになる——きっとそんな風に考えるようになって、私を避けてたに違いない。あるいは、単に用済みになったのかもしれない。

それまでは週に二、三度は顔を合わせていたのに、まったくと言っていいほど、彼の姿を見かけなくなった。むろん例の本屋さんに行っても、彼はいなかった。

バカな私は、それから何日もアキラくんの姿を探して、団地の中を歩き回った。アキラくんの住む号棟どころか、正しい名字さえ知らなかったから、偶然に会えるのを期待するしかなかったんだ。

あの時の私の中にあったのが、間違いなくロコさんの言う〝犬っころの心〟だったんだろう。

アキラくんのホントの気持ちなど知りようもないのに、「あんなに優しくしてくれたんだから、アキラくんは自分が好きなんだ」とか、「自分を可愛く思ってくれてるんだ」とか――だから、もっと優しくしてもらいたいと、アキラくんを探し歩いていた。頭を撫でてくれる優しい人を求めて、そのためなら、もう一度、舌を舐めてあげてもいい……とまで思うようになっていた。きっと私は『マッチ売りの少女』みたいに、ありもしない幻の暖炉を求めてたんだろう。

ようやくアキラくんを見つけたのは、それから一年半近くもの時間が過ぎてからだ。

小学校の低学年と中学生じゃタイムテーブルが違うし、同じスーパーやお店を使わないようにすれば、そんな風に顔を合わせずに済ますこともできる。それこそ自転車なんかを使ったら、いくらでも私から逃げられたに違いない。

久しぶりに見たアキラくんは、やはり自転車に乗って、何人かの友だちと一緒だった。

バッタリ会ったのが団地の棟と棟の間の一本道だったから、彼に逃げ場はなかった。だからなのか、目が合った瞬間、向こうの方から声をかけてきたんだ。

「おっ、久しぶりだねぇ……確か瑠璃ちゃんだったっけ?」

アキラくんは鼻の下にうっすらとヒゲの生えた、どことなくオーラの汚そうな人になっていた。以前のさわやかな印象は消え去って、何かベタッとした雰囲気が漂っている。大きかった学生服も、体に張り付くくらいにきつくなっていた。

「学校、楽しいかい?」

そんなおじさんみたいなことを言いながら、アキラくんは大きな目をわかりやすく動かして、私の頭からつま先までをジロジロと眺めた。そして、癖なのか、悪ふざけなのかはわからないけど——自分の唇を舌先で舐めた。いわゆる、舌なめずりってヤツ。

それを見た瞬間、私は全身に鳥肌が立った。きっと私の方も、彼と会わないうちに成長していたんだろう。

とたんに、彼とキスしたのは悍《おぞ》ましいことだった……と理解できたよ。

私はいきなりアキラくんが怖くなって、そのまま背中を向けて走り出した。後ろで、アキラくんと一緒にいた男の子たちの笑い声が聞こえたね。

「何だよ、あの子、おまえのこと怖がってんじゃねぇかよ」

「まさか、何かしたんじゃねぇだろうな」

そう、そのまさかだ……と大きな声で言ってやりたくなったけど、足を止めることはできなかった。それどころか、それに答えるアキラくんの声が耳に届いて、思わず叫びたくなったよ。

「違うよ、バカ……あの子、昔から俺のことが好きだったから、照れてんだよ」

ホントに殺すぞ、てめぇ。

＊

「どうしたの、ルリゴン……神妙な顔して、黙り込んじゃって」

ロコさんに声をかけられて、私は顔を上げた。

「いえ、ちょっと……〝犬っころの心〟について考えてたもんですから」

「あら、そうなの？　言っとくけど、昔の辛い出来事なんか、ヘタに思い出しちゃダメよ。そんなもの、何の足しにもならないからね。過去なんて、口に出さなきゃないも同然よ。どのみち、もう世界のどこにも存在しないことだわ」

まるで私の心を透視でもしたみたいに、ロコさんは言った。

「さすがですね、ロコさん。確かに、昔の恥ずかしい出来事を思い出してました。それでつくづく、昔の自分はバカだったなぁって思って」

「昔って、どのくらい昔？」

「小学校一年の時のことです」

「何よ、そんなのルリゴンが人間になる前の話でしょ。どんなことを思い出してたかは知らないけど、気にしてもしょうがないじゃない。その頃は脳ミソの皺《しわ》も数えられるほどにしかないし、できることだってタカが知れてる。何せウホウホ言ってただけなんだから」

さすがに原始人ほど昔じゃないけど、ロコさんの言うとおりだ。

私はいつも強かったわけでもないし、いつも慎重だったわけでもない。情けないくらいに弱かったことも、自分で自分を殴りたくなるくらいに未練がましかったこともある。アキラくんの記憶は、その一つに過ぎない。

彼はいつの間にか団地の中で見かけなくなったけれど――きっと今頃は、真っ当な人間のふりをして、どこかで奥さんと子供に囲まれた生活をしてるに違いない。中学の頃に近所の小学生に性的虐待（あんな行為をイタズラなんて言葉で片づける人間は、きっと頭のどこかがネジくれている）をしたことをおくびにも出さず、他人の行いや失敗を、気楽に断罪してるんじゃないかな。そして自分はまっとうな人間だと自己催眠をかけて、うまくいかない人たちに対してマウンティングしてるに違いない。

別にあんなヤツのことはどうでもいいけど――悲しくなるのは、幼い頃の自分のバカさ加減だ。

どうして、あんなに隙だらけだったんだろう。

どうして下心を愛情と勘違いしたんだろう。

それは、あの頃の私が〝犬っころの心〟に満たされていたからだ。

寂しさと弱さが、私をバカでマヌケにしていた。いくら幼かったとはいえ、もう少し警戒心を持ってもよさそうなものなのに。

そう思った時、私はジュラのことを思い出した。

かわいそうなジュラ――やっぱり幼い部分を多く残しているあの子は、父親の〝じゃっきんのカタ〟として、あの極太シルバーチェーンを首から下げた男に支配されて、身を売る仕事をしている。その挙句に妊娠して、ほんの数時間前に流産してしまった。

それなのに、あの子は言うんだ……グレさんは、いい人だって。

もしかすると、それはジュラの〝犬っころの心〟なのかもしれない。あるいは他に頼る人がいないから、そう思うことで今の状況を納得しようとしてるんだろうか。

どちらにしても、このままじゃジュラは沈んでいくばかりだ。世の中の暗い暗い底に堕《お》ちて行って、そのまま浮き上がってこられなくなるだろう。

でも、私には何もできない。

少しばかり体の大きいLサイズの女かも知れないけど、あんなヤクザ紛《まが》いの男に立ち向かっていける力はないし――何より怖くて仕方ない。下手に関われば、自分にまで火の粉が降りかかってくるのは目に見えている。

(ごめんね、ジュラちゃん)

私はロコさんに作ってもらったハイボールを舐めながら、心の中でつぶやいた。同時にジュラが描いた、惑星が並んだようなイチゴの絵を思い出して、胸が苦しくなる。

絵のわからない私が言うことじゃないだろうけど、きっとジュラには絵の才能がある。いや、私みたいにレベルの低い人間にもわかるくらいの才能が、あの子にはあるんだ。

これはただの空想だけれど――もしかするとジュラには、宇宙が見えているのかもしれない。前にふざけて「実はジュラには、超能力があるんです。ずっと遠くのものが、ときどき見えたりするんですよ」なんて言っていたけど、あれは半分くらいホントで、あの子は宇宙の気配みたいなものを、普通の人間よりも強く感じているんじゃないだろうか。いや、もしかすると、あの子自身が、宇宙と繋がっていたりして。

そんなことがあるわけがない……と、自分でも笑いたくなるような空想だけど、そのすべてを否定することもできなかった。ジュラなら、そんなことができても不思議じゃない気もする。

「ロコさん……実は私、ちょっと変わった子と知り合ったんですよ」

話題が途切れていたのをいいことに、私はジュラの話を切り出した。

「へぇ、どんな子?」

「それが、もうメチャクチャなんですよ。実は今日、初めて一緒に出掛けたんですけど、いきなり救急車で運ばれる破目になっちゃって」

「何なのよ、それ」

「どうも、流産しちゃったみたいなんですよね」

笑って聞いていたロコさんの顔が、その言葉で強張った。

「もう少し、わかるように話してくれない?」

そう言われた私は少し考えて、出会ったところから順を追って話すことにした。結局は、それが一番早い。

ロコさんもビールからハイボールに切り替え、興味深そうに私の話を聞いていた。ときどき顔をしかめて首を振ったり、唇を不満そうに尖らせたりしている。

いろいろあったような気がしていたけど、話してみると十分もかからなかった。私の話が切れるのを待って、ロコさんが確認するように言う。

「つまり、そのジュラちゃんって子は、今も病院にいるの?」

「たぶん、そうじゃないかと思います。手術をして、すぐに歩いたりできないでしょうから」

「程度によっちゃ、すぐに帰れる場合もあるだろうけど……そんな状況じゃなさそうね」

これぱかりはケース・バイ・ケースというヤツに違いない。

「でも、その子、心配ね。体が治ったら、また変な仕事をさせられるんでしょう？」

今のままだったら、おそらくはそういうことになるだろう。例のグレさんとかいう男は、ジュラを商品としてしか見てないような気がする。

「でも……情けない話ですけど、私には何もできないんですよ」

「確かに、後のことを考えるとねぇ……いっそ、誘拐しちゃえば？」

「えっ、誘拐ですか？」

どこまでロコさんが本気で言っているのか、よくわからない。

「だって仕事の合間に、出かけたりはできるんでしょ？　その子が元気になったら、どっかで待ち合わせて、そのまま逃げちゃうのよ。まぁ、然《しか》るべきところに連れて行くっていう手もあるわね」

然るべきところというと、やはり警察とかだろうか。

「まぁ、そういうことだけど、成人なら民事ってことになりそうだから、警察は違うかもね。でも、他にもシェルター的なところがあるんじゃない？」

すぐにどことは思い浮かばなかったけれど、ネットで調べれば、いいところが見つけられるかもしれない。ムリな仕事をさせられて健康を害した女性は、何もジュラが日本で初めてということもないだろうから。

「通りすがり同然の私が口を出すことじゃないかもしれないけど、その子は、どうにかしてあげた方がいいと思うなぁ……本人が望んでやってるわけじゃないんでしょ。立派な搾取だよ」

ロコさんは憤慨した口調で言ったけど、残念ながら、この話はハンパな形で終わってしまった。レディース・デーを狙ったお客さんが、何人もいっぺんに入って来たからだ。いつもならもう一人、別の女性が手伝いみたいな感じで必ず来てるんだけど、レディース・デーはロコさんの趣味みたいなものだから、カウンターの中にいるのは彼女一人だ。たいていはそれでも余裕で間に合うらしいけど、今日はやたらに混み始めた。

「話が途中だけど、ごめんね。でもルリゴン、よかったら動いてあげてよ……そんな子が沈んでいくのなんて、できれば見たくないわ。何だったら、ここに連れて来たっていいから」

空気を読んで腰を上げた私に、ロコさんは小声で言った。

「そうですね……何ができるか、ちょっと考えてみます」

ふだんの私なら、その投げっぱなし的な態度に嚙みつきたくなるところだけど、相手がロコさんなら別だ。ここに連れて来てもいいと言ってくれている以上、けして無責任じゃない。

「じゃあ、また来ます」

会計を済ませて私が出ようとすると、ロコさんが一言、付け足した。

「ルリゴン、人生は〝今〟っていう時間の積み重ね……そして、その〝今〟を味方につけるためには、思い切った決断も必要なんだよ」
＊

湿った空気の中を、私はとうきょうスカイツリー駅まで歩いた。

私のアパートには錦糸町からでも帰れるけど、何となく、夜空に青く浮かび上がってる巨大な塔を眺めて歩きたい気分だった。さもなければ私はろくに顔も上げず、自分のつま先だけを眺めていたに違いないから。

（犬っころの心……か）

思いがけず昔の恥を思い出したり、自分の中にある弱い部分を噛み締めたりしながら、私は歩いた。さらにはジュラに何もしてやれない不甲斐なさと、幼い日に無理やりされたキスの悍ましさが甦ってきて、最悪な気分だ。

（いっそ猫にでも生まれていたら、もっと気楽だったろうにね）

私はジュラの描く、やたらと目の大きな猫の絵を思い出して、そんなことを考える。

猫になりたいと思うこと自体、少しばかり陳腐なのだけど——面倒くさい人間世界で生きている身とすれば、やはり猫の生活には憧れる。

きっと、あの子たちはあの子たちで大変なこともあるに違いないけど、好きな時間に好きなだけ寝て、たまにノンキに散歩して、日当たりのいい場所でくつろいでいる姿を見ると、心から羨ましくなる。

しかも、あの子たちには過去も未来もない。

昔の辛い出来事を思い出して嘆くこともなく、明日以降の我が身を思い煩《わずら》うこともなく、ただ今だけを生きている（もしかすると偉い動物学者が、あの子たちも人間と同じように過去に苦しみ、未来に不安を持っていることを発見するかもしれないけれど、それが証明されるまで、そう考えておいてもいいんじゃないかな）。

もし猫になれるなら、私は地球でなく、どこか別の惑星の猫になりたい。いや、いっそ宇宙を自由自在に歩き回れる猫がいい。それで宇宙の無重力の中を漂いながら、アンドロメダ銀河を眺められたら、どんなに幸せだろうなぁ。

（そう言えば、あの絵の猫は、アンドーって言うんだっけ）

救急車で運ばれるような事態になる前、ジュラがそう言ってた。

漢字を思い浮かべれば立派に日本人っぽい名前だけど、その響きは確かにアンドロメダに似てる。もしかすると、あの猫はアンドロメダから来たのかも……と思うと、何の根拠もないのに、少しだけ楽しい気分になった。

その時、バッグの中でスマホが一度だけ震える。そう言えば『むこう向き』に入る前、マナーモードに切り替えていたんだ。

どうせ広告のメールだろうと思いながら、私はスマホを取り出した。ロックした画面には、やはりショートメールの着信を知らせる文字が表示されていて——送ってきたのは、まさかのジュラだ。

（ジュラちゃん！）

私はその場に立ち止まり、慌ててスマホのロックを外してショートメールを読んだ。

〔でんわしたら、おこられるので、メールしますね。ジュラです。今日はほんとうにゴメンなさい〕

もう処置は終わったのだろうか——できれば、こっちから電話を掛けたいと思ったけれど、きっとジュラは病室にいるに違いない。

〔ジュラちゃん、大丈夫なの？〕

すばやく私は返信した。

〔あたまが少し、ぼーとしています。でも、だいじょうぶです〕

文章の終わりに何かの記号が付いている。きっとジュラが絵文字を使ったんだろうけど、私のスマホでは、その絵文字が表示できないのだ。

私が〔体の方は、どうなの？お医者さんに、何か言われた？〕というメールを打ちかけると、それよりも早く、ジュラの次のメールが届いた。
〔エルメスさん、いま、さびしいでしょう〕
表示された短い文に、私は思わず手を止める。
〔わたしにはわかるの。いま、エルメスさんはさびしい〕
これはいったい、どういうことなの。確かに今の私は寂しい気持ちでいっぱいだけど
――遠く離れたジュラに、どうしてそれがわかるの。
私は打ちかけていたメールを消し、別の言葉を送信した。
〔どうして、そう思うの？〕
一分近い間が開いて、返信が来る。
〔わたしがさびしいから〕
たった十文字の平仮名が、思いがけない深さで私に刺さった。
わたしがさびしいから――どうして自分が寂しければ、私も寂しいのだとジュラは思ったんだろう。
〔今度、いつあえますか〕
呆然としている私に、再びジュラからのメール。
〔ジュラちゃんが元気になったら、すぐにあえるよ〕

私が送信すると、すぐに返信がくる。

〔エルメスさんに、ギュッってしてもらいたい〕

それはつまり、ギュッと抱いて欲しいということだろうか。

〔いいよ。今度会ったら、ギュッってしてあげるね〕

少しばかり照れくさい気持ちで返信する。

〔うれしいな。やすそくですよ。ジュラのこと、ぜったいにギュッってしてくださいね〕

〝やすそく〟じゃないよ、約束でしょ……と、思わず笑った時、なぜか私の頬に涙が滑った。

いつの間にか私は、泣いてた——ジュラのメールを読んで、涙ぐんでた。

〔やくそくしたから、わたしは、さびしくなりました。エルメスさんはどうですか〕

〔私も、さびしくなったよ〕

その言葉には少しのウソも交じってなくて——本当に私の心は、胸が苦しくなるくらいに、ざわめいていたんだ。

＊

それから、ジュラとの連絡が取れなくなった。

何度メールを送っても返信がないし、頃合いを見計らって電話してみても、まったく繋がらなくなったんだ。

（何か、あったのかな）

ジュラが運び込まれた病院にも行ってみたけど、何でも彼女は一晩だけ入院して、次の日には退院したらしい。むろん詳しい病状については、親族でもない私には教えてもらえなかった。

「せめて、あの子の身元引受人の方の連絡先を知りたいんですけど」

つまり、例のグレさんという男の電話番号を聞き出したかったのだけれど、受付の女性は気の毒そうな顔で、「規則で、お教えできません」と繰り返すばかりだった。

そうなると、ジュラが連絡してくるのを、ただ待つ他にはない。

やがて三日が過ぎ、一週間が過ぎ、十日が過ぎた。その間にも季節は夏の色を濃くしていき、太陽は日ごとに力を増していった。

（あの子は、どうしてるんだろう）

いつのまにか私は、仕事をしている合間にも、家でくつろいでいる時にも、ジュラのことを考えるようになっていた。前に送られてきたメールを読んで、ギュッとしてあげる約束が果たせないのを申し訳なく感じたりもして、どうにも落ち着かない気分だ。

（ジュラちゃんに会いたいな）

やがて私は素直にそう思うようになったけど——ジュラの言葉によると、そういうのはいいお願いだから、わざわざ神社やお寺にお願いに行かなくっても、神さまが叶えてくれるものらしい。あるいはジュラと私の腐れ縁パワーなのかもしれないが、私は一緒にハンバーグを食べに行ってからキッカリ二週間後に、ジュラと再会した。

その時、私は自転車に乗って、少し離れたところにあるホームセンターから帰るところだった。いくつか壊れていたカーテンのフックと、ステンレスの三角コーナーをゲットするのが目的だったけど、他にも浴室用のカビ取りクリーナーだの目地ブラシなんかも買い、それを自転車の前かごに積んで、照り付ける日差しの下を自転車で走っていた。

大き目の道路から中学校近くの細い道に入り、寂れかけた商店街に出た時、背後から来た車が、私を追い越していった。別に何てこともないことだったけど——その瞬間、私はハッキリと見たんだ。

（ジュラちゃん！）

助手席に、ジュラが座ってたのだ。

車も見覚えのあるグレーのもので、後部バンパーの近くに貼ったトライバルタトゥーのような狼のステッカーは忘れようもない。

車はそのまま商店街の中を走り抜けたが、私は迷わず後を追った。今日は自転車だったことを、神さまに感謝したいくらいだ。

(でも、ジュラちゃんが乗ってるってことは、やっぱり、あいつが運転してるんだろうな)

正直なところ、あのグレさんという男は得意じゃない。ちょっと神経を逆撫ででもしようものなら、すぐにキレてしまいそうな危うさが全身から立ち上っていて、できることなら関わり合いにならずに生きていきたいと、素直に思えるタイプ。うまい具合に車に追いつくことができても、そいつの前でジュラと言葉を交わすのは難しいんじゃないだろうか。

けれど——やっぱり〝いいお願い〟は、黙っていても神さまが叶えてくれるらしい。

やがてグレーの車は、幹線道路に出る直前にあるコンビニの駐車場に入り、一番端に駐車した。汗だくになった私が追いついた時には、ちょうどグレさんが運転席から出て、助手席のジュラに何か威圧的な口ぶりで言った後、そそくさと店に入っていくところだった。

私はその駐車場の隅に自転車を止め、身を低くして車に近づく。冷房のためか、車はエンジンがかかったままだ。おそらく男は、すぐに戻って来る気なんだろう。

私が静かに助手席の窓を叩くと、ウインドーの向こうでジュラが、今にも泣きだしそうな顔をした。

「エルメスさん！　よかった……また会えた！」

ジュラはウインドーを下げ、左手を私に伸ばしてくる。私はその手を取り、再会の握手をした。

「いったい、どうしたのよ。電話もメールも、何回もしたのよ。それなのに、ちっとも連絡が取れないんだから」

「携帯、取り上げられちゃったんです」

なるほど、それじゃどうにもならないはずだ。

「ジュラはバカだから、エルメスさんの携帯番号、覚えてなくって……それに外にも出してもらえなくなっちゃったんで、探しに行くこともできなくって」

そう言う間にもジュラは、ぽろぽろと大粒の涙を流していた。

「でも、よかったです……やっぱり私がエルメスさんに会いたいってお願いすると、ちゃんと神さまは叶えてくれるんですね」

「やっぱり、いいお願いだからでしょ」

ジュラの頰を流れる涙を指先で拭ってやりながら、私は言った。自分も同じことを考えていたけど、わざわざ言わない。

「でも、ちょっと大げさよ。ジュラちゃんがそんなに泣いたら、私まで泣きたくなっちゃうでしょう」

そう言うと、ジュラは首をブンブンと振った。

「ちっとも大げさじゃありませんよ……私、今から遠くに行くんです」

「遠くって……どこ?」

「わかんないです。でも、車で二時間くらいかかるところにある町だって言われました。ジュラ、そこにあるお店で働くことになって……ずっと、そっちにいるようにって」

「えっ」

車で二時間といえば、かなりの距離だ。

「それに今だって、急にグレさんのお腹が痛くなったんですよ。だからトイレを借りて、ついでに飲み物を買って来るって……きっと神さまが、最後にジュラとエルメスさんを会わせてくれたんですね」

「最後なんて言っちゃダメ」

ジュラの話を聞くと、確かにそのとおりのような気もしてくるけど——そうだとすれば、これきりジュラに会えなくなるってこと?

「とにかくエルメスさんの携帯番号を、急いで教えてください。えぇっと、何か書くものは」

ジュラはダッシュボードのまわりをあれこれ探したけど、今はペンそのものを使う機会が少なくなってる。そんなものが都合よく、あの男の車の中に転がってるだろうか。

「あぁ、早くしないと、グレさんが戻って来ちゃう。そしたら、もうエルメスさんと会えなくなる」

そう言いながらジュラは、車の中を探し続けた。携帯と一緒に取り上げられでもしたのか、スケッチブックの入ったトートバックも、今日は持ってないようだ。

その時、いつかのロコさんの言葉が、不意に甦った。

「いっそ、誘拐しちゃえば?」。

続いて、一つの無謀な考えが浮かぶ——このままロコさんのところにまで連れて行ければ、ジュラを今の状況から助け出すことができるんじゃないだろうか。

しかし、いくら何でも、危険な橋。

もしうまくいかなかった時には、とんでもないしっぺ返しを食らうことになる。いつもの私なら、頭に浮かんでも即座に却下するタイプの考えだ。

しかし、人生というものは〝今〟という時間の積み重ねで、その〝今〟を味方につけるためには、思い切った決断も必要……というのも、ロコさんの言葉。

もしジュラの言うとおり、神さまが私たちを再会させてくれたんだとすれば、神さまは、私にこうしろと言ってるのかもしれない。そして私がジュラにできるのは、これくらいのことだけだ。

わずか数秒内に覚悟らしきものを決められたのは、この間のメールの文面が頭をよぎったからだ。

〔わたしにはわかるの。いま、エルメスさんはさびしい〕

そんな可愛い言葉を私にくれたジュラ——そのジュラを、下品な男たちばかりがいる世界から連れ出せるチャンスを、みすみす見逃そうっていうのか。

(よし、後は野となれ、山となれだ)

そう思った瞬間、体がカッと熱くなって、思いがけず動き出す。私は運転席の方に回り込んで素早く車に乗り、シートの位置を前に動かした。

「エルメスさん！ 何してるんですか、グレさんが来たら怒られますよ」

「いや、怒られない」

「グレさん、この車、すっごく大事にしてるんです。勝手に触ったら……」

「怒られないのよ。だって、あいつと私は、このまま顔を合わさないんだから」

私はシートベルトを締めて、ハンドルを握った。

「このまま逃げるよ、ジュラ」

私は初めて、ジュラを呼び捨てにした。

「ホントに？」

「ホントもホントよ。あんたを、あの男の元に帰したりしない」

車をバックさせながらハンドルを切ると、アクセルを踏み過ぎたのか、タイヤが鋭く鳴く。

「エルメスさん、運転できるの？」

「できるから乗ってるんでしょ。まぁ、自慢じゃないけど、運転するのは五年ぶりくらいだけどね」

そう言いながら車体を切り返していると、グレさんがコンビニから飛び出してくるのが見えた。

「てめぇ、何してんだ、コラァ！」

その形相はまさしく鬼で、子供が見たら問答無用に泣き出しそうだ。けれど、すでに車は幹線道路に出ていて、目の前の信号は青。

私はグッとアクセルを踏み込み、けれど、あくまでも安全運転で、一気に四百メートル以上直進した。そこの信号が黄色に変わったから、そのまま左折する。

今はとにかく、少しでも距離を広げなくっちゃいけない。適当なところまで行ったら車を捨てて、そのままタクシーにでも乗って私のアパートに帰ればいい。

(そう言えば自転車に、住所なんか書いてなかったわよね)

私はコンビニに残してきた自転車のことを思い出した。買った時に自転車屋でした防犯登録のシールは貼ってあるけど、車体には名前や住所の類は書いてない。女の身だと、そんなところから個人情報が漏れないように、気を配らなくっちゃいけないのだ。

「ねぇ、ジュラ……実は私、かなり前から自転車で車の後を追いかけてたんだけど、あの男、それに気づいてた？」

私が尋ねると、ジュラは頬の涙を拭いながら、波立ったような声で答えた。

「特に何とも言ってませんでしたから、知らなかったと思いますけど」

よかった——それなら、あの自転車に乗って来た人間が車を奪ったとは、あの男は思わないだろう。たとえわかっても、警察でもない男には、防犯登録から自転車の持ち主を割り出すことはできないはずだ。今日買ったカーテンフックや目地ブラシ、さらには自転車そのものもあきらめなくっちゃならないだろうけど、その程度の犠牲でジュラの誘拐に成功したと思えば、超激安特価。

「あぁ、すっかり運転のカンを取り戻したみたい……このまま、ドライブにでも行く？」

そんな軽口を聞いた時、ダッシュボードに男のものらしいスマホが置いてあるのに気が付いた。突然の腹痛でコンビニに駆け込んだらしいけど、かなりの緊急事態だったんだな。変な物でも食ったのかよ？

(どっかに捨てちゃおうかな)

言うまでもなくスマホにはGPS機能があって、万一なくしてもパソコンで場所を探し出せる機能がついている。

できれば捨ててしまうに越したことはないのだけれど――そこで私は少しばかり、いつもの小心さを取り戻した。

ジュラを誘拐したというだけで、あの男は怒り心頭だろう。そのうえスマホまでダメにされたとなれば、その怒りは二倍にも三倍にもなるに違いない。

私の目的はジュラを解放することだけだ。他のことには、何の興味もない。それなら車とスマホは、できるだけきれいなまま返しておくに越したことはない。そうすることで男の怒りを少しでも小さくした方が、ジュラを早く忘れてもらえるかもしれない。

「ジュラ、そのスマホ、電源切っといてよ。居場所がわかっちゃうと困るから」

「スマホって、どう切るんですか」

「横の出っ張ったヤツを、ずっと押して」

私は車を走らせながら、チラチラとジュラの手元を見た。その時初めて、ジュラの右手首に、風変わりなブレスレットがつけられているのが目に入った。

いや、よく見ると、それはブレスレットじゃない。電気工事で使うような、ポリ性の結束バンドだ。

「右手のそれ、何なの」

尋ねると、ジュラは右手を少し上げて見せた。

「大事ものだから、死んでも離すなって」

ジュラの手に付けられた結束バンドに、もう一つ輪にした結束バンドが付いていて、その端は足元に置いた、よく高校のバスケ部が持っているようなスポーツバッグの取っ手につけられていた。早い話が結束バンドの手錠で、ジュラの右手とバッグが繋げられてるんだ。

さらによく見ると、バッグの取っ手には別のバンドが付いていて、それが運転席のアームレストに繋がっている。つまりジュラとバッグと車は、目立たないながら、簡単に離れられないようにしてあるってわけだ。

「大事なものって……何なのよ」

もしかして、爆発するような危ない代物だったら、どうしよう――私は車を大きな公園の脇の道に停めて、ジュラの足元にあるバッグを見た。

「開けたら、どうにかなっちゃうかな」

私が恐々尋ねると、ジュラはあっさりと答えた。

「大丈夫ですよ。だって、お金だもん」

「お金？」

まさか……とは思う。けっこう大きいバッグがほどほどに膨らんでいるのに、その中身はお金だなんて。

「グレさんって、いろんな仕事をやってるんですけど……たぶん、それで預かったヤツじゃないかな」

ジュラの説明を聞きながら、私はバッグを開けようした。が、チャックのつまみに開いた小さな穴に、やはり結束バンドが通されていて、それが肩にかける時に使うベルトのリングに固定されていた。結束バンドを使った、お手軽な鍵だ。

結束バンドは、手で切ることは難しいが、火には弱い。私はダッシュボードに置いてあったライターで、バンドを焼き切った。

そしてチャックを開けてみると——帯封の付いたままの一万円札の束が、無造作に詰め込まれていた。いったいいくらあるのか、すぐには想像もできない。

「うわぁ、こんなの初めて見た」

妻子持ちの男からもらった五十万円が福沢諭吉の修学旅行なら、これは福沢諭吉の何なんだろう。

(これは……まずい)

こんなものを持ってたら、本当にただでは済まなくなる。スマホと一緒に車の中に残しておいて、黙って返すのがいい。

「これを持って逃げたら、私とエルメスさん、ずっと一緒にいられますよね」

不意に、ジュラが甘いことを口走った。

「やだ、怖くなるようなこと、言わないでよ」

私が声を潜めると、ジュラがさらに付け足す。

「これ、悪いお金なんですよ。だから誰かに持って行かれても、グレさんもお巡りさんに届けたりできないらしいです」

それは耳寄りな話だけど——その分、あの男がどこまでも追いかけて来ることになるとは、想像できないんだろうか。場合によっては、殺されたっておかしくなさそうな額なのに。

「エルメスさん、日本って広いんでしょう? グレさん一人で、私たちが探せるもんなんですか?」

私は何とも答えられなかった。ただ純粋に、ジュラがそんなことを言い出したことに驚いていた。まぁ、大抵の人は、冗談半分にせよ、一度は考えつくかもしれないけど。

「これだけのお金があれば、私はもう体を触られたり、男の人のものを……」

「ジュラ、少し黙って」

それに続く言葉が聞きたくなくて、私は強い口調で言った。

同時に、二十七年以上も人間をやってきて、今まで感じたことのない嵐のようなうねりが、私の中に巻き起こっていた。

*

(どうしよう……)

私はバッグの口から顔を出している一万円札の束を見ながら、考える。いや、正直に言うと、思考は完全に停止していて、ただ呆然としているだけだった。頭の中が、完全に真っ白。

「とりあえず、ここから動こう」

再びエンジンをかけて、車を発進させる。

「動くって、どこに行くんですか」

「わかんないけど……少しでも遠くに」

今の私にとって重要なのは、とにかく落ち着くことだ。

確かに人生というものは〝今〟という時間の積み重ねで、その〝今〟を味方につけるために必要なものは、思い切った決断なんだろうけど――こんなにも話の展開が変われば、別の決断をしなくちゃならなくなる。そのためには、少しでも冷静にならなくちゃ。自分がどこにいるのかもわからないまま、私は車を走らせた。大きな道に出れば必ず合流して、さらに大きな道へと進む。やがて片側四車線の広い道に出て、表示板でそこが国道四号線だと知った。

私は自然と、埼玉方面に向かうコースを取った。どうにか運転の勘を取り戻したとはいえ、この車は車高が高くて、軽しか運転したことのない私にはストレスフルだ。この状態で、いきなり交通量の多い都心部に向かうのは辛い……と考えて、少しでも馴染みのある埼玉の方に向かおうと思った。

その間にも、男が追いかけて来る可能性を考えていた。ジュラの言うように、このまま大金の入ったバッグを持ち逃げする勇気は、まだ出ない。

「そういえば、携帯を取り上げられたって言ってたね」

「そうなんですよ。おまえに携帯を持たせてると、ろくなことにならないとか言われて……ひどいと思いませんか？　友だちの電話番号も、いっぱい入ってたのに」

そんなに友だちがいるとも思えないけど、本人が言うんだからいるんだろう。

「つまり、それは解約したってこと？」

「うーん、たぶん違うと思いますよ。いい子にしてたら、そのうち返してやるって言ってましたから」

なるほど、ジュラの携帯は男の手元にあるってわけか。

「もちろん、私の番号も入ってるよね？」

「はい、ちゃんとエルメスさんで登録しておきました」

「名前の瑠璃じゃなくて?」

「エルメスさんです。その方が、外国の人みたいでカッコいいでしょう?」

外国人がすべてカッコいいわけでもないけど——その携帯を見られたら、アダ名とはいえ、私の存在と携帯番号が男に知れてしまうということだ。しかもメールもしてるから、それなりに親しいってこともわかるはずだ。

そう思うと何とも落ち着かなくなって、信号で止まった時に、私は自分のスマホの電源を切った。どうせ、滅多に電話が掛かってくることもない。

「それに……そのお金、ホントに何なの?」

悪いお金だから、盗られても警察に届けられないと言っていたけど。

「税金ってあるでしょう? あれって、たくさん儲けてる人ほど多いんですよね」

「まぁ、そうだね」

「よくわかんないんですけど、それをごまかすために、預かったものらしいんです。グレさんとペェさんが、そう話してるのを聞きました」

「誰よ、ペェさんって」

初めて聞く名前が飛び出した。アダ名に決まってるけど、ものすごくダサい。

「ペェさんは、グレさんの弟分の人です。けっこうイケメンなんですけど、すぐ怒るんで、みんなから嫌われてるんですよ。お勉強は、できないらしいです」

ちょっと笑いたくなるけど、そんな場合じゃないな。

「それで今日、ジュラを新しいお店に送る途中で、預けた人に届けに行くって言ってました。私が何百人でも買えるくらいのお金だから、絶対に体から離すなって言われて、バンドでくっつけられたんです」

頭の悪い人間は、いちいち言うことが下品だ。

(なるほど、確かに悪いお金だ)

つまり、どこかの金持ちが税金をごまかすために、何かの儲けを申告しないで懐に入れた。銀行にも預けられないお金だから、結局は家のどこかに隠したりするのだけど(国税庁の人が家探しして、それを見つけるのをテレビのドキュメントで見たことがある)、その金持ちはさらに用心して、あの男に預けたのだ。言ってみれば男は裏の銀行、闇の現金預り所みたいなものか。

(持ってるヤツは、いろいろ考えるなぁ)

たぶん私が知らないだけで、世の中には多くの裏道だの抜け穴だのがあるんだろう。正直、派遣社員で時給いくらの生活をして、毎月毎日、苦しい思いをしているのがバカらしくなってくる。こんな世の中は、絶対に間違ってるよ。

(それはそれとして……そろそろ決めなくっちゃ)

ハンドルを握っているうちに、少しだけ冷静さが戻ってきた。いい加減に、自分がどの道を選ぶか、心を決めなくっちゃいけない。

どっちにしても強引にジュラを連れ出し、おまけに勝手に車を乗り回している時点で、〝やっちまった〟ことには変わりない。

法律的にもアウトだろうし、あの男に捕まったら、ただじゃ済まないだろう。それなりの制裁を加えられるに違いないし、場合によっては、私もジュラと同じ世界に落とされるかもしれない。いや、たぶん、その線が濃厚だ。

たとえば、このままジュラだけ連れて行き、スマホにもお金にも手を付けず、車をどこかにロックして停めておけば、男の怒りを買う量は少なくて済むかもしれない。大切なものの二つが戻ってきたんだから、ジュラなんてどうでもいい……と、男が考えてくれたらラッキーだ。

だからと言って、私やジュラの身が安全になるとは限らない。いずれにしても私たちは、しばらくの間は逃げ回らなくっちゃいけないだろう。少なくとも、ロコさんのところに連れて行くという線は消えた。相談するだけでも、無関係のロコさんを巻き込むことになる。

ふと私は、午前中にアパートの窓から見た外の風景を懐かしく思った。

何の変哲もない、いや、むしろ狭い路地に面して見通しのよくない眺めだけれど、それを見ていた時の私は、ノンキなものだった。カーテンのフックがいくつか壊れているのに気づいて、新しいものを買って来なくっちゃ……なんて考えて。

その時のノンキさが、今となっては遠いけれど——そのノンキだった私は、果たして幸せだったろうか。

実は派遣会社からは、今の派遣先はあと十日ほどで切り上げて、別の会社に行ってくれ……という打診を受けている。どうやら今の仕事場は業績が振るわず、人件費を削りたいらしい。

居心地のいい職場だったから、できれば続けたいところだけど、正社員でない私には、派遣会社からの申し出を拒んだり、抗議したりはできない。いや、本当はできるけど、やると確実に後に響く。派遣される職場のランクが下がったり、時給の安い会社ばかり紹介されるようになるんだ。

だから、仕事があるだけマシだと思って、言いなりになっておくのが大人のやり方。派遣社員のほとんどは、多かれ少なかれ、そんな足元を見られるような扱いに耐えているんだから。

けれど——こんな暮らしでさえ、そう長く続けてはいけないだろうね。

若いうちはいいけど、ある程度の歳になったら、できる仕事は確実に減っていくに決まってる。手に職もない私は、結局、そんなことを繰り返して若さを浪費していくんだ。

（もしかすると、これが人生を変えてくれるかもしれない）

私はジュラの足元にある大金の入ったバッグに目をやって思った。

これは、悪いお金だ。

だから、持ち主が被害届を出すようなことはない。たとえ持ち逃げしても、警察に追われるようなことにもならない。

ある意味、これはラッキーな出来事じゃないだろうか。もちろん、腹を括ればの話だけど。

「……よし、決めた」

自分に言い聞かせるように、私は声に出して言った。

「ジュラの言うとおりにしよう」

きっと、ジュラと出会ったのは、少々歪《いびつ》な形のチャンスだったんだ。このチャンスを逃がしたら、私もジュラも沈んでいくばかりだろう。

実際の宇宙には行くことができなくても――せめて心だけは、アンドロメダを目指していたい。そのためには、地上の強い引力をブッちぎるようなパワーのロケットが必要だ。そして今が、そのロケットに乗るチャンスなんだ。

「じゃあ、このまま、お金を持って逃げちゃうってこと？」

「そうだよ」

「やったぁ！」

助手席のジュラは、子供みたいな声を上げた。

「そうした方が、絶対に楽しいよ……二人一緒なら」

もしかするとジュラも猫と同じで、過去の出来事を悔いたり、遠い未来を思い煩う回路がないのかもしれない。こういうところは、私も見習うべきかな。

「とにかく、どこかで別のバッグを買わなくっちゃ。ついでに車を適当なところに置いて、別の場所に移ろう」

「どうして、わざわざバッグ買うの？」

「この車を捨てるってことは、このバッグを持って歩くってことでしょ。これ、私たちが持ち歩くには、ちょっとスポーティー過ぎる。ジュラがジャージでも着れば似合うだろうけど、それはそれで目立っちゃいそうだし……だから別の大きめのキャリーバッグでも買って、その中に入れちゃうのよ。で、ついでにジュラも、違う服に着替えた方がいい。できれば帽子なんかで顔も見えにくくしたら、完璧ね」

「なるほど。やっぱりエルメスさんは、頭いい！」

そんなに褒められるほどでもないけど、とにかくジュラの外見だけは変えておかなくっちゃいけない。逃げると決めたら、絶対に捕まるわけにはいかないんだ。

その後、私たちは大きなショッピングモールを見つけ、その駐車場に車を入れた。そのまま、そこに置きっ放しにするつもりだけど――問題は、男のスマホだ。

もちろん私は、車の中に置いて行くつもりでいた。

何でもスマホは、電源を切っても微弱な電波を発信してるらしい。そんな発信機みたいなものを持っていたら、どこに逃げても同じだ。それがどの程度の性能なのかは知らないけど、きっと私が考えているよりも、ずっといいに違いない。

けれど、男のスマホを置いて行くという私の言葉に、ジュラは口を尖らせた。

「どうして、そんな顔するの？　これは持ってない方がいいって、言ってるじゃん」

「でも……この中に、私のお父さんの電話番号が入ってるって、前にグレさんが言ってたから」

「お父さんの？」

なるほど、娘の身を〝しゃっきんのカタ〟にしたジュラの鬼畜オヤジの電話番号が、このスマホに登録されていても、確かに不思議はない。そんな親でも、完全に連絡する手段がなくなるのはイヤなんだろう。

「でも、きっとロックされてるんじゃない？　中が見られないんじゃ仕方ないでしょ」

「ロックって、使う前に番号に触るヤツのことですよね？」

「そう。ちゃんと正しい番号を入れないと、使えないのよ。続けて何回も失敗したら、ロックが掛かっちゃうんじゃなかったかな」

「その番号なら、ジュラ、知ってますよ」

その後、ジュラは六桁の数字をさらりと言った。

「どうして知ってるの？」

「だってグレさん、私の前で何度もやるんだもん。さすがに覚えちゃいますって」

きっと男は、覚えられるはずがないとタカを括って、まったく警戒せずにジュラの目の前でロックを解除してたんだろう。

スマホの電源を入れて試してみれば、その記憶が正しいかどうかはすぐにわかるけど——さすがにここでやるのはまずい。もし男が別のデバイスで捜索モードを使ってたら、この場所が知られてしまう。

「わかったわ。とりあえず持ってくだけ、持ってこう」

そう言って私は、男のスマホを自分の小さなショルダーバッグに入れた。

しかし、やっぱり不安は残ったから、ショッピングモールに着くや否や、スーパーに駆け込んで料理用のアルミホイルを買い、トイレで男のスマホを何重にも包《くる》んだ。これで微弱な電波とやらも、完全にシャットアウトできるはず。

（こうなったら、何が何でも逃げきらないと）

ついでに個室で用を足しながら、私は思った。

＊

私はジュラと電車で横浜方面に向かうことにした。とにかく遠くへ……と考えた時、とりあえず正反対の方角に向かうことしか思いつかないとは、我ながら単純。

その前に、身づくろいが必要だ。幸いショッピングモールは、映画館やフィットネスジムまで入ってる大型のものなので、いろんな物が調達できる。

私は何より先にキャスター付きのキャリーバッグを買って、その中にお金の入ったスポーツバッグをスッポリと入れた。いくらあるか早く調べたいと思ったけど、まさかモールのトイレでやるわけにもいかないので、とりあえず後回しだ。

さらにジュラの新しい服を買い、ついでに大きなヒマワリの絵が描かれた安物の布トートバッグを買ってあげて、それまで着ていたものを入れさせた。さっきまでのジュラはフリルの多いカットソーに、薄いブラウンのショートパンツの組み合わせだったけど、今はよくあるスキニージーンズとシンプルなTシャツ姿。さらにツバの大きなキャップを被らせ、おまけに五百円均一で売られていた大きめのサングラスを掛けさせると、ずいぶん印象が変わった。

「エルメスさん……実は、もう二つ、買ってほしいものがあるんですけど」

変装を完了して、少しでも早くモールを出ようとした私に、ジュラは控えめに言った。

「何が欲しいの?」

「スケッチブックと、色鉛筆……あ、クレヨンでもいいです」

正直、それどころじゃないんだけど——こんな時でも、その二つを欲しがるジュラを、私は可愛いと思った。

「なるほど、やっぱりジュラには、それがないとね」

いつのまにか私自身、ジュラを呼び捨てにするのに慣れていた。何だか妹ができたような気分。

さっそくファンシーショップのような店でスケッチブックと色鉛筆を買ってあげると、ジュラはピョンピョンと飛び跳ねて喜んだ。

「バッグ、もう少し大きいのを買えばよかったね」

それまで着ていたものとスケッチブックを入れると、マチのないトートバッグはパンパンになってしまう。

「大丈夫ですよ……服をギュッと押し込んじゃえば」

ジュラは通路の端に寄り、ささやかな荷物と格闘を始めた。スケッチブックとバッグの横幅が同じようなものだから、余裕がほとんどない。

「どうしても入らなかったら、スケッチブックは手で持てば?」

そう言いながら、何気なくあたりを見回した時、信じられないものが私の目に飛び込んでくる。

私たちがいたのはモールの三階で、吹き抜けになった一階まで見下ろせる場所だったけど――いるはずのない人間が、一階の通路を早足に歩いていたのだ。

（どうして……ここがわかったの）

それは間違いなく、グレさんと呼ばれてる男だった。例の極太のシルバーチェーンは、離れたところからでも目立つ。ひょろりとした若い男と一緒で、いかにも誰かを探しているように、しきりに頭を動かしている。若い男の手にはスマホが握られていて、歩きながら何度も画面に目をやっていた。

それに気づいた時、私は心臓と胃を、巨大な手で同時に握られたような気がした。それでも声だけは出さなかった自分を褒めてやりたい。

「ジュラ、行くよ」

私はわざと説明せず、ジュラの手を引いた。

「もう少しで入るとこなのに」

「いいから、急いでここを離れるよ。でも、走っちゃダメ」

そう言いながら私は、自分の心臓が恐ろしく速く、いつも以上に強く打っているのに気づいた。高層ビルの屋上の柵の外ギリギリを、何にも摑まらずに歩いているのと変わらない心境だ。

（まさか、もう追いつかれるなんて）

特に時間を確かめたわけじゃないけど、私が車ごとジュラを攫ってから、一時間半くらいしか経っていないはずだ。それなのに、こんなにも早く、狙いすましたようにモールに現れるなんて。

「ねぇ、ジュラ……いつも働いているお店って、どこにあるの？」

目で女子トイレの看板を探しながら、私は尋ねる。

「お客さんに電話で呼ばれて、こっちから出かけていくんで、お店はないですよ」

「じゃあ、その女の人たちの待機所って言うか、控え室みたいなのは？」

「それなら××のフローレンス・マンションの七〇九号室です」

××は、私の住んでる町から車で十分ほど行ったところで、周囲に駅がないから〝陸の孤島〟と言われている地域だ。

「あのグレさんって人は、いつもそこにいるのかしら」

「そこにいるのは、たいてい島田《しまだ》さんっていう、おじさんです。どっか有名な会社の課長さんだったらしいんですけど、リストラされちゃったんですよ。でも、電話で丁寧に話せるんで、お店の係になったんですって」

残念ながら私が聞きたいのは、そんな島田さんの人生劇場じゃない。

「グレさんの事務所みたいなところはないの？」

「あ、グレさんは、同じマンションの十階にいるんですよ。別にお家《うち》があるって聞いたことがありますけど、それがどこかはわかんないです」

つまり男の事務所から例のコンビニまで、車でだいたい二十分くらいの距離だろうか。きっと私に車を奪われた男が、事務所に連絡して別の車で迎えに来させたに違いないけど――時間的に考えても、まっすぐにモールに来たとしか思えない。

（やっぱり携帯から、電波が漏れてる？）

しかし、このモールに着いてすぐに、私は男のスマホをアルミホイルで厳重に包んだ。だから、どんな微弱な電波も出ていないはずだ。

アルミホイルなんて薄っぺらなものが、そんなに当てになるのか……という気がしないでもないけど、いつだったかテレビで、アルミホイルで包むことで、携帯が圏外になるという実験を見たことがある。いくら薄っぺらでも金属なので、電波を跳ね返してしまうのだ。

しかし、ひょろりとした若い男は、確かに何度もスマホを見ていた。おそらくスマホの画面に、私たちのおおよその位置が表示されてるに違いない。

つまり男のスマホ以外に電波を発信するものを、私たちが持っているということだ。

（バッグに何か仕掛けてあるのかな）

再び女子トイレに入り、一つの個室に二人で入った。窮屈だけど仕方ない。私はバッグを取り出してフタをした便器の上に置き、素早く中を調べた。まさしく唸《うな》るほどの一万円札が入っているけど、目を眩《くら》ませてる場合じゃない。手を入れて底を撫でたり、内側についてるポケットに指を差し入れてみたものの、それらしいのは何もなかった。

(何にもない……やっぱり、スマホなのかな)

この際、男のスマホは処分した方がいいかもしれない——しかし、それをどうやってジュラにわからせたらいいだろう。

「あのね、ジュラ……」

そう言いかけた時、ジュラのどこか困ったような顔を見て、頭に閃くものがあった。

いつだったか、公園で話してる時に、男から電話がかかってきたことがあった。恫喝《どうかつ》するような男の声は大きくて、少し離れたところにいる私にも丸聞こえだったけど——その時、確か「また逃げても、すぐにわかる」と言ってた気がする。

そう、ジュラは一度、男の元から逃げ出したことがある。もしかすると、その時以来、何か見えない首輪のようなものを付けられているんじゃないだろうか。

「ジュラ、あの男から、何か持たされてるものとか、ない?」

「持たされてる……もの?」

ジュラはポカンとした表情で首を傾げる。

「別に、ありませんけど」

「そんなはずはないんだけどなぁ……じゃあ、何かもらったものは?」

「あ、そう言えば」

ジュラは思いついたように笑い、バッグに押し込んでいたショートパンツのポケットから、小さなピンク色のキーホルダーのようなものを引っ張り出した。小さな輪の付いたヒモが付いているところを見ると、どうやら防犯ブザーらしい。

「このヒモを引っ張ると、すごく大きい音が出るんですよ。外にいる時に危ない目に遭うかもしれないから、大切に持ってろって」

なるほど、これは私の聞き方がいけなかった。〝持たされてる〟と言うと、どうしても強制されてるみたいな印象がある。けれどジュラは、男が自分の身を心配して防犯ブザーをくれたと信じてるから、すぐに思いつけなかったんだ。

「ビンゴ……」

私は素早く自分のスマホの電源を入れ、ネットで〝GPS発信機〟の画像を検索してみると、まさにジュラが手にしているものとまったく同じブツが出てきた。大手通販サイトで、堂々と売られている。

「ジュラ、これは発信機だよ。スマホで居場所が確認できるようになってるの」

そう言いながら、サイトの写真を見せる。

「実は、さっき一階に、あのグレさんって男がいたわ。これで、私たちの居場所が分かったのよ……ひょろりとした若い男も一緒だったけど」

「きっとペェさんだ」

男たちが近くまで来ていると知って、さすがにジュラの顔も青ざめた。

「とにかく、そいつを捨てて逃げよう」

私はジュラの手から防犯ブザーを取り、そのまま汚物入れに叩き込んだ。ホントはこんなものを入れちゃいけないんだろうけど、一回だけ許して。

「でも、大丈夫。GPSは場所はわかっても、高さまではわかんないわ。連中は今一階を探してるから、この三階に来るまでは時間がかかる……今なら逃げられるよ。慌てさえしなけりゃね」

それはジュラを落ち着かせるための言葉だったけど、半分以上は自分に向かっての言葉でもある。実際は私自身が全力疾走で逃げ出したい気分だけど、唐突に走り出したりすればイヤでも目立って、絶対に連中に見つかってしまうだろう。

とにかく、落ち着くことだ。

連中は、この一件に私が絡《から》んでいることを知らないし、ジュラはさっきとは、まるで違う服を着ている。あくまでも普通の買い物客のような顔をしていれば、必ず脱出できるはずだ。

「いい？　あんまりキョロキョロしないで歩くのよ。堂々と胸を張って……ただの買い物に来てるんだと思って」

意味なく握手を交わした後に女子トイレを出ると、私とジュラは走り出したい気持ちを抑えて、男たちを見かけた場所から、できる限り離れた。やがてエスカレーターを見つけて、一階まで降りる。

一階を歩いている間は、本当に気が気じゃなかった。今にも心臓が破裂するんじゃないかと思ったけど、どうにか人気の少ない出入り口を見つけて、外に出ることに成功する。

「やった！　出れたよ、エルメスさん！」

「しっ！」

声を大きくしたジュラを、私は鋭く制した。このタイミングで、携帯に登録されている名前で呼ばなくってもいいだろうに。

「まだ気を抜いちゃダメ」

あたりを見回すと、うまい具合に道一本渡ったところにバス停があり、一台のバスが止まっている。〝何とか車庫行き〟という行き先表示が出てるけど、そこがどこなのか、さっぱりわからない。

「あれに乗って行こう」

「いいの？」

「とにかく今は、ここを離れることが大事だから……適当なところで降りて、タクシーで近くの駅まで行けばいいじゃない」

タクシー乗り場も遠くに見えているけど、そこまで歩いていく方が怖かった。

「でも、もう大丈夫……あいつらは機械の方を追いかけてるから、しばらくは出てこないはずよ」

防犯ブザー型の発信機が、どの程度の性能を持っているのかは知らないけど、スマホに位置情報が出てる限り、男たちはそれを探し続けるはずだ。ある意味、災い転じて何とやらのパターン——今のうちに、できるだけ遠くに行かなくっちゃ。

私とジュラはバスに乗り込み、二人掛けの座席に並んで腰を下ろした。その時、ジュラの脚が小刻みに震えていることに気が付いた。私がその上に手を置くと、震えがピタリ止まる。

「そう言えば、まだギュッってしてもらってない」

それで思い出したのか、ジュラは私の耳元に口を近づけて言った。

＊

その日の夜、私とジュラはベッドの上に積み上げた一万円札の束を見ながら、呆然としていた。

「エルメスさん、これでいくらあるんですか」

「三千八百万円よ」

一枚ずつ数えたわけじゃないけど、普通は百万円で一つの束にするはずだ。それが三十八個あるから、単純に考えて三千八百万円。

「これだけあったら、一生困らないですよね」

「いや、それはムリだと思うけど」

三千八百万円――確かに、私とジュラが一生食べて行けるだけの額じゃない。使い方によっては、数年で消えてしまっても不思議じゃないくらいだ。

けれど、今、これだけの金額を手にできたことに大きな意味がある。

ジュラはもちろん、私も一応は、まだ若いのだ。これを使って何か新しいことを始めれば、どれだけ未来を明るくできるだろう。

「すごい……」

私自身、遅まきながら服飾系の専門学校に入って、手に職をつけることができるかもしれない。これだけあれば学費は余裕だし、学校に行っている間も食べるのに困ることはない。

　もちろんジュラだって、このお金で何かの技術を身につければ、独り立ちして生きて行けるようになるだろう。そうなればジュラの人生は、今なんかより、ずっと希望に満ちたものに変わるはずだ。

「そろそろ、しまおうか」

　札束を見ているうちに何だか胸がいっぱいになってきて、私は言った。

「そうですね……お腹も空いてきちゃったし」

　二人で三千八百万円を、途中で買った紙バッグに入れた。その方がキャリーバッグにきれいに収められるし、何より、男が使っていたスポーツバッグを処分してしまいたかった。空にして調べても、発信機の類はつけられていなかったけど、やっぱり油断できない気味悪さがある。

　ここは、神奈川県のHという町のビジネスホテルの一室だ。

　埼玉県のショッピングモールを脱出した後に乗ったバスは、少し走ると私鉄の駅前で停まった。私たちはそこで下車し、そのまま電車を乗りついで横浜に来たのだ。

　とりあえず、どこかに落ち着こうと横浜駅近くでホテルを探したけど、どこも満室で、結局、観光案内所のようなところで紹介してもらったのが、ここだった。横浜駅からはかなり離れているものの、ただ身を隠せればいいので、特に不満はなかった。

「エルメスさん、お金持ちになったんだから、何かおいしいものを食べようよ」

「そうね……賛成よ」

そう言いながら私は一番上の束から一摑み分の札を抜き、無造作に財布に突っ込む。

こんなにもお札で財布が分厚くなるのを、初めて見た。

きちんとキャリーバッグを扉付きの戸棚の中に収め、私とジュラは外に出た。

ホテルの近くには、何軒かのレストランや食堂があって、私たちはさんざん迷ったけれど、結局、どこにも入らずじまい。昼間、思いがけず男に追跡されたことの恐怖がまだ生々しくて、どの店も落ち着けないような気がしたからだ。

二十分近く歩き回った挙句、私たちはコンビニで大量の食糧を買い、ホテルの部屋で食べることにした。もちろん、ついでにお金が入っていたスポーツバッグを小さく畳んでコンビニのゴミ箱に入れてくることも、今日の分の替えの下着を買うことも忘れない。

「それでエルメスさん……これから、どうします？」

二人でベッドに腰を下ろし、私は缶ビール、ジュラは微炭酸のメロンサイダーで乾杯した後、ホットスナックのから揚げに齧《かじ》り付きながら、ジュラが尋ねてくる。

「そうだね……とにかく、しばらくは東京から離れた方がいいよ。東京って、思ってるより狭いから」

「じゃあ、どこに行くんですか」

「どことは決めてないけど、大きな都市がいいと思う……仙台とか名古屋、大阪とか福岡とか」

「どうせなら、大阪がいいな。面白い芸人さんが、いっぱいいるから」

「ジュラ……何も大阪だからって、芸人さんが普通に歩いてるわけじゃないのよ」

そうは言ってみたものの、なかなか悪くないと思った。東京みたいに人が多いから、身を隠すのには打ってつけだ。

「どこに行くにしても、とりあえず明日、ジュラのスマホを買おう。あ、ついでに私のも新しくした方がいいかな」

男が持っているに違いないジュラの携帯には、私の番号が登録されている。それを解約して別のキャリアのスマホを買い、いっそ電話番号も新しくした方が安心できる。

そう思いながら私は、バッグからスマホを取り出した。その黒い画面を見て、昼間にショッピングモールのトイレで使ってから、再び電源を切っていたのを思い出す。もしかすると、友だちからのメールなんかが来ているかもしれない。

（これは……）

電源を入れると、すぐに何本かの着信と留守番電話が入っているという表示が出た。

掛けてきたのは――佐藤ジュラ。

言うまでもなく、当のジュラは私の目の前で、おいしそうにスパゲティーを食べている。この携帯を今持っているのは、あの男だ。

恐る恐る留守番電話のリストを開くと、その名前の後ろに（4）という数字がある。指先でその名前に触れると、時間を置いて四本の留守番電話が録音されていた。

「どうしたんですか、エルメスさん」

動揺が顔に出ていたのか、ジュラは不安そうに私を見た。

「ちょっと静かにしてて」

そう言って、古い順に留守番電話を再生した。

『あー、もしもし。私、佐藤ジュラの面倒を見ている小暮という者です。これはエルメスさんの携帯ですね？』

やはり、例の男の声が流れてきた。

『もしかして、車ごとジュラを連れてったのは、あんたか？　そうだとしたら、ふざけた真似をするんじゃないよ。車には大事なもんが積んであるんだ。どっちにしても、すぐにバックしろ。いいな』

こちらが誰だかわかっていないくせに、ずいぶん無礼な口ぶり。きっとジュラとのメールを見て、私が女だと判断したのだろう。

次の留守番電話を再生する。前の電話から二十分ほど後に吹き込まれたものだ。

『おい、何でバックしねぇんだ？　こっちは遊びじゃねぇんだ。とにかく、すぐに連絡しろ。連絡がないなら、車を盗んだのはあんたってことになるからな』

どうして、そういうことになるのか、今一つ話の筋道が見えないけど――とにかく頭に血を昇らせているのだけは、はっきりとわかる。

（まったく……神経がささくれるような声だね）

コンビニから車で逃げる時、遠目とはいえ、私は姿を見られている。我ながら中性的な外見をしていると思ってるけど、多くの女を扱っている男には、肩の薄さだの首の線なんかで、すぐに女とバレてしまったのかもしれない。

けれど、たかが電話で何ができるっていうんだろう。

いくら恫喝するような声を出したところで、実際にスマホから手が飛び出してくるわけでもないし、こちらの居場所がわかるわけでもない。全部まとめて消してあげるから、せいぜい吠えればいい――そんなことを考えながら、私は三本目の留守番電話を聞いた。

『おまえ、何でバックしてこないんだよ……もしかして、俺を舐めてんのか？』

その次に続いた言葉に、思わず息を飲んだ。

『知ってるぞ……おまえ、変なアダ名を名乗ってるみたいだけど、ホントの名前は矢崎瑠璃だろ？　住んでるところは、○○だ』

私は危うくスマホを取り落としそうになった。いつのまにか名前も住所もバレている
——いったい、どうして。

『このままだったら大変なことになるって、忠告だけはしといてやる。とにかくバックしろ。いいな』

私は震える指先で、四本目の留守番電話の再生ボタンを押した。ちょうど一時間ほど前、このホテルにチェックインした頃合いに掛かってきたらしい。

『てめぇ……まさか、金を持ち逃げするつもりか？　金の持ち主が誰かも知らねぇで……そんな真似をしたら、確実に死ぬからな』

口調は一本目のものと同じくらい落ち着いたものだったが、内容はもっとも激しかった。

『今晩の十二時までにバックしてきたら、命だけは助けてやる。とにかく変な気は起こすなよ。その金は、マジでヤバいんだからな……おまえも、まだ死にたくねぇだろ？　だったら、とにかくバックして来い。わかったな、矢崎瑠璃ちゃんよ』

留守番電話を聞き終えて、思わずスマホをベッドの上に投げた。

「ジュラ……どうして、あの男が私の名前も住所も知ってるの？　もしかして、あんたが教えちゃったの？」

「えぇっ、そんな」

私の言葉に、ジュラが目を見開く。

「私、絶対に教えたりしてませんよ。第一、エルメスさんの住所、私も知らないし」

言われてみれば、確かにその通りだ。ジュラは私の名前は知っていても、住所までは知らない。

(じゃあ、どうして……)

私は懸命に考えた。

もしかすると私が知らないだけで、あの男は裏の世界では、相当な実力者なのかもしれない。それこそ警察や官公庁にまで手が回せるほどの力を持っていて、それで私の身元を割り出したんだろうか。

(いや、たぶん病院だ)

ジュラが救急車で病院に運ばれた時、私は看護師さんに出された紙に住所と名前を書いた。その後、私が立ち去ってから、男は病院に来たはずだ。その時に当の紙を見たのか、あるいは看護師さんに直接尋ねたのか――そのどちらかとしか考えられない。

(私には、あの男の連絡先を教えてくれなかったくせに)

ジュラと連絡が取れなくなった時、私は縋《すが》るような気持ちで受付にいる人に男の電話番号を尋ねたのに、規則の一点張りで教えてもらえなかった。そのくせ私の名前や住所は、アッサリ教えたのか。

しかし、それも無理ないことかもしれない。ただの通りすがりの私と、ジュラの治療費を払う男とでは立場が違う。「お世話になった礼がしたいので」なんて言われてしまったら、特に深く考えることもなく教えちゃうだろうな。

何にしても私の名前と住所が、こんなにも簡単にバレてしまった。今までは、向こうが私を知らないということが最大の強みだと思っていたけど――そんなアドバンテージは、あっさりと消えちゃったのだ。

（もしかすると……逃げることなんて、できないかも）

やっぱり裏の世界で生きているような人間に、ただのコルセンの派遣社員が勝てるわけがないんだ。経験でも人脈でも、すべてにおいて向こうが上なんだから。

スマホの画面に触れて時間を見てみると、すでに十一時近かった。

十二時までに電話を掛ければ、命だけは助けてくれるという。素直に電話をして、きちんと三千八百万円を返せば、最悪の事態だけは避けられるに違いない。

「ねぇ、ジュラ……ちょっとまずいことになったよ」

私は留守番電話に録音されていた内容を、すべてジュラに話した。

「あの……名前と住所を知られちゃうって、そんなにまずいことなんですか？」

「そりゃあ、ね」

その二つを知られるということは、もう雑踏に逃げ込むことができなくなるということとてもある。名前と住所から手繰り寄せられれば、他のいろいろなことが引っ張り出されてしまうだろう。

「私なんか、もうとっくに知られてますけど」

「ジュラはいいのよ。もともと、あの男のところにいたわけだから」

「でも、今は私もエルメスさんも、ちゃんとグレさんから逃げてますよね？」

あっけらかんとした口調でジュラは言った。

「このまま、どっか遠くの大きな町に行っちゃえば、絶対に追いかけて来れないんじゃないですか？　たとえ名前を知られていたって、もう発信機もないし、エルメスさんがスマホを替えちゃえば、二度とグレさんから電話もこないでしょう？」

確かに、その通りだ——そう思うと、少しだけ心が落ち着いた。

「エルメスさん、グレさんの怖い声を聞いたから、ちょっとビビッちゃったんですよ。私もグレさんに怒られたら、おしっこチビリそうになるもん」

そう言いながらジュラは、いきなり私の背中に覆いかぶさってきた。大きな胸のふくらみが、私の腎臓のあたりに押し付けられている。

「エルメスさん、ギュッとしてあげますから、元気出して」

そう言ってジュラは、私の背中を抱きしめた。

あぁ、背中がこんなに温かくなるのは、久しぶりだ——私は自分の肩に回されているジュラの手を取った。すべすべの滑らかな肌をしている。

「ジュラ、肌がきれいだね」

「あぁ、それはたぶん、クリームをいっぱい塗ってるからですよ。ほら、お客さんに呼ばれて行ったら、そのたびにお風呂に入るでしょう？　ひどい時なんか、一日に五回も六回もお風呂に入らなくっちゃいけないんです。そうしたら肌の脂が抜けちゃうんで、クリームをいっぱい塗りなさいって、前に一緒に仕事してたミオさんが教えてくれて」

「そう……そんなにお風呂に入らなくっちゃいけないの」

私の脳裏に、見たことのないジュラの仕事風景が浮かんだ。そんなことを、一日に五回も六回も……。

（私、今さら何を弱気になってるんだか）

その瞬間、コンビニで男の車に乗り込んだ時の高まりが、心の中に甦るのを感じた。そもそも自分は、ジュラを助け出したかったんじゃないか。そのために、柄にもなく無謀な賭けに出たんじゃないのか。

本当に、何を今さら。

「ゴメンね、ジュラ。あんたの言うとおり、私、少しだけビビッちゃってたみたい……情けないね」

「やーい、エルメスさんのビビリ」

「なんだとう」

私が体をジュラの方に向けると、ジュラは素早く私に回していた腕を解いた。ベッドに腰かけた私と、ベッドの上に座っているジュラが向き合う形になる。

「エルメスさん」

そのままジュラは、私の方に体を預けてきた。

「約束だから、ギュッってして」

「そうだったね」

私は小さなジュラの上半身を腕で包んで、強く抱きしめた。その時、ジュラの口から、妙な吐息が漏れる。

「うれしい……エルメスさんが、私をギュッってしてくれた」

さらにジュラは長く息を吐いたが──それには、どことなく妖しげな気配がこもっているのに私は気づいた。

(え……もしかして、これって)

妙に胸がドキドキしてくる。さすがの私も、女同士というのは経験ないんだけど。

(どうすればいいの)

頭の中に変な火花が散り始めたところで、ジュラが目を閉じて唇を突き出してきた。

まさか、キスしろっていうの?

「いやいやいや、さすがにそれは」

もうすぐ唇が触れ合うところで、私は顔を逸らせて、体を離した。

「えーっ、チュウはダメなんですか」

「まぁ、一応、女同士だし」

私の常識的な言葉に、ジュラはわかりやすく頰を膨らませたけど——少しだけドキドキしたのはホント。

「なぁんだ、つまんないの」

そう言いながら、ジュラはベッドの上に寝転ぶ。

正直なところ、この子のことが、少しわからなくなった。

＊

コンビニで買って来たものでお腹を満たした後、私はジュラにお風呂に入るように言った。

「えー、めんどくさい。このまま寝ちゃダメですか？」

ベッドの上に座ったまま、ジュラはどこか甘えた口調で答える。

「今日はいっぱい動いたから、その気持ちもわかるけどね……女の子は、それじゃダメなのよ。シャワーだけでもいいから、さっと入ってきちゃいなさい」

「はぁい」

ジュラは大げさにほっぺを膨らませたが、そんな風に言われるのも満更ではなさそうだった。私も妹の世話を焼いているようで、何となく楽しい気分になる。

「うわぁ、普通のホテルのお風呂って、小さいんですね」

服を脱ぐ前に、トイレと一緒になった浴室のドアを開けたジュラが驚いた声を上げる。

「どこで体を洗うの？」

「もしかすると、こういうお風呂は初めて？」

「いつもは、もっと大きいお風呂だもん」

なるほど、いわゆるラブホテルが主な仕事場だとしたら、ビジネスホテルのユニットバスみたいなのはピンとこないのも無理はない。私だって、このタイプのお風呂に初めて入った時は、どこで体を洗うのか、全然わからなかった。

「いい？　このカーテンの端っこを、バスタブの中に入れちゃってから……」

私がお風呂の使い方を説明すると、ジュラはいちいち変な声をあげて相づちを打った。

「外国の人って、いつもそんな風にお風呂に入るんですね。じゃあ、日本みたいに、肩までお湯に浸かって〝うひょー、いい気持ちだぁ〟とか言わないんだ」

「たぶんね」

実際のところは、私もよくわからない。金髪美女が泡だらけのお風呂に入ってるようなイメージもあるし、ホントのところはどうなのかな。

「とにかく、外にお湯をこぼしたりしないように、気を付けてね」

トイレまでビショビショにされちゃたまらないから、それだけ釘を刺して部屋に戻った。

ふとベッドの頭の方の壁に組み込まれたデジタル時計を見ると、十一時五十七分だった。男から与えられた最後のチャンスの有効時間は、あと三分。

きっと今、自分は人生の分かれ目にいるんだな……と思う。あと三分過ぎたら、ヤバい橋を渡る方に自動的に決定だ。

私は戸棚にしまったキャリーバッグを引っ張り出し、壁際に置かれたベッドの上に置いて、再び中を見た。もちろん、三千八百万円の札束（一掴み分ほど財布に移したから、それより少なくなっているはずだけれど）は、さっきと同じ状態で紙袋に収まっていた。

その半分ほどを、もう一度、ベッドの上に出してみる。今までに見たこともない額のお金だ。それが無造作に置いてあるだけで、勝手に手が震える。

同時に子供の頃から今に至るまで、これがなかったばかりに舐めた苦労や耐えた恥、あきらめた夢みたいなものが心に浮かんできて、胸が苦しくなる。

その時々に、このお金の一握りでもあれば、きっと私の人生は変わっていたはずだ。

必要以上に卑屈になることもなかったし、イヤな人に頭を下げなくてもよかった。自分が勉強せずに遊んでいたのを棚に上げて言ってしまうと、もしかすると今頃は服飾関係の仕事ができていたかもしれない。

そんなものを帳消しにして、新しくスタートが切れるだけのお金を目の前にして、興奮してくると同時に、不思議と寂しさのようなものも感じた。

何だか札束が、私を見下しているような気さえしてくる――「おまえの苦労なんか、この何十分の一かで、避けられるくらいのものだったんだよ。金持ちなら、初めからしなくてよかったものばっかりさ」と、嗤っているようだ。

(やってやるわよ……絶対に、あの男の手から逃げきってみせる)

札束をジェンガのように積みながら、私が思った時――どういうわけか、唐突に奇妙な言葉を思い出した。

「瑠璃ちゃん、男は花札の強さで選ぶんだぜ」

いつのことだったか、母さんの彼氏だったユウヤさんが言ったのだ。

「毛並みがいいとか勉強ができるとか、そんなのは社会じゃ、たいして役に立たないからな……それより大事なのは、花札が強いかどうかってことなんだ」

記憶の糸を手繰ると、確か年末かお正月に、ユウヤさんが家に遊びに来た時のこと。最初はテレビゲームで遊んでいたんだけど、いい加減に飽きたところで、ユウヤさんが花札をやろうと言い出した。どうやら私に相手をさせようと、わざわざ持ってきたらしい。

それまで私は花札をやったことがなかったけど、さんざんゲームに付き合ってもらった後だけに、断れなかった。花札の絵柄もきれいで、なかなかカッコいいと思ったし。

その時ユウヤさんが教えてくれたのは、よくある〝花合わせ〟。

配られた手札で場に出ている札を取る、一番簡単なヤツだ。札によって一枚二十点とか十点、五点、点にならないカスに分かれていて、ある決まった組み合わせを作ると、それに応じて別の点数がもらえたりする。一度ルールを覚えちゃえば誰でもすぐに遊べるので、バカでもできるという意味で、〝バカッ花〟とも言う……とユウヤさんは教えてくれたけど、ホントかどうかはわからない。

けれど、その異名通り、私でもすぐに遊ぶことができた。初めは札を取るだけで喜んでたけど、そのうち猪鹿蝶とか、赤短青短も作れるようになって、それなりに白熱した。

男は花札が強いかどうかで選べ……という言葉が出てきたのは、その最中だ。

「えーっ？　何で？　花札なんか強くっても、何にもならないじゃん。ギャンブルをする人なんて、むしろ避けた方がいいんじゃない？」

その頃、高校二年生だった私は、その言葉に真っ向から嚙みついた。やっぱり結婚相手はイケメンの方がいいし、頭だっていい方がいい。なおかつギャンブルにハマってるようなのは、要注意人物じゃない？

「そう思うのは、まだ瑠璃ちゃんが、お子チャマだからだよ。イケメンなんか、すぐに飽きるだろ」

「そうかなぁ」

確かに私は子供だったけど、それでもイケメンに飽きたことなんかなかった。

「いくらイケメンでも、どうしようもなくドン臭かったり、運がないようなヤツ、ちょっとした不運に負けちゃうようなヤツはダメだ。大人になったらわかるけど、世の中を渡っていくってのは半分はギャンブルみたいなもんだから、博打《ばくち》のセンスは、ないよりはあった方がいいんだぜ」

「そりゃ、そうかもしれないけど」

できればギャンブル的な生き方をしないで、地味でも堅実に生きた方がいい……と、その頃の私が考えたのは、幼い頃からお金の苦労をタップリしたからだろうか。

「花札が強いってことは、頭の回転が速くて、少しばかり運が悪くても、それをひっくり返せるだけの根性があるってことでもあるんだ。どうせツルむなら、そういう男がいいだろ」

「何で、そうなるの」

「今、実際に花札やって、何も感じなかった？　花札は、単純に点数のいい札ばっかり集めたら勝てるってわけでもないんだよ。大きく勝とうと思ったら、やっぱり役を作らないと……そのためには、あえて点数の高い札を場に捨てる場合だってあるし、一か八かの賭けに出なきゃなんない時もある。花札が強いヤツは、そういうのに馴れてるってことさ」

確かにユウヤさんの言うとおり、単純に点数の高い札を集めても、トータルでは簡単な役をいくつか作ってあるものに負けることが、当たり前のようにあった。

「いいかい、瑠璃ちゃん……運ってのはね、勝ち癖のあるヤツに靡《なび》くんだよ。最初のうちは少しくらい分が悪くても、小さい勝ちを重ねていたら、大きい運も転がり込んでくるようになるんだ」

「へえ、そういうもんなのかしらね」

あの時、私は曖昧《あいまい》な返事をしただけだったけれど、そのユウヤさんの言葉の重みが、今になってわかる。

そうだ――私は、この勝負に絶対に勝つ。男から逃げきって、この大金を全部かっさらう。それでジュラと二人、新しく生きるんだ。

そのためにはできることは何でもやって、運を呼び込まなくちゃならない。そう、運は神頼みで摑むものじゃなくて、小さな勝負を積み上げ、それに勝つことで回って来るもの……らしいから。

（私は勝つぞ……絶対に）

やがてデジタル時計のグリーンの数字は、音もなく0の横並びになった。

地味だけど、これが私の戦いのスタートであり、あの男からの無言の宣戦布告を受けたということになる。きっと私の携帯には、あの男からの電話が何本も入っていることだろう。留守番電話には、相も変わらず下品な恫喝が吹き込まれているだろう。

けれど、残念でした——さっきから電源は切ってあるし、念には念を入れてアルミホイルで包んどいたから、そのどれも私には届かないよ。

＊

次の日、私とジュラは横浜の繁華街に出向き、家電量販店で新しいスマートフォンを手に入れた。今まで使っていた会社とは違うキャリアを新規契約したのだ。もちろんジュラは身元を証明できるようなものは何も持っていなかったので、私名義で二台。

その後、大きなビルの中の小さめのカフェに入り、スマホの細かい設定を済ませた。

「これ、すごーい。ボタンじゃなくて、指で触るだけでいいんだね」

ジュラは初めて持つスマホに興奮して、せっかく注文したパンケーキセットにも、なかなか手を付けなかった。

「これからの話をするから、ちょっと聞いて」

頃合いを見計らって言うと、ジュラはピタリと手を止め、スマホをテーブルの上に置いた。こんなに素直な態度を取られちゃうと、守りたい気持ちがグッと上がる。

「昨日も話したけど、とにかく今は、このまま東京を離れた方がいいよ」

昨夜、私もジュラの後にシャワーを浴びながら考えたが、それがベストだろう。何より、相手の懐近くにいるかもしれないと思うと、こっちの気持ちが落ち着かない。

私のアパートは放置することになるけど、家賃さえ振り込んでおけば、特に問題はない。電気代やガス代も口座引き落としだから、トラブルの種になることもないはずだ。

ただ、ベランダに置いたいくつかの鉢植えと、冷蔵庫の中のものがダメになってしまうのはやむを得ない。むしろクーラーをつけっぱなしにせず、ちゃんとスイッチを切った自分のまめさと、暑くて食欲が落ちて、ここ数日は炊飯器でゴハンを炊いていなかったことに感謝したいくらい。クーラーがつけっぱなしで、炊飯器の中にゴハンが残ったまま放置するなんて、考えただけで怖いよ。

折を見て、ちゃんと始末をしなきゃいけないだろうけど――さすがに今は、近づくこと自体が危険だ。そのうちに、何でも片付けてくれる業者にでも頼むしかないかな。

「それで私もあれこれ考えたんだけど……やっぱり大阪に行くのがいいと思う。東京と同じくらい賑やかだし、人もたくさんいるし」

もちろん知り合いもいないが、今はその方がいい。

「その先のことは、しばらく大阪で過ごしながら考えればいいよ」

「わーい、大阪だ。芸人さんもいっぱいいるし、タコ焼きもおいしいよね」

ジュラはカフェのソファに腰を下ろしたまま、嬉しそうに身を揺すった。

「で、いつ行くの?」

「ここを出たら、すぐよ。新横浜の駅まで行って、新幹線に乗るの」

「ホント? 私、新幹線に乗るのって初めて」

「でも、その前に、どうしても、やっておかなくっちゃいけないことがあるんだ」

そう言いながら私はバッグから、アルミホイルで包んだスマホを取り出し、テーブルの上に置いた。

「それって、グレさんの?」

「そうよ……今から、これの電源を入れるから」

その途端、スマホから電波が発信されて、別のデバイスで探すことが可能になる。もし男がパソコンを使って探し続けているとしたら、すぐにこの場所の位置情報が送られてしまうだろう。最悪、この店の名前だの写真だのまで送られてしまう恐れもある。今のネットの世界は、いろいろな情報がリンクしまくっているんだから。

だから一度電源を入れてしまった後は、できるだけ早く、この場所を離れなくっちゃいけない。もし男がいつもの事務所にいるのなら、ここまではかなりの時間がかかるはずだけど——たまたま近くにいる可能性が、まったくないと誰が断言できるだろう。この勝負に勝つためには、どれだけ用心深くしても、し過ぎるということはないはずだ。

私がそう説明すると、ジュラは小さく溜息をつき、申し訳なさそうに言った。

「エルメスさん、ごめんね……ものすごく面倒なことに、巻き込んじゃった」

「巻き込まれたわけじゃないよ」

ジュラの下がった眉尻を見ながら、私は答えた。

「これは私が自分で考えて決めたことなんだから、ジュラがそんなふうに思うことなんてないの。それに、どっちかって言うと、こいつのためよ」

そう言いながら私は、足元に置いたキャリーバッグをポンポンと叩いた。

「それでね……私としては、やっぱり、このスマホは処分したいんだよね。持っていたら、何かのきっかけで居場所がバレちゃう可能性もあるし」

「でも、その中には、お父さんの電話番号が」

「だから今だけ電源を入れるから、お父さんの番号を探して、メモするなり自分のスマホに登録するなり、しちゃいなよ。そしたら、このスマホには、もう用ナシでしょ」

その作業は、どうしても新幹線に乗る前に済ませなくっちゃならない。

「わかった……急いでメモするね」

「じゃあ、電源を入れるよ」

包んでいたアルミホイルを開いて男のスマホを取り出し、私は電源スイッチを長押しした。見覚えのあるマークが浮かび上がり、さっそくパスコードを要求される。

「ジュラ、パスコードは？」

苦もなくジュラは、六桁の数字を諳《そら》んじた。その通りに入力すると、何の問題もなくアプリボタンが並んだ画面になる。ジュラの記憶は正しかった。

私と同じ機種なので、どれがどのアプリかは一目瞭然だったけど、どうやら電源を切っている間にも、何本もの電話とメール、さらにはLINEの着信があったようだ。それぞれのアプリボタンの横に新着数を示す数字が出ていて、どれも五十を超えている。そんなものは見る価値もないので、まっすぐに〝連絡先〟を開く。一度下まで送って見ると、四百件以上の電話番号が登録されていた。

「で、お父さんの名前は？」

「佐藤マサノリです」

予測はしていたけど、ありふれた名前。

「マサノリさんは、どういう字？」

「えっ、ちょっとわかんないんですけど」

私の問いかけに、ジュラは再び困った顔つきになった。けれど、ここで「親の名前も、わかんないの？」なんて言っちゃいけない。

私はリストを指先でスライドさせ、佐藤という姓が並んでいる個所を見たが、マサノリという名前はなかった。

（ちっ、しまった……）

私は心の中で舌打ちする。

そこに、ちゃんと漢字で姓名が登録されているものは四分の一くらいしかなかった。あとは「ヤッシー」とか「グッちゃん」みたいな完全に愛称のものや、「怜子モンテローザ」という名前と店名らしきものを合体させたもの、さらには「小島先生」という敬称付きのものなどばかりだ。考えてみれば、私のスマホのアドレス帳も似たようなものだから、簡単に想像できたはずなのに。

（これじゃあ、どの人がジュラのお父さんなのか、わかんないな）

それにしても、この連絡先を見る限り、あのグレさんという男が何者なのか、どうにも判断できない。カタカナのみの社名で何をやっているかわからない会社や、字面を見ただけで風俗店と判断できる店名が並んでいるかと思えば、弁護士事務所だの地方裁判所の番号まで入っている。きっと、そういうところに出向く機会が多いんだろう。

「お父さんには、アダ名みたいなものってないの？」

「アダ名ですか……そう言えば、お父さんのことを〝バントウさん〟って呼んでる友だちがいたと思いますけど」

バントウさんというのは、やっぱり、あの〝番頭さん〟のことかな。私は画面に表示されているリストを指で送って探してみたけど、残念ながら空振りだった。

(困ったな)

ジュラのお父さんの電話番号がわからなければ、このスマホを処分するわけにはいかなくなる。

(他に、何か手掛かりがないかなぁ)

つい〝写真〟と示されたアプリにタッチしてしまったのは、そんな気持ちがあったからだ。いきなり中に収められた写真のサムネイルが広がり、反射的に私は目を走らせた。

自分の店で働いている風俗嬢なのか、あるいはそういう趣味なのか、やたらと女性の写真が多かった。露出度の高いものもあれば、どこか喫茶店のようなところのテーブルで、ごく普通の服装をしているものもある。ジュラの写真も何枚かあったけど、どの写真も一つ覚えみたいに、顔の横でピースしているものだった。

「あっ」

思わず声を上げてしまったのは――そんな女性たちの写真に混ざって、どこか暗い場所で、力なく横たわった男の写真が何枚かあったからだ。ジーンズに青いTシャツ、その上にチェックの長袖シャツという若い感じのスタイルだけど、顔のあたりが妙に暗くて、年齢はよくわからない。

（これって、もしかして……）

小さなサムネイルの状態でも、その写真はどこか異常だった。力が完全に抜け切っているのと、手足の不自然な曲がり具合を見ただけで、イヤな空想が頭をもたげてくる。もしかすると、この人――死んでるんじゃないだろうな。

よせばいいのに、私はそのサムネイルの一つをタッチしてしまった。とたんに写真は大きくなり、横たわった男の姿が表示される。

（これは……どっちだろう）

写真だけでは、その男が生きているかどうかの判断はできなかった。ただ、暗いとばかり思っていた顔の部分を見ると、光量が足りないのではなくて、顔そのものが赤黒く腫《は》れあがっているのだとわかって、思わず息を飲む。

その男の頭の上あたりには、立っている人間の足が二人分、写っている。靴から見て、どちらも男のようだ。

そこから写真の意味を類推しようとすれば、男が何らかの理由で複数の人間から激しいリンチを受け、この時点では生死不明になっている……ということしか思い浮かばない。

おそらく、これはその時の記念写真みたいなものだ。

私は首筋に寒いものを感じながら写真を閉じ、そのままスマホの電源を切った。

「どうしたんですか」

私の態度が不自然だったのか、ジュラが驚いたように声をかけてくる。

「別に何でもないよ……ただ、ジュラちゃんのお父さんがどれなのか、すぐには判らないなぁって思って」

そう言いながら私は、周囲の人目に気を配りながら、新しいアルミホイルで男の携帯を包んだ。

「このスマホは、しばらく持っていた方がいいわね。そのうち、どれがお父さんの番号なのか、絶対に見つけてあげる」

アルミホイルの小さな隙間を一つ一つ潰す指先が、細かく震えてくる。

リンチの記念写真を自慢気に取っているくらいなのだから、やはり、あの男は凶暴で、人を傷つけることに抵抗も持っていないんだろう。もし捕まったら、私も写真の男と同じような姿になるかもしれない。だからと言って、今さら引き返す道はないのだけれど。

「一度電源を入れちゃったら、長居は禁物だよ。すぐに行こう」

私は男の携帯をバッグに戻し、席を立った。

＊

その三時間ほど後には、私とジュラは新大阪の下り新幹線ホームに降り立っていた。

「やったぁ！　大阪に着いた！」

天井から下がっている駅名表示板の下で、ジュラは拳を握ってガッツポーズをする。

「ねぇねぇ、エルメスさん、写真撮って」

「はいはい」

私はジュラのスマホで、駅名が入るように何枚かの写真を撮った。やっぱり、顔の横でピース。

「私、あれが欲しいな……何て言ったっけ？　伸び縮みする棒みたいなヤツ」

「自撮り棒ね。後で買ってあげるわよ」

安請け合いはしたものの、あれはどこで売っているものなんだろう。

「じゃあ今は、とりあえず」

そう言いながらジュラはスマホを自分に向けて掲げ持ち、私と並んでシャッターを切った。初めて一緒に撮る写真だったけど、身長差があり過ぎるせいで、私はファインダーの外で大きく膝を曲げなければいけなかった。おまけに、肝心の駅名表示板も入ってない。

「私のでも撮っとこうかな」

その写真の出来があまり良くなかったので、さりげなく自分のスマホでも撮っておく。私は自撮りすることに恥ずかしさを感じるタイプだけど、ジュラが一緒なら、これもまた悪くないと思った。

「前の携帯のカメラに比べたら、ずっときれいに写るけど……それならそれで、カッコよく撮ろうと思ったら難しいね」

ジュラは自分が撮った写真と私が撮った写真を見比べて、唸るようにつぶやいた。

「こんなのはコツだから、すぐに上手になるよ」

私は慰めるように言ったけど、自然に笑顔になったのは、ジュラの言葉から敬語が少なくなっていたからだ。もはや運命共同体なんだから、いつまでも堅苦しくて困る。

「よーし、ジャンジャン撮りまくるぞ」

スマホを握りしめて撮影技術の向上を誓うジュラだったけど、私は若干呆《あき》れないでもなかった。新幹線の中でも、さんざん撮ってたくせに。

「ねぇねぇ、早くタコ焼き食べようよ」

新幹線のホームの階段を降りながら、ジュラは上気した顔で言う。初めての大阪で、完全に舞い上がっているみたいだ。

実は私も大阪は初めてで、目に入るものすべてが新鮮。たとえばエスカレーターに乗ってる人たちが、東京とは反対に右側に寄って立っていることだけでも驚きだ。けれど、まだ一緒にはしゃぐわけにはいかない。

「そんなに慌てないの。とりあえずホテルにチェックインして、こいつを置いて来よう……遊ぶのは、それからだよ」

何せ全財産をキャリーバッグに入れて引っ張っているのだ。そのまま遊ぶ気にはならない。

「そう言えば、今日はどこに泊まるの？」

「すっごく、いいとこ」

「温泉？」

「あ、いや、温泉じゃないけど、ゴージャスな一流ホテルよ」

どうやらジュラにとって、〝いいとこ〟すなわち温泉らしい。さすがにそこまでは気が回らなかった。

「でも、夜景の眺めは最高だって。それに近くには、おいしいお店がいっぱいあるみたいだよ。もちろんホテルの中のレストランで食べてもいいけど」

新幹線の中でジュラがスマホの使い方をマスターしている間、私も新しいスマホを使ってホテルを取るサイトにアクセスし、今日のねぐらを探していた。今はスマホがあれば、たいていのことはできてしまう。

さすがに当日の予約となると選択肢は限られていたけど、幸い大阪駅から一駅行ったところにある有名ホテルの部屋が空いていた。エグゼクティブ何とかという高級そうな名前がついた部屋で、説明を読む限りでも高級そのものだ。もちろん値段もそれなりだけど、今の私たちには何てこともない。

今日くらいは贅沢《ぜいたく》にやりたい、いや、勢いをつける意味でも、むしろやるべきだ——そんな気分で私はホテルのサイトを見ていたのだが、決め手になったのは、そのエグゼクティブ何とかという部屋は十八階から二十階までのフロアにあって、渡されるカードキーを挿さない限り、エレベーターそのものも、その階で止まらない……と、いうことだった。大げさかもしれないけど、すごく安心できる。

ただ一つ難点があるとすれば、ダブルの部屋しか空いてなかったことだ。ベッドが二つあるツインの方が過ごしやすいだろうけど、ジュラは子供みたいに小さいし、一つのベッドで寝ても狭苦しいということはないだろう。

けれど一応は気を使って、ホテルを決める前にジュラの許可を求めた。

「ねぇ、今日泊まるところなんだけど……ダブルしかないのよ。構わない？」

その時、スマホと格闘していたジュラは、チラリと顔を上げて尋ねた。

「ダブルって、何？　部屋が二つあるってこと？」

「そうじゃなくて、ベッドがダブルベッド……早い話、大きいベッドが一つだけってことよ」

「じゃあ、エルメスさんと一緒に寝るんだよね？　うん、断然そっちがいいよ！」

そう答えたジュラの顔に何の屈託《くったく》もなかったので、私はホテルの予約画面に進んだのだった。

そのホテルへは、何の迷いもなくタクシーで行くことを選んだ。やがてホテルに到着してチェックインの手続きをすると、保証金という名目で、実際の料金より高い値段を請求された。チェックアウトの時に返してくれるらしいけど、二泊だから、けっこうな額。

「カードでのご決済でしたら、それはご不要ですが」

こっちが若い女だからか、フロント係の腰の低い男の人は言ってくれたけど、私は保証金を出す方を選んだ。カードも持っているけど、残す足跡は少ない方がいい。

私は自分の財布から、あんなにも多くの福沢諭吉が一度に出て行くのを初めて見たけど、それよりもはるかに多い福沢諭吉が控えていたから、まったく慌てなかった。むしろ、それが勢いをつけてくれたような気がする。

私たちの部屋は十九階で、広い窓からは大阪の町が一望できた。置いてある調度品やアメニティーも、さすがエグゼクティブ何とかだけあって、昨日のビジネスホテルとは段違い。

しばらく部屋のあちこちをチェックした後、私たちは大阪の街に出た。もちろん全財産の入ったキャリーケースと、アルミホイルで完璧に包んだスマホは置いていく。

初めての大阪は、何を見ても面白かったけど、目的もなく歩き回るのも芸がない。ジュラにどこに行きたいか尋ねると、少し考えてから答えた。

「えぇっと、よくテレビで見る、マラソンのおじさんの看板がある橋のとこ」

やっぱり、そうなるだろうな……と思った私はスマホで行き方を調べ、環状線という電車で大阪駅まで出た。そこから地下鉄を乗り継いで『心斎橋《しんさいばし》』に行くのだけど、JRの大阪駅が地下鉄などでは『梅田《うめだ》』という名前に変わってしまうのには面食らった。同じ場所にあるのに、どうして違う名前を付けるのかなぁ。

もちろん、途中にも面白いものがいっぱいあり、私たちはなかなか心斎橋にたどり着けなかったけど、着いたら着いたで、そこにも目が釘付けになるようなものが山盛りで、私もジュラも目を回しっぱなしだった。

やっぱり、財布の中身が十分すぎるほどにあると、見える世界が違ってくる。

普通なら完全に手が出ないようなものや、ちょっと悩んでしまうような値段のものが、流れ込むみたいに目に入ってくるんだ。その気になれば、あれも買える、これも買える……という状況は、アルコールみたいに人を酔わせてしまう。

しかし残念ながら、私とジュラは大した買い物をしなかった。簡単な着替えを二、三枚ずつ買っただけだ。やはり今の時点で荷物を増やしてしまうと、後が大変になる。

私たちはジュラの念願だった本場のタコ焼きを食べ、グリコの看板の前で写真を撮り（もちろんジュラは、看板と同じポーズを取った）、滑り込みで吉本新喜劇の夜の舞台を見た。これだけでも、すでにお腹いっぱいの状態。

そのせいか、その日の夜には不安を感じる前に、ジュラと一つのベッドで眠ってしまったのだった。

＊

次の日は朝から快晴で、午前中の段階ですでに暑かった。もしかすると、真夏日というヤツか。

「うわぁ、大阪って暑いね。東京と、どっちが暑いのかな」

変装用に買ったはずのサングラスを実用として掛けたジュラは、空を見上げて言った。

「さぁ、どっちかな……東京も、けっこう暑いからね」

私は気のない返事をしたが、この手の疑問には、昔から意味がないと思ってる。どうせ人間の体は一つなんだから、今いる場所が暑いのか涼しいのか――肝心なのは、それだけでしょ。

「じゃあ、とりあえず梅田に出るよ」

私とジュラは、ホテルからタクシーで梅田駅に向かった。

今日の予定は、昨日以上に盛りだくさんだ。ホテルで大阪市内のプレイスポットを網羅した地図みたいなのをもらったから、面白そうなところに片っ端から行ってみようと思ったんだ。もちろん効率よく回るためには、それなりにコースを考えなくっちゃいけないけど、それもまた楽し。

気が付けばジュラは、私に対して完全に敬語を使わなくなった。こうして一緒に旅行したり、一つのベッドで仲良く寝たりすれば、自然とそうなるものなのかもしれない。けれど一人っ子だった私には、何となく新鮮で嬉しい感覚だ。

私たちは手始めに〝あべのハルカス〟に向かい、中のデパートで日よけの帽子を買った。私は色気のないハットタイプで、ジュラの帽子はひらひらのつばの付いた、お嬢様か清純派アイドルが好んで被るような可愛いヤツだ。

その後に近くの通天閣《つうてんかく》まで足を延ばして、近くの店でお約束の串揚げを食べた。まぁ、ベタな観光コース。

それから大阪の中をあちこち歩き回って、梅田に戻ってきたのは、夜の七時過ぎだった。そのままホテルに帰ってもよかったけど、どうせなら大阪らしいところで夕飯を食べようと、梅田にある居酒屋に入った。そこで私は何杯もビールを飲んだけど、暑かったせいか、この世のものとは思えないほどおいしかった。

「エルメスさん……明日は、どうする?」

楽しかった一日を笑い話交じりに振り返った後、ジュラが尋ねてくる。

「とりあえずは、別のホテルに移るよ。今のところよりは落ちるけど、近くに大きなスーパー銭湯があるんだ……一応、天然温泉なんだって」

私はすでに、そこに二泊の予約を入れていた。

「わぁ、温泉かぁ。いいよねぇ」

「昨日も今日もいっぱい歩いたから、ノンビリするといいよ」

もちろん、今泊まっているホテルの浴室もゴージャスで快適だけど、温泉もまた、いいものだ。いっそ、次はどこかの温泉宿に行こうか。

そんな話をすると、ジュラはとても喜んだ。けれど、その表情に一抹の浮かなさがあるのを、私は見逃さなかった。

「どうしたの? 温泉に行くのは気が進まない?」

「ううん、そんなことないよ」

ジュラは首を横に振り、少しだけ無理やりな笑顔を浮かべた。

「でも、何だか落ち着かなくって」

その言葉は少し意外だったけど、考えてみれば無理もないか。

もともとジュラはどこか地方に連れて行かれるところから逃げ出して、そのまま逃避行に入った。いろいろなことがあり過ぎて、ゆっくりものを考える余裕もないはずだ。

きっとジュラは、それこそ猫みたいに、あちらこちらに連れ回されるのが苦手なタイプなんだろう。狭っ苦しいくらいの自分の縄張りで、ゆっくりしているのが性に合ってるに違いない。

実は私自身も、そういうタイプ。

用がなければ出かけようとは思わないし、派遣された会社が繁華街近くにあるだけで、少しウンザリするくらいだ。

だから仕事のない日はアパートに引きこもり、たまに水泳に行くくらいの生活で、十分に幸せだった。八十日間世界一周みたいな生活は、できれば避けたいと思っている口かな。

「ホテルじゃなくて、どこかにアパートを借りるのがいいのかな」

私がさりげなく提案すると、ジュラの顔が少し明るくなった。

「私、絵が描きたい」

その返事はチグハグにも思えるけど、つまりは落ち着きたいという意味と同じかな。

「いいよ……でも、いきなりアパートは、難しいかもしれないな。最初は、ウィークリー・マンションみたいなところでいい?」

「それって、アパートとは違うの？」

「さぁ……私もよくは知らないんだけど、最初から家具とか付いてて、それこそ一週間とか一ヵ月とかの単位で借りるらしいよ。今度、調べとくね」

私も借りた経験がないから、はっきりしたことは言えない。

「エルメスさん、ごめんね……面倒くさいこと、全部頼んじゃって」

「いいよ、そんなこと」

思えばジュラは、確かに面倒くさいことしか運んでこない。でも、それが何となく楽しくなってるのも事実だ。

「でも、もう少しだけガマンしてね。何せ、事情が事情でしょう」

私がそう言うと、ジュラは可愛くうなずいた。


その日の夜、私とジュラの関係が変わった。

変わったのか、進んだのか、捻《ねじ》れたのか——私には、よくわからない。いや、本当はわかっているのに、認めにくいだけなのかもしれない。そんなふうな欲望を自分が持っていたなんて、今まで考えたこともなかったからだ。

居酒屋でこれからのことを話した後も、私はさらに杯を重ねた。さすがにビールではなく焼酎の水割りだったけど、それがいつかロックになって、チェイサーの水もほとんど飲まなかった。

けれど酔った自覚は、まったくなかった。

もともと不経済なくらいアルコールには強いし、外で飲んでも、完全に酔っちゃうことなんてなかったんだ。

だからジュラとタクシーでホテルに戻り、先にお風呂に入らせてもらった時も、頭の線はしっかり繫がってた。

けれど、お風呂から出てから、急に眠気が襲ってきた。どうにも体がだるくて、ジュラがお風呂に入っている間にベッドに入ると、そのまま、コトンと眠ってしまったのだ。

その時、怖い夢を見た。

内容は、ほとんど覚えていない。

ただ血だらけになった女性が、どこか濡れた地面の上に倒れ込んでいる。仰向けになっているけど顔はボンヤリしていて、それが誰なのかはわからない。そして、もう一人、透明のビニール傘をさした女性らしき人間が近くに立っている——そんな怖い風景を、私は少し高いところから見下ろしていた。もしかするとドラマのワン・シーンなのかとも思ったけど、妙に生々しい雰囲気に満ちている。

「うわっ」

ものすごい怖さを感じて、私は目を覚ました。

部屋の中は暗く、大きなベッドの足元を照らす小さな明かりだけがついている状態だった。胸の鼓動は、百メートルを全力疾走した後みたいに速くなって、とっても怖い思いをしたという感覚だけがあった。

(こんな怖い夢……初めて見た)

きっと例の男のスマホに入っていた、リンチされたらしい若い男性の写真の記憶が、私の中でイヤな形に変わってしまったに違いない。男の手から逃げ出してから気を強く持ってるつもりだけど、やっぱり緊張続きで、身も心もくたびれ切ってるんだろう。

ふと見ると、私のすぐ横で、ジュラが寝息を立てている。

鼻で息を吸い込むたびに、かすかに笛のような音が鳴って、それを聞いた瞬間、私の中の怖さがほぐれていくような気がした。

私はのろのろと起き上がると、小さな冷蔵庫から水のボトルを取り出し、一気に半分ほど飲んだ。そして、そのままジュラの横に戻ったけど——布団を少し持ち上げると、ジュラの着ている黄色いタンクトップの裾がめくれあがって、つるつるとしたお腹が見えた。

ジュラは私と同じように、上はタンク一枚、下は裾が広がっているショーツパンツを穿いていた。ジョギングするようなスタイルだけど、夏は誰もがこんなもんだ。

（しょうがないわねぇ）

私はジュラのタンクトップの裾を戻してあげて――その時、奇妙な衝動が込み上げてきた。

どういうわけか、タンクトップの生地を裏側から押し上げているジュラのバストトップに、ちょっとだけ触れてみたくなったのだ。もしかすると、この時点では、まだ悪ふざけの範疇《はんちゅう》だったのかもしれない。

私はその丸い突起を、生地の上から右手の人差し指と中指の間に挟んでみた。あくまで優しくしたつもりだけど、ジュラは敏感なのか、眠っているくせに小さな声を出す。

その鼻にかかったような声を聴いた時だ――私の中で、恐ろしいくらいの速さで欲望が膨れ上がったのは。

（私……酔ってるのかな）

そう、きっと酔ってるんだろう。そうでもなければ、女のジュラに欲望を持つことなんかないはずなんだ。

そんな気持ちを無視して、私はジュラの横に寝た。初めは背中を向けたけど、すぐにガマンできなくなって、ジュラの方に向き直る。

再び身を起こすと、さっき下ろしてあげたばかりのタンクトップの裾を、逆にたくし上げた。ジュラのバストは生地に引っ掛かって少したわんけど、強く布を引くと解放されて、柔らかに揺れ戻った。

ジュラのバストトップは、牛乳を多く注いだカフェオレのような色だった。それが当たり前みたいに、私はそっと口づける。

その瞬間、ジュラの体がピクッと動き、今まで聞いたことのないような甘い声が漏れ聞こえた。

「エルメス……さん？」

ジュラは、まだ半分、夢の世界にいるようだった。私は何も答えず、自分の唾液の付いたジュラのバストに頬ずりした。

「エルメスさん……酔っぱらってる？」

その問いかけに、何も答えられなかった。無理に口を開けば、どこぞの誰かのように「じっとしてろよ」と口走ってしまいそうだ。

それ以上、何かを言わせないよう、私はバストから顔を離し、そのままジュラのぽってりとした唇に自分の唇を押し付けた。

(私だって、女なのに……どうして、こんなにジュラが可愛いの)

自分が悪ふざけの範疇を超えたことをしている自覚を持ちながら、頭の中には不思議と冷静な部分が残っていて、そんなことを考えていた。今の私は、同じ団地にいたあいつと、どこが違ってるんだろう。

もしかすると、これも〝犬っころの心〟かもしれない。

私はただ怖くて、寂しくて、ジュラの肌に触れたいだけなんじゃないか——そういうことを考える冷静さが少しだけ残っていたけど、それがとても邪魔くさい気がした。

（今は……何も考えたくない）

私は自分の中の〝常識ぶった矢崎瑠璃〟を放り捨てた。

その勢いで合わせた唇から舌先を押し入れると、ジュラはまったく抵抗しなかった。そればかりか、ジュラの方から舌を絡めてきて、やがて短く言ったのだ。

「エルメスさん……好き」

その一事が、今まで体験したどんなことよりも嬉しい気がした。

「ジュラも、してあげるね」

そこまでのことを求めていたかどうかは、自分でもわからない。けれど、うれしさと恥ずかしさと、もう一つ——その場所に行ってみたいという気持ちが、心の中に広がったのは確かだ。

「でも、女の人としたことがないから……ヘタだったらゴメンなさい」

たぶん、こちらの面では、私なんかよりも経験豊富なジュラの手が、そっと私の首筋に掛かり、そのまま耳元まで滑りあがったかと思うと、親指の先が耳を撫でていった。

それまでジュラの上にいた私は、そのまま体を返されて、ベッドに仰向けになる。とたんに心細くなり、ジュラの腕を摑んでしまった。

その手を振りほどきもせず、ジュラは私のタンクトップをたくし上げ、今しがた自分がされたことを、そのまま私にしてきた。思わず息を詰めて、歯を食いしばる。

「エルメスさん、可愛い」

ジュラは私のバストトップを弄び続け、やがて、その手が脚に伸びてきた。なめらかなジュラの掌が、あちこちを気まぐれに散歩する。

やがて下着の間から、ジュラの指先が忍び寄ってきた。

思わず腰を引いてしまうと、ジュラは私の唇にキスをして、大人びた口ぶりで言った。

「大丈夫だよ……私にまかせて」

その瞬間、私はジュラに支配されてしまったのだ。

＊

「うわーっ、あっつい」

冷房の効いた部屋からベランダに出ると、湿った熱気が肌にまとわりついてくる。私は手にした八連ハンガーを、物干し竿に素早く引っ掛けた。

「ホントだ……窓、早く閉めようよ」

そう言ったのは、洗濯物のぶら下がったピンチハンガーを手にして、サッシ近くに控えていたジュラだ。

「じゃあ、もう一つのハンガー、持って来て。お風呂場の中に引っ掛けてあるから」

「はーい」

可愛い返事を残してバスルームに向かったかと思うと、すぐにハンガーを手に戻って来る。女二人でも、夏ともなれば洗濯物は多いのだ。

「あっ、飛行機」

早く窓を閉めようと言ったくせに、ジュラは自分からベランダに出てくる。

「ここから見える飛行機は、やっぱりカッコいいよねぇ」

ちょうどマンションの上を、旅客機が飛んでいた。ここは空港に近いから、かなり大きく見える。

「今度は飛行機に乗りたいな」

「はいはい、今度ね」

私はすべての洗濯ハンガーを物干し竿に掛けると、ジュラの背中を押して部屋に入れ、自分も中に入ってサッシを閉めた。ほんの少し外気に触れただけなのに、ノースリーブから出た二の腕にうっすらと汗をかいている。私はクーラーの風が直に当たるところに立って、それを乾かした。

東京を出て三週間ほどが過ぎて——私とジュラは大阪のはずれの町にいた。五階建てのマンスリー・マンションの一室を借り、そこで暮らしていたのだ。

2LDKのコンパクトな部屋だけど、二人で過ごす分には十分な広さだし、何よりたいていの家具が揃っていて、電気や水道が当たり前に使えるのがうれしかった。それこそ契約した日から、普通の生活ができるのだ。こんな願ったり叶ったりのものが存在し、それを掌のスマホで探してしまえるのだから、本当に便利な世の中。

大阪に来た私たちは一週間ほど遊び歩いた後、このマンスリー・マンションを借りた。落ち着いたとは言えないかもしれないけど、あちこち泊まり歩くよりはマシだろう。

「そう言えばね、エルメスさん」

八畳ほどの広さのリビングに置いたイスに腰かけ、ジュラは思い出したように言った。

「私、午前中にお散歩に行ったでしょ？　その時、迷子の猫を探してますってビラが、電柱に貼ってあるのを見たんだ……ほら、あの可愛い中国の女の子がレジにいるコンビニの近く」

「へぇ、そうなの……貼り紙っていうのが、何か昭和っぽいわね」

「すごく字がきれいだったから、飼ってるのはおばあさんなのかも」

字のきれいさだけで年齢なんてわかったものじゃないけど、わざわざ言うことでもないね。

「それで、いつ頃いなくなったんだって？」

「八月に入ってからって書いてあったから、一週間くらい前じゃないかな」

何でも毛足の長い白猫で、名前は〝モモ〟というらしい。普段から外には出していなかったのに、不意に姿が見えなくなってしまったのだそうだ。家中を探しても見つからず、もしかすると風を通すために開けていた窓から出て行ってしまったのではないか……と、飼い主は考えているらしい。

「そりゃあ、窓を開けっぱなしにしてたら、外に出ちゃうでしょうよ。猫だってジュラみたいに、気楽に散歩したいだろうし」

「そうだよねぇ」

一緒にいてわかったことだけど、ジュラは一日のうちに少しでも、一人になる時間がないとダメなようだった。たとえわずかな時間でも、一人で散歩したり絵を描いたりしないと、たちまち息が詰まってしまうタチらしい。そういう傾向は私にもあるから、わからないでもない。

「でも、帰ってこないって心配だよね……もし、車にでも轢かれちゃってたら」

ジュラは眉を寄せて、不安そうに呟いた。

この世界は残酷で、猫だろうと人間だろうと、自由を求めた結果、そんな悲しい運命に巻き込まれてしまうことは珍しくない。私が子供の頃にも、道端で車に轢かれた猫の死体を、たまに見かけたものだ。

それを見るたびに悲しくなって、アニメみたいにランプの精が目の前に現れて、どんな願い事でも三つ叶えてくれる……と言ってきたら、そのうちの一つは必ず〝世界中の動物たちに、交通ルールを理解させる〟にしようと、私は真剣に考えていた。残念ながらランプの精は、今日まで影さえ見せてくれないけど。

「でもね、ジュラ……何も、かわいそうな目に遭ってるとは限らないわよ。案外上手に生き抜いて、楽しくやってるかもしれないじゃない？」

そう、自由を求めた結果、それをちゃんと獲得することだってあるはずだ。やっぱり猫だろうと、人間だろうと。

私がそう言うと、ジュラは浮かない顔でうなずいた。

どちらかと言うと、心配する飼い主の気持ちになってるんだろう。きっと、そういう人の方が大多数だろうから、逃げた猫の方の気持ちに立ってしまう私は、やっぱり冷たいのかもしれない。

そんなことを考えている時、テーブルの上に置いた私のスマホが、涼しげな短い音を立てた。メールの着信音だ。

私はスマホを新しくしてから、ヒマを見ては友だちのアドレスやLINEを登録し直し、電話番号とメールアドレスが変わったことを知らせていた。

自分としては、それなりの数の知り合いがいると思っていたけど、ほとんど会わない人や、顔もよく思い出せないような人を削ると、アドレス帳は今までの五分の一くらいになった。私の人間関係なんて、実際はこんなもの。

また、よく使っていた通販サイトや動画サイトにもログインしてメールアドレスを変更して、前と同じように使えるようになったのはいいけど、その代わりにスパムメールが次々とくるようになったのには閉口する。ほとんどは広告で、みんな商売熱心だ。

どうせ、これもそんなものだろう――そう思いながらメールボックスを開くと、思いがけない名前が表示されていた。

〔GOKOO　アメディオ裕也〕

それは間違いなく、私が高校生の頃、母さんと付き合っていたユウヤさんからだった。

そのスカした名前に、思わず笑いたくなる。

メールを開くと、まるで昔のままの声が聞こえてくるような文章だった。

〔矢崎瑠璃さんって、もしかしてフミエさんの子供の瑠璃ちゃん？　マジビックリだよ！　十年ぶりくらいかな？　元気でやってた？〕

十五歳以上も年上の人が書いたとは思えない軽さだけど、ユウヤさんなら納得。

〔俺たちのサイト、よく見つけたね。さすが瑠璃ちゃんだな。今、大阪に来てるんだって？　だったら、ちょっと足を延ばして岐阜に来なよ。東京に帰る途中でもいいからさ。

メールだと大変だから、ヒマな時に電話して。番号は080×××……」

私はすぐにでも電話したくなったけど、近くにジュラがいるからガマンした。まさか、こんなに早く、本人から連絡があるとはね。

自分でも理由をうまく説明できないけど——東京を出てから、私はユウヤさんに会いたくてならなかった。

もちろんユウヤさんは母さんの恋人だった人だし、こっちも恋愛感情のようなものは一ミリも持ってないけど、例の男を敵に回して戦うと決意した時から、不思議とユウヤさんのことが頭に浮かぶようになった。もしかすると父親じみた頼り甲斐のようなものを、私は感じてしまってるのかもしれない。だからこそ、少しばかり強引な力技で、母さんから情報を引き出したのだ。

スマホを新しくしてから最初に登録したのは、もちろんジュラの電話番号だ。そして二番目は、私の場合、どうしても母さんになる。

「実は、前のスマホが壊れちゃってさ。まったく新しいのにしたから、番号も変わっちゃって」

電話した時にそんな適当なことを言って、私は新しい番号を登録しておくように頼んだ。そのついでに、何気ない口調でユウヤさんのことを尋ねてみたのだ。

「ユウヤって……ずいぶん懐かしい名前が出てきたね」

五十代も半ばになろうというのに、今もダメ男と付き合っている母さんは、私の問いかけに含み笑いで答えた。もう十年以上昔に別れた男の名前が、突然に娘の口から出てくるとは、思ってもみなかったんだろう。

「そう言えば瑠璃は、あの人と仲良かったもんね。ちょっとくらい思い出すのも無理ないか」

「うん……あの人、今、どうしてるの?」

「詳しいことはわかんないけど、岐阜に帰ったよ。もういい歳なのに、今でもガチャガチャやってるみたい」

ガチャガチャというのは、たぶんロックのことだ。さすがに付き合いが長いから、母さんの使う言葉の意味は、どんな大ざっぱなものでも察することができる。

ついでに言うと、私は母さんと別れたユウヤさんが、故郷の岐阜に帰ったのを知っていた。たぶん当時、母さんか、あるいはユウヤさん自身の口から聞いたんだと思う。

それでも私は、あくまでも自然な雰囲気を出すために、母さんを冷やかした。

「へぇ、何で知ってるの? もしかして、今でも連絡してるとか?」

「そんなわけないじゃない。そんなのコウちゃんに知られたら、殺されちゃうわよ」

コウちゃんというのは、母さんが今付き合っているダメ男だ。かなり嫉妬深いタイプだと聞いたことがあるが、私にはどうでもいい情報。名前もコウジかコウスケか、うろ覚えだし。

「ほら、ネットで見られるホームページとかブログとか、あるじゃない？ あれで、あの人がやってるバンドのヤツがあるの。それで見たのよ。時々ライブとかやってるらしいけど、いつまで若いつもりなんだか」

いかにも、しょうがない……と言いたげな口調だったけど、そんなものを見ているくらいなんだから、今も少しはユウヤさんのことを気にかけているんだろう。

「いいじゃない、老け込んじゃうよりは……そのホームページ、今でも見られるの？」

「見られると思うわよ。ほら、花札の手で、強い絵柄のヤツを五枚集めるのがあるでしょ」

「あぁ、五光？」

松、桜、坊主、雨、桐の二十点札を五枚すべて集めた役で、花合わせでは最強の手だ。

「そうそう、それ。それをローマ字で書いたのがバンドの名前なのよ。その名前で探したら、すぐに見つかるんじゃないの？」

電話を切ってから、さっそくスマホで検索してみた。けれど母さんが言うほどには簡単じゃなく、そのバンドのホームページにたどり着くまで、かなりの時間がかかった。

まさか五光を〝GOKOU〟ではなく、〝GOKOO〟と表記していたとは――たぶん正しいローマ字表記じゃないだろうけど、何となくロックバンドっぽい感じがしないでもない。

ようやく見つけたバンドのホームページに載っていた写真で、私は久しぶりにユウヤさんの姿を見た。若干ポッチャリして、明らかに髪は薄くなってはいたけど、笑顔は昔のままだ。

そのホームページは主にバンドの活動を伝えるものだったが、〝アクセス〟としてメールが送れるようになっていた。あわよくば、出演依頼なんかがくるのを期待してるのかな。

私はそこに、ユウヤさん宛てのメールを書いた。ついでに今、旅行で大阪に来ているとも書いて——その返事がきたのだ。

メールの文面を見て、相変わらずユウヤさんは優しいな……と思うと、自然と顔が笑ってしまった。それを見逃さなかったジュラが、声をかけてくる。

「誰から？　もしかして、〝補欠のお父さん〟？」

ユウヤさんのことは、高校生の頃の思い出として、すでに話してある。もちろんホームページを探して、メールを出してみたこともだ。

それを聞いたジュラは面白がって、そんな変な呼び名を付けた。確かに間違いじゃないし、補欠って言葉が面白かったから、私も否定しなかった。

「そうよ。ヒマな時に電話してこいって」

「じゃあ、今すれば？　どう見てもヒマそうだし」

私の心を見透かしたように、ジュラがいたずらっ子のような笑みを浮かべて言う。

「今はヤダよ……ちょっとは心の準備がいるんだから」

「ふふ、エルメスさん、可愛い」

その口調が、ベッドの中でじゃれ合う時に聞くものと同じだったことが、私をいっそう気恥ずかしくさせた。

＊

大阪のホテルで初めて肌を合わせてから、ジュラと私の〝あの関係〟は続いていた。いや、その時よりも、さらに深くなったと言ってもいい。さすがに毎日とは言わないけど、私たちは三日とあげず、ベッドの中でじゃれ合っていた。私から求めることもあったし、ジュラの方から擦り寄ってくることも珍しくなかった。

頭の固い私は、初めのうちこそ、女同士でじゃれ合うことに後ろめたさを感じたりもしていた。

その行為に惹かれる人は、やはり世間的には少数派だろうと思うし、自分の中に同性を求める心があるのを認めたくない気分もあったのだ。やっぱり人は、そう簡単に昨日までの自分を捨てることができない……ということか。

だから、あの翌日、夜が明けると、嬉しい気持ちが半分、とんでもないことをしでかしたという気持ちが半分だった。

先に手を出してしまったのは確かに私だけれど——少しばかり飲み過ぎたお酒のせいに違いないと自分に言い聞かせ、できればジュラが、すべてを忘れてくれたらいい……とも思った。その思いは夏の太陽が眩《まぶ》しくなるほど強まって、私は以前までと同じような、ありふれた自分に戻りたくなってもいた。

だから、その日の夜、寝る時間になってベッドに入った時、私は意を決して言った。

「ジュラ、昨日はゴメンね……ビックリしたでしょう」

私はまともにジュラの目が見られず、その唇を見つめて謝った。

「昨夜は私も酔っちゃってたから、どうかしてたのよ……できれば、忘れてもらえるとうれしいんだけど」

それが本心じゃないのは、自分でもわかってた。ただ、そうでも言わなければ、今まで同じように過ごせないような気がしてたんだ。

けれど、その言葉を聞いたジュラは何も答えず、ただ眉を顰めて、ジッと私の目を見つめていた。やがて、その目がキラキラと潤んできたかと思うと、三秒もしないうちに大粒の涙が押し出されてきて、可愛い頬を滑った。

「エルメスさん、ひどいよ……どうして、そんなこと言うの」

後から後から流れ出てくる涙は、不規則に枕に落ちて、雨だれのような音を立てた。

「あんなにステキだったのに、忘れろなんて言わないで」

「でもね、ジュラ……」

わかってる――私はズルい。

私は自分では決められない二人の関係を、ジュラに丸投げして決めさせようとしていたのだ。もしジュラが、「エルメスさんがそう言うなら、仕方ないか……わかったわ、全部忘れてあげる」と言ったら、私はそのまま、前のような関係に戻る気でいた。そうすることが、自分のちっぽけな日常感覚（……なのかな、やっぱり）を守る最善の方法だと考えていた。

けれど、ジュラは違う答えを選んでくれた。私が、本当に望んでいた方の答えを。

「エルメスさん、またギュッとして……昨日の夜みたいに、可愛いって言って」

そう言いながらジュラは、体をぶつけてくるように抱きついてきて、そのまま唇を私の唇に押し付けてきた。

私は何一つ抵抗しないで、荒っぽく入って来たジュラの舌に自分の舌を絡ませた。体中の関節から力が抜けてしまうような強烈な甘みを味わいながら、明かりのついたままの部屋で、ジュラの小さな体を抱きしめた。

そうなることが、私の本当の望みだった。

アルコールでボケてもいない、暗さに紛れてもいない、少しも非日常ではない状態で、改めてジュラの気持ちを確かめたかったのだ。後になって何一つ言い訳できないような形で、私を受け入れて欲しかった。

そのまま、前の夜以上に濃厚な時を過ごし——私たちは、本当の意味で恋人同士になった。

ただ、往生際悪く言っておくと、私はなにもジュラが同性だから、欲望を感じているわけじゃない。ジュラだからこそ、それを感じているんだ。ジュラが愛しいからキスもしたくなるし、肌を合わせたくもなる。つまり私が好きになったジュラが、たまたま同性だっただけのこと。

それから私たちにとって、ベッドの中でじゃれ合うことは、当たり前の愛情表現になった。

そういう関係になってみると、本当にジュラは可愛かった。本人は「そんなに可愛くないよ～」と何かにつけて言うけど、私にはどこをとっても魅力的だ。私より大きなバストも、少しぷよぷよしているお腹も、X脚気味の足も、そこに薄く生えている産毛も、何もかもが愛おしい。

そして、そんな風に思っている人の肌を舐めると、かすかに甘く感じるということに気づいた時は驚いた。

そんな味のするようなものを何もつけていないはずなのに、舌先を這わせると、ほのかな甘みがあるんだ。もしかすると、本当に好きな人と肌を合わせた時にだけ感じられる、ご褒美のようなものかもしれないな。

もっとも男性経験そのものも多くない私は、ジュラに這わせている手の動きもぎこちないに違いない。何をするにもオドオドして、おっかなビックリ——自分で言うのもへンだけど、きっと下手クソだ。

けれどジュラは、そんなことを少しも意に介していないようだった。

やっぱり考えが柔軟なのか、あるいは性に対しておおらかなのか、同性同士で肌を合わせることにも抵抗を感じていないようだった。

そのうえ一度火がついてしまうと、ジュラは貪欲だった。その感覚を楽しむのに集中し、好奇心も旺盛で、圧倒されることもしばしばだ。

ああいうものは、やっぱりキャッチボールだから、ジュラが熱中すればするほど、その熱がきちんと私にも伝わってきて、頭の中が空っぽになる。

他の面倒くさいことは浮かばなくなり、ただ舌や肌に染みて来る甘みを楽しむだけで心がいっぱいになる。それこそ時間さえ忘れて、その感覚だけに集中するのだ。一度、『マイ・ケミカル・ロマンス』のアルバムをかけながらした時、キスだけで二曲分の時間が流れていたのに気づいて、笑ったことがある。している時は、もっともっとと思うだけで、少しも長さを感じなかったけど。

そういえば、女同士は男を相手にするより、ずっといい……という俗なウワサを、私も聞いたことがある。

たぶん高校時代に友だちに教えられたのが最初じゃないかと思うけど、その子のソースはネットとか雑誌だったに違いない。お互いの感じる場所をよく知っているからとか、男のものがない分、自然と研究熱心になるからだ……なんていうのが理由としてあげられていたけど、それを聞いた時の私は、「へぇ、そんなもんかい」くらいの感想しか出てこなかったし、それ以上に興味を持つこともなかった。

それが、自分でやってみて気づいたのは――女同士というのは、男と触れ合うよりもストレスがなく、はるかに伸び伸びできるということだ。

思えば男というのも厄介な生き物で、本当なら愛情を確かめるはずの行為なのに、そこにいろんなジャマな考えを持ち込んでくる。男らしく主導権を握らなきゃいけないとか、女をきちんと最後にまで導かなきゃいけないとか、あれやこれやと頭を回しているらしい（ごくろうさま！）。徹底できれば、それもいいのかもしれないけど、自分の欲を早く果たしたいって気持ちもあって、結局は何もかもがハンパになるんだから、笑いたくなっちゃうね。

女は女で、そういう男の七転八倒に付き合ってやるのが美徳のように思ってるから、ベッドの中は気遣いだの優しい演技だので満たされることになる。きっとAVを教科書にしたに違いない無茶な行為にも、それなりに応えてやらなくっちゃならない。

女同士には、それがない。

歪な支配のようなものも、身の丈以上にがんばる必要も、〝こうしなくっちゃダメだ〟という縛りもない。ただ気の向くままに、愛しい相手と愛しいと思う分だけ……それでいいんだ。

それを知ることができただけで、きっと私は幸せなんだろう。

＊

それから五日後、私とジュラは電車で岐阜に向かった。

乗っていたのは、席が向かい合わせになった新快速。大阪から岐阜に行くなら、途中まで新幹線を使う方が早いけど、「いっぱい電車に乗りたい」というジュラのリクエストに応えたんだ。

窓の外を流れていく風景を見るジュラの目は、キラキラしていた。何の変哲もない住宅街でも、初めて見れば面白いんだろう。

（人間の世界なんて、結局は、みんな似たようなもんなんだろうなぁ……あそこのマンションの小さな部屋の一つ一つで、泣いたり、笑ったり、ケンカしたり、キスしたり）

私も柄にもなく、そんなことを考えた。

山手線や中央線の中から見る風景だって似たようなものなのに、ふだんはそれに目を向けることは少ない。自分のことばかりに考えがいって、他の人の暮らしについて考える余裕なんかないんだ。けれど旅人の立場になると、そんな風に思うのも娯楽の一つだ。

私とジュラは流れていく風景を熱心に眺めて、どうでもいいことを話し合った。

「エルメスさん、今、〝オカメヤ〟っていうスーパーがあったよ」

「ジュラ、あそこ、〝モンキーメガネ〟だって」

「あのビル、ロボットみたいなカタチしてる」

目につく面白いものを教え合っているうちに電車は米原《まいばら》に着き、そこで東海道本線に乗り換えた。そこから五十分近くで岐阜だ。

途中に有名な関ケ原《せきがはら》という駅があって、その名前を聞いて私は少し鼻息が荒くなったけど、着いてみたら、地方にはどこにでもあるような駅だったんで拍子抜けした。あれだけテレビや映画で有名なんだから、もっと大きくて仰々しいかと思ったのに。

そう言うと、ジュラは目を丸くして「関ケ原って何？」と聞いてきたけど、さすがに現地で穴だらけの知識を披露する度胸はなかったので、私は黙るしかなかった。

やがてJR岐阜駅に着いて、いきなりジュラが叫ぶ。

「何だぁ、意外に開けてるじゃん！　お城と大きな川で有名なところだってエルメスさんが言うから、もっと田舎かと思った」

「ジュラ……それ以上、大きい声で言ったら、ぶつから」

「えっ、どうして？」

「どうしてもよ」

まわりに地元の人が歩いている以上、年上として釘を刺さないわけにはいかない。意外ってことは、つまりは期待してなかったってことでしょ。

ジュラの言葉どおり、岐阜駅前はきれいに整備され、大きなビルの立ち並ぶ美しい都市だった。すぐ横には、四十階以上はありそうな高層ビルまである。私は立ち止まって、予約したホテルの場所をスマホで確かめた。

「エルメスさん、あそこに金色の大きな像があるよ！　あれって、童話に出てくるヤツでしょ？　体についてた宝石とか金箔を、困ってる人たちに分けてあげた……ほら」

ジュラが興奮した口調で言いながら何度も肩を叩くので、私もチラリと顔を上げたけど、あれは『幸福の王子』じゃなくて、織田信長。

「違うよ……別の有名人」

やっぱり本人を前にして浅い知識を披露する度胸はなかったから、やっぱり口ごもるしかない。

その後、ネットで予約しておいた名鉄《めいてつ》岐阜駅近くのホテルに入り、一息つく。

「補欠のお父さんのところには、何時くらいに行くの？」

途中のコンビニで買った来たジュースを飲みながら、ベッドに腰を下ろしたジュラが聞いてきた。もちろんベッドは、ダブルが一つだ。

「ライブは六時半くらいから始まるんだけど、ユウヤさんのバンドが出るのは最後だから、八時くらいでいいみたい……その前に一つ、言っておかなくっちゃいけないことがあるんだけど」

「なぁに？」

「ユウヤさんには、ちゃんと紹介してあげるけど……その〝補欠のお父さん〟っていうのは、絶対に言っちゃダメ。本人にもだけど、他の人にも聞かれないようにして」

それというのも、すでにユウヤさんはお嫁さんをもらっていて、二人もお子さんがいるからだ。そうとなれば母さんとのことは、口にしちゃいけない過去でしかない。

久しぶりにユウヤさんの声を聞いたのは、メールの返信をもらった日の夜のことだ。ちょうどユウヤさんは仕事から帰る途中だったらしく、わざわざ路肩に車を止めて話してくれた。

「久しぶりやなぁ、元気にしとった？」

いつのまにかユウヤさんは、土地の言葉遣いになっていた。私といた頃は標準語に近い言葉を使っていたけど、きっと、こっちの方が自然なんだろう。

「とりあえず、元気に生きてますよ」

十年以上も音信不通だったのを慮《おもんばか》って、私は少しだけ他人行儀な話し方をした。

「お母さんも、元気にしとる？　もう、いい歳になったやろ」

「元気にしてます。もう五十過ぎましたけど」

「そうかぁ……フミエさんは、年上の人やったからな」

「けっこう年上ですよね」

たぶんユウヤさんと母さんは、一回り近く年が離れている。けれど、お互いが大人なら、歳の差はあまり問題にならないというのが、当時の二人の感覚だったみたいだ。我が母親ながら、なかなか進んでる。

その後、ちょっとした昔話で盛り上がったけど、その途中でユウヤさんは言った。

「瑠璃ちゃん、そんなしゃべり方、やめてくれんか。何か寂しくなるし」

そんな風に言ってもらえるのは、私もうれしかった。だから、口調をガラリと変えた。

「うん、やめる。ホントは私も、さっきからお尻がむず痒かったんだ」

「そかそか。そうやったら、掻け掻け。ペタでも穴でも、バリバリ掻け」

「うわっ、下品」

そう言って笑い合った瞬間、私とユウヤさんの間にあった十年以上の空白が消えた気がした。

「そんで大阪には、いつまでおるの？　こっちに顔、出せないんか」

「出せないこともないけど……」

まさか本当のことを話すわけにはいかないので、実はすでに隠れミノ的なストーリーを、私は作り上げていた。

少々陳腐だけど——実は私には婚約者がいたのだけど、結婚直前に一方的に破談にされてしまい、深く傷ついた。そればかりか、婚約者は同僚だったので会社にもいづらくなり、辞めてしまう他なかった。けれど、すぐに働く気にならず、結婚資金として貯めていたお金と相手からせしめた慰謝料で、気ままな旅行に出ることにした。場合によっては他の土地で、再スタートを切るのも悪くないと思っている。すでに別の人と暮らしている母さんも、それには賛成……というストーリー。ジュラのことはまだ話していないけど、遠縁の従妹《いとこ》で押し切ろうと思ってる。

「なるほど……瑠璃ちゃんにも、いろいろあったんやな。だったら尚のこと、顔出しぃな。何もないとこやけどな、気晴らしくらいにはなるで」

それからユウヤさんは、岐阜のいいところをいくつも数え上げた。すぐにピンときたのは岐阜城と長良川《ながらがわ》の鵜飼いだったけど、その話の終わりで少しだけ声を曇らせた。

「でもなぁ、わかっとると思うけど、俺の家に泊めてやるのは、ちょっとムリなんや。瑠璃ちゃんは知らんやろうけど、嫁も子供もおるからな」

それは十分に予測していたことだけど、自分の知らない人がすでにユウヤさんと一緒にいることに、ちょっとだけ寂しさめいたものを感じてしまうんだから、人間は勝手。

「大丈夫よ、ゴージャスなホテルに泊まるから」

「あ、ホテルだったら、知り合いが働いてるとこがあるから、そこに泊まればええよ。グッと安くさせるで」

そう言った後、できれば次の金曜日なら、柳ケ瀬《やながせ》という繁華街にあるライブハウスに出演するから、楽しさも倍増だ……と付け加えた。

もちろん私には何の予定もないので、その日に行くと答えた。また泊まるところも、とりあえず自分で探すと言っておいた。グッと安くさせられる友だちが気の毒に思えたからだ。

「そっかぁ、次のライブに来てくれるんか。こら、いつも以上に燃え狂わんとなぁ。あ、でも、お母さんのことは、内緒にしとってな……特に嫁さんには」

もちろん私だって、今さらユウヤさんの家庭に爆弾を投げ込もうとは思わない。だから私も、しつこいくらいにジュラに言い含めたのだ。

「それと、もう一つ」

私はジュラの隣に腰を下ろして、もう一つ付け加えた。

「ジュラは、私の従妹っていうことにしておいてね……そうでないと、いろいろ面倒だから」

「従妹……」

その言葉を初めて聞いたみたいに、ジュラは口の中で何度か繰り返した。

「彼女って言うのは、ダメなの？」

どこまで本気なのか、ジュラは不思議そうに首を傾げながら言った。

「お願いだから……ハードル上げないで」

そうは言ってみたものの――当たり前に彼女と言えたら、さぞかし気分がいいだろうと思った。


日が落ちてからホテルを出ると、名鉄の駅の近くにあるパスタ屋で早めの夕食を終え、私たちはスマホの地図を見ながら、柳ケ瀬に向かった。

とても広くて長さのあるアーケード商店街なのに、あまり人が歩いていない。金曜の夜にしてはシャッターの下りている店が多かったけど、それが早じまいなのか、あるいはすでに商売を辞めてしまった店なのか、ふらりと来ただけの身にはわからなかった。

その商店街を抜け、妙に暗い大通り沿いの歩道を歩いていると、その暗がりの中に、場違いなくらいに明るい照明で看板を照らし出している小さな店があった。近寄って見ると、そこが今日、ユウヤさんたちのバンドが出演するライブハウス『ジンジャーシティ』だ。

「ねぇ、これって、どういう意味?」

「うーん、〝生姜《しようが》の街〟としか言えないかなぁ」

ジュラの問いかけに答えたけど、何を意味しているのかはわからない。こういう店の名前は、たいていがノリでつけてるものが多いから。

(かなり小さそうだけど、お客さんは何人くらい入るのかな)

よくある喫茶店くらいの大きさの扉の横に立てかけられてるホワイトボードには、今日の出演として四つのバンド名が書かれている。まさか出演者だけでいっぱいになるようなことはないだろうけど。

恐る恐る扉を開けてみると、そこは三メートルほどの長さの通路になっていて、入ってすぐの左手に小さなカウンターがあった。

その向こうに、グレーのトレーナーを着た髪の長い女の人が立っている。何となく神経質そうで、パッと見ただけでは年齢がわからないタイプの人だ。キツネ顔の美人で、どことなく近寄りがたい雰囲気を漂わせている。

「いらっしゃい。今日は誰の？」

その女の人が声を掛けてきたけど、恥ずかしながら、この手の店に今まで入ったことがない。だから何を聞かれているのか、すぐにわからなかった。

「あの『ＧＯＫＯＯ』のアメディオさんの……」

ライブハウスに入ったら、そう言えばオールＯＫだとユウヤさんは言っていたけど。

「あぁ、じゃあ、あなたが瑠璃さん？　話、聞いてますよ」

そう言って、その人はかすかに笑みを浮かべたのに、やっぱり冷たく思えるのは、目が笑ってないからだ。

「そっちの子は？」

「あ、私の従妹です」

ほとんど反射的に答えると、その人は怪訝《けげん》そうな顔をした。

「従妹さんね……ちょっと待ってもらえます？」

そう言って女の人は背を向け、近くの電話の受話器を取って、内線らしいボタンを押した。

「あ、今、従妹の瑠璃さんが来たんだけど、もう一人、従妹の子がいるのよ。お金、もらっていいの？　うん、従妹さんが二人」

やがて用件が終わり、彼女は受話器を置いて向き直った。

「ごめんなさい。旦那から、従妹の子は一人だって聞いてたから」

旦那と言っているということは、つまり、この人が――。

「私、池谷《いけたに》の嫁の十和子《とわこ》です。瑠璃さんは、東京に住んでるんですってね」

どうやらユウヤさんは、私のことを従妹だと奥さんに伝えていたらしい。それならそうと言っておいてくれれば、ジュラを従妹設定なんかにしなかったのに。

「今日はわざわざ、ありがとう。奥のドリンクコーナーでこれを出したら、ビールでもコーラでも飲めるから」

そう言いながら奥さんは、小さなメダルを二つ取り出し、一枚ずつ私とジュラの前に置いた。それを受け取って頭を下げ、その場を離れる。

（何だか神経質そうな人だったな）

そう思いながら廊下を通り抜けると、中は二十畳くらいの広さの薄暗い空間になっていた。

その端にステージが作ってあり、その上でスリーピースのバンドがメタルっぽい曲を演奏している。やたらとボーカルの声が響いているのは、生ドラムの音に負けないように、力いっぱいシャウトしているからだろう。思わず耳を塞《ふさ》ぎたくなるけど、さすがにそれはできない。

そのバンドの演奏が終わり、彼らがカーテンで仕切った細い通路の中に消えてしまうと、店内が少しだけ明るくなる。その隙にメダルをドリンクと交換した。私はビール、ジュラはコーラだ。

（へぇ……町のライブハウスって、こういう感じなんだ）

初めて来た場所を、興味津々で見回す。

もちろんライブハウスと名の付く場所には何度か行ったことがあるけれど、ステージも客席も、ここの何倍も広いところばかりだ。それに比べれば、この『ジンジャーシティ』は何もかもがこぢんまりしていて、可愛いと言ってもいいくらい。昔のライブハウスは、こんな感じが主流だったのかもしれない。

当然のように立ち見が基本だけど、壁の近くに古い喫茶店にあるようなイスとテーブルが六卓分ほど積み上げてあった。その手前には、警察が現場保存する時みたいな黄色いビニールテープが張り渡してあって、〝絶対にさわらないで〟と書いた紙が張り付けてある。きっとイベントの時以外はテーブルが出してあって、生演奏を聴きながらお酒を飲んだりする店なんだろう。

ロングサイズの紙コップに入ったビールを三分の一ほどを流し込んだあたりで、グレーのカーテンを翻《ひるがえ》して、やっぱりスリーピースの男性バンドが入ってくる。

一目見ただけで、すぐにお目当てのGOKOOだとわかった。それぞれが花札の絵札の柄が入ったタンクを着ていたからだ。

お相撲さんと見まがうくらいに大きく、坊主頭にタオルの鉢巻をしている男の人は〝芒《すすき》に月〟、使い込んだベースを手にした、細身のイケメンっぽい人は〝松に鶴〟、そして肩に届くくらいの茶髪を後ろで一本に束ねている人は、〝柳に小野道風〟――言うまでもなく、その人がアメディオ裕也ことユウヤさんだ。褐色のボディーのエレキギターを、ライフルのように肩にかけている。

（うわぁ、全然変わってないなぁ）

実際には体全体が丸っこくなっているし、髪も薄くなってはいる。でも、そのいたずらっ子のような雰囲気と、クルクル変わる表情は十年前と同じだった。どうしようもないほどに懐かしさが込み上げてくるけど、いきなり大きな声で名前を呼べるほど図々しくもなれないのが私。

ユウヤさんは狭い会場に目をくれることもなく、忙しくギターのセッティングを始めた。シールドを繋ぎ、さらに板みたいなものに固定してある何種類かのエフェクターを咬ませ、ちょっとしたフレーズを演奏して調子を確かめている。

「ふっ、あの人……ホントはあなたに気づいてるくせに、スカしちゃって」

いきなり真横で声がして、慌てて顔を向けると、受付にいたユウヤさんの奥さん――十和子さんが立っていた。

「今日はあなたが来るから、張り切るって言ってたわよ」

そう言うと奥さんは、今までで一番はっきりとした笑顔になった。吊り上がった目が糸のように細くなり、とても可愛い顔になる。

「あ、今、メンバーが三人しかいないのに、どうしてGOKOOなのかなって思ったでしょ？」

思いがけなく気さくな口調だったので、私はようやくホッとした気持ちになったけど――確かに五光を名乗るには、〝桜に幕〟、〝桐に鳳凰《ほうおう》〟の二枚が足りない。

「前は、ちゃんと五人いてね……示し合わせたみたいに、名前も揃ってたのよ。ドラムの大きい人が戸月《とつき》さん、ベース弾いてるのが松井《まつい》さん」

なるほど、確かにいい感じに、それぞれの札を連想させる名前だ。

「で、もう一人ギターで佐久間さんっていう人がいたんだけど、都合があって休んでてね。もちろん、この人が桜よ」

桜と佐久間――まぁ、大目に見てやれないこともない。

「それで最後の桐は、実は私だったの。結婚前は小田切《おだぎり》だから……これでも鍵盤だったのよ。今は、まぁ、育児休暇中」

「なるほど、うまい具合に揃ってたんですね。あ、でもユウヤさんは池谷さんですよね？　ちっとも雨っぽくないですけど」

「だから〝アメディオ裕也〟なんて名乗ってるんじゃない。やっぱり、どっかにアメって音が入ってないとマズいから」

残念ながらユウヤさんだけ、ちょっと強引でダサい。そもそもアメディオって、どこの国の名前なんだか。

やがて準備が整ったらしく、ドラムの人が合図をすると照明が落ちた。一拍置いて始まったのは——いきなり昭和歌謡。ザ・ピーナッツ（だったかな？）の『恋のバカンス』だ。

（えぇーっ、こっち系だったの？）

不意打ちを食らって、思わず声に出して言いそうになる。こんなの、ブログにも書いてなかったのに。

曲が始まったとたんに、いきなり会場が盛り上がった。

このリズムで来られたら誰でもそうなるのはわかるけど、きっとファンも多いんだろう。しゃがれた声でユウヤさんが歌い出すと、さらにヒートアップする。もともとは女性デュオが歌ってる曲だけど、それをヒビの入ったおじさんの声で歌うのも悪くない。

「トッキー！」

「マッチュー！」

会場から掛かる声も、どこか昭和的だ。ユウヤさんへの呼びかけは、そのまま〝ユウヤ〟で、アメディオと呼んでいる人はいなかった。本当に意味のない名前なんだな。

「この歌、すごくいいね」

私の隣で、ジュラが体を揺すりながら言う。あたりに目を滑らせると、うまい下手は別にして、ほとんどの人が踊っていた。よく知らないけど、ゴーゴーってヤツ？

（昭和歌謡、恐るべし）

『恋のバカンス』は、それこそ母さんが生まれる前に流行った歌らしいけど、なぜか私も知ってるから不思議だ。それでこんなに人をノリノリにさせちゃうんだから、昭和のアーチストはすごいな。

でも、そのまま昔どおりにやるんじゃなくて、間奏なんかでアレンジしているのが、一応は自分たちらしさを出してるってことなんだろう。ギターを弾くユウヤさんのドヤ顔は昔のままで、思わず私も拍手を送った。

『恋のバカンス』の後は、『ハチのムサシは死んだのさ』という歌だった。

私には聞き覚えのない曲だったけど、向こう見ずのハチのムサシ（だぶん虫のハチだよね）がお日様に戦いを挑んで、焼かれて落ちてくっていう、悲しくなるような歌詞の曲。

何だかグッと来て、自分でも覚えたくなった私は、スマホにメモしておいた。

＊

ユウヤさんとゆっくり話ができたのは、ライブが終わってから一時間以上も過ぎてからだった。片付けに時間がかかったからだけど、その間、私とジュラは近くのバーともレストランともつかない店で待たされていた。

「メンゴメンゴ、すっかり遅くなっちゃったなぁ」

そう言いながらユウヤさんが私の前の席に腰を下ろした時には、すでに十時過ぎ。バンドメンバーの二人も一緒だったけど、十和子さんはいない。

「あれ、奥さんは？」

「あいつは、先に返したよ。ほら、うちの子らは、まだ小さいから」

聞けば五歳と二歳の男の子だそうで、今日は実家のお母さんに頼んできたらしい。

それを聞いて、少しだけホッとする。

やっぱり堂々と奥さんの前に顔を出せる立場じゃないし――何より十和子さんの方にも、何となく私を訝《いぶか》しく感じてるっぽい気配があったからだ。もしかすると従妹というウソも、半分バレかけてるかもしれない。もしバレてしまったら、ごまかそうとするぐらいなんだから、本当はおかしな関係なんじゃないの……と疑われちゃう可能性だってある。

私が小声でそう言うと、ユウヤさんは鼻で笑った。

「そんなんじゃないから、安心しな……あいつは東京の女に変なライバル心を持ってるんだ。よく、わかんねぇけど」

そんなことを言われても、こっちもよくわからない。第一、私は生まれも育ちも埼玉。

「まぁ、取っつきにくい感じがするのは昔からだで、気にせんでええよ、慣れたら逆に、うるさいくらいにしゃべりよるけぇ……あ、バンドの仲間には、ちゃんと本当のこと言ってあっから、ヘンに隠したりせんでもええよ」

完全に肩の力が抜けているのか、電話で話した時より、ユウヤさんの言葉は地元の訛《なま》りが強くなっていた。

「じゃあ、紹介すっけど」

「それはさっき、ステージの上でしてたじゃないですか。こちらがドラムのトッキーさんで、こちらがベースのマッチュさんでしょ」

私はユウヤさんの言葉を遮って、わざと砕けた口調で言った。少しでも早く、打ち解けたムードを作りたかったからだ。何せ隣に座ったジュラが、いきなり中年男三人を前にして、借りてきた猫モードになっちゃってる。

「いや、挨拶は、ちゃんとせなあかん……ええっと、ドラムのトッキーさんは、ホントは戸月さんって言うて、このバンドのリーダーや」

「戸月将司《しょうじ》です。ま、リーダー言うても、ただ歳が一番上なだけやけどね」

よくあることだけれど、顔の怖いトッキーさんは、笑うと逆に可愛かった。このバンドの中で唯一の四十代だそうだから、ユウヤさんとは五つか六つは離れている。

「で、こっちのマッチュは、松井孝太郎《こうたろう》くんや。俺の中学の同級生で、こう見えてもW大出てるんや。めっちゃインテリやで……会社でも偉いしな」

「こう見えてもって何や。見た目からしてインテリやろが」

そう言いながらマッチュさんは笑ったが、インテリっぽいかどうかはさておき、三人の中で一番のイケメンであるのは確かだった。鼻筋の通った彫りの深い顔をしていて、昔ながらの正統派ハンサム。そのくせ口を開くと気さくで、物腰も柔らか——きっと、相当モテるね、こりゃあ。

「ホントは、もう一人、佐久間《さくま》っていうのがおるんやけど……今、ちょっと旅に出とってな」

「旅ですか？　私とおんなじですね」

他の二人の手前、丁寧な口調で言うと、ユウヤさんは声を殺して笑った。

「いや、瑠璃ちゃんのとは、ちょっと違うかなぁ……檻のついたホテルに泊まってるんやから」

「こら、余計なことは言わんとけや。女の子ら、怖がるやろうが」

そう釘を刺したのはトッキーさんだ。

「それって、つまり……刑務所みたいなところってことですか？」

「みたいも何も、刑務所や。でも人殺しとかの凶悪犯やないでな。会社の金を、ちびっとだけ持ち逃げしたんや」

やっぱり私と同じようなもんだ。いや、反省しているだけ偉いかも。

「再来年には帰って来るで」

「それでも、けっこう長いわな」

「ほんま、らしくもないこと、やりおって」

GOKOOの三人は素に戻った口調で、この場にはいない佐久間さんの話をした。その会話を聞くだけで普段の仲の良さと、みんなの性格の良さが伝わってくる。

「いやいや、サクの話は、今はええんや。今日の主役は、瑠璃さんたちやからな」

話の流れを元に戻したのは、やっぱりトッキーさんだ。

「ユウヤに聞いたけど、瑠璃さんはユウヤの元カノの娘さんなんやてな」

あの母さんが〝元カノ〟って言われるのは、何だか笑える。けっこう、いい歳だし。

「で、こっちの可愛らしい子は……妹さん？」

「いえ、従妹です」

トッキーさんの言葉に私が答えると、ジュラが頭を下げながら言った。

「佐藤ジュラです」

「えっ、それって本名？　初めて聞いたなぁ」

イケメンのマッチュさんは常識人でもあるらしく、反射的に目を丸くした。そう滅多にいる名前でないのは確かだ。

「はい、ホントの名前です。カタカナで、ジュラって書くんです」

「へぇ、カッコええなぁ……何か、ウルトラマンとか出てきそうやな」

感服しているマッチュさんの肩を、トッキーさんが叩いて言う。

「人の名前に、そんな反応するんやない。失礼やろ」

やはりトッキーさんは、見かけ以上に繊細な神経を持っているようだ。

「いいんです。自分の名前、好きですから」

少し硬さが取れたのか、ジュラは可愛く笑って言った。同時に男たちの顔が、極端にゆるむのがわかる。あぁ、素直な人たちだ。

それから私たちは遅い夕食をとりながら、ユウヤさんの昔の話や、それぞれの仕事の話などで盛り上がって、そのうちに自然と、私とジュラの旅の話になった。そうなると、私は若干の後ろめたさを感じながら、例の作り話を聞かせるしかなかった。会社の同僚だった男に、一方的に婚約破棄されて……というヤツだ。事情が事情だから仕方ないけど、ウソついてゴメン。

「へぇ、こんな可愛い子に、そんなひどいことするヤツも、おるんやなぁ。話だけでもムカつくわ」

話の途中で、さりげなく私を持ち上げてくれながら、マッチュさんが言う。

「トッキーさんが近くにおったら、そんなヤツ、ワンパンで沈めたるのにな。何せトッキーって呼び名は、すぐに人をどつくからやで」

「えっ、名前が戸月さんだからじゃないんですか？」

「戸月もドツキも、同じようなもんや」

「全然ちゃうわい」

そう言いながらトッキーさんは、隣に腰かけているマッチュさんの腿に、重たげな拳を落とした。ドムッ！と鈍い音がして、マッチュさんは大げさに痛がる。

「ほら、すぐ、どつくし……いや、今の、ほんまに痛かった」

それを見て声をたてて笑ったのは、ジュラだ。どうやら二人のやり取りがツボにはまったらしく、お腹を押さえて笑っている。

「みんな、面白い人たちばっかり……ねえ、瑠璃さん、どうせだったら、この近くに住んじゃったら？」

人目を憚《はばか》ったのか、ちゃんとジュラは私を名前で呼んで、大胆な提案をした。

「何言ってるの、ジュラ……住むところを決めるっていうのは、そんな簡単なもんじゃないのよ」

「えっ、それってどういうこと？」

私の言葉に、腿を撫でながらマッチュさんが反応する。

だから私は、さっきの作り話に、さらにウソを重ねなくっちゃならなかった。婚約を破棄されて傷ついた私は、別の土地で再スタートを切ってもいいと思っていて、それには母親も賛成している……とか何とか。

「おぉ、それやったら、岐阜に住めばええやん！　慣れれば、住みやすいとこやで」

知り合ってから数時間も経っていないというのに、トッキーさんとマッチュさんは、大歓迎モードだった。

けれど、それは難しいだろう。

作り話にムダな尾ヒレを付けてしまったのは、できることならユウヤさんの近くに住めたらいいな……という下心があったのは確かだ。何度も繰り返すように特別な感情はないけど、ユウヤさんが近くにいてくれるだけで、とっても心強い。例のグレさんだのポォさん（ペェさんだっけ？）が追跡してくるとは思えないけど、万一という可能性だってゼロじゃないし。

だから「住むところを探してるんなら、俺の家の近くにアパートでも借りればいいじゃないか」とユウヤさんが言ってくれるのを、密かに期待してもいたのはホント。

しかし、それは、やっぱり甘い考え――私が近くに住んだりしたら、十和子さんはいい気持ちがしないだろう。もし私のことを訝しく感じているんだったら、よくない連想に発展するのも時間の問題。最悪ユウヤさんの家庭に、無意味な波風を立ててしまうかもしれない。

きっとユウヤさんも同じように思ってるんだろう、しきりに「そりゃムリだって」と繰り返している。

「だったら、俺んとこの近くに住めばいいじゃないか」

やがて、事もなげな口調で言ったのはトッキーさんだった。

「俺の家は、隣の大垣《おおがき》やけんな。まぁ、大して離れてないけど、町を歩いとって、いきなりトワちゃんと鉢合わせするって可能性は、低いんやないか」

「大垣……ですか」

その申し出はありがたいが、残念ながら、その土地に関する知識がまったくなかった。

電車でここから十五分もかからないそうだから、そう大きく変わらないとは思うが――

さて、どうだろう。

「大垣は、岐阜で二番目に大きい市でな、日本のド真ん中やで。何の不便もないわ」

まるで家族を自慢するような口調で、トッキーさんは大垣のいいところを説明した。

「それに地元の不動産屋に知り合いがおるから、アパートでもマンションでも、すぐに見つけてやれるで。駅前に大きいショッピングモールもあって、その気になればバイトなんかもできるし」

なかなか、いい話かもしれない……と、私は思った。

＊

人生は変わる――タイミング次第で、ホントにいくらでも。

夏の始まりの頃まで、私は時給いくらの派遣仕事をしながら、毎日を同じように過ごしてた。多少の浮き沈みはあっても大きな変化はなくて、せいぜい派遣される会社や通勤場所が変わるくらいの生活。

もちろん、正社員として雇ってくれる会社を探したりもしてたけど、厳しいご時世のこと、いつのまにやら不採用の〝お祈りメール〟をもらうことにも慣れて、不思議と焦る気持ちがなくなっていた。心のどこかで、社会と時代が悪いんだ……と、あきらめてた部分もある。

また、泣きたくなるほど不幸じゃなかったのが、曲者でもあった。なまじ楽しいことや嬉しいこともあったから、私はその場所を飛び出す意思も勇気も持てないまま、同じような毎日を過ごしていたんだ。

そのままの暮らしを続けてても、自分を特に不幸だとは思わなかったかもしれない。髪が白くなる頃には、少しは嘆くかもしれないけれど──幸い、まだ時間がある。

だから自分は、同じような日々を送り続けるもんだとばかり思ってた。

いつかは変わるかもしれないけど、数ヵ月以内ってわけじゃなくて、三年も四年も先だと、何の確証もないのに思い込んでいたんだ。その日を迎えるための努力を、何一つしていなかったくせに。

けれど、突然に現れたジュラが、生活をガラリと変えてしまった。

たとえば春先の私は、それまで行ったこともない地方都市で秋を過ごすことになるなんて、一ミリたりとも想像してなかった。もちろん、その頃には出会ってなかった年下の女の子と奇妙な関係になって、見たこともないような大金を手にしてることも。

私は今、岐阜県の大垣駅に近いマンションに、ジュラと一緒に暮らしている。結局、トッキーさんたちの熱心な勧めに乗らせてもらったのだ。

少し古めの3LDK──それでも東京のアパートとは比べ物にならないほどきれいで、住みやすい部屋だ。おまけにジュラが望んでいた通り、近くに大きな山が見える。

もちろんトッキーさんの知り合いの不動産屋さんに紹介してもらった物件で、家賃もずいぶん割り引いてもらったけど、正規の家賃でも東京に比べればだいぶ安かった。

ここは、ようやく持てた私とジュラの〝家〟だ。

私は部屋を自分の趣味で飾った。と言っても、別に豪華な家具ばかりを取り揃えたわけじゃないけど、自然と子供の頃から憧れてた〝上流の下くらいの家庭〟のイメージに近いものになった。もっとも、その家具のどれもが組み立て式じゃないっていうだけで、私には興奮ものだ。

電化製品は贅沢をして、すべて最新のアイテムで揃えた。

テレビに至っては大きすぎるくらいのものにしちゃったけど、やっぱり迫力があっていい。特にそれで実際の宇宙を撮影した映像を見ると、素晴らしくリアルだった。

冷蔵庫は私の背丈くらいあって、扉がたくさんついている。電子レンジは、使い方さえろくに知らないオーブン機能付きだ。あれば、そのうち使うだろう。

ついでに高級な家庭用プラネタリウムも買ったけど、前のように寂しくなった時に見る……ということは、まったくなくなった。ジュラと暮らしていれば、寂しくなるヒマなんかない。

それが活躍するのは、むしろベッドの中でじゃれ合う時だ。

ベッドから少し離れたところに置くと、いい具合に天井に天球が映る。その中で時を忘れてジュラとじゃれ合うと、本当に二人で宇宙を漂っているような気持ちになることさえあった。

特に何度かの頂点を迎えて、完全に脱力しきった状態で見る宇宙は格別だった。しょせんは映画みたいなものに過ぎないのに、不思議と奥行きが感じられて、ベッドが宇宙に浮かんだ筏みたいに感じられたものだ。

それが影響したのかどうか、ハッキリとしたことは言えないけど――ジュラの描く絵も、少し変わった。それまでは線描きの単純なものがほとんどだったけど、一歩か二歩か進んで、明らかに惑星らしいものが画面に現れるようになったんだ。

もしかすると私を喜ばせようとして、積極的に宇宙っぽいものを描くようにしているのかもしれないけど、そういう理由は別にして、どんどんジュラの絵が魅力的になっていくのは確かだった。

中でも私が感激したのは、画面の下四分の一に緩やかな地平線があり、その上に大きく土星らしいものが描かれているヤツ。

地球からは絶対に見られる風景じゃないけど、たとえば六十近くあるっていう土星の衛星のどれかの表面に立って見上げれば、こんな風に見えるんじゃないか……と思える絵だ。当のジュラは、衛星なんて言葉さえ知らないのに。

もちろんジュラの絵が変わるきっかけになったのは、小さなプラネタリウムだけじゃなくて、曲がりなりにもアトリエを持ったからでもあると思う。八畳くらいの一部屋を、ジュラの〝お絵描き専用の部屋〟にしたんだ。

そこには大きな椅子と机、道具を入れるチェストを置いただけで、他のものを置かないようにした。特に生活感に溢れているようなのは、完全にシャットアウト。

「さぁ、ここはジュラが好きにしていい部屋だからね。一日中、お絵描きをしていてもいいんだよ」

初めにそう言った時、ジュラはその言葉の意味を、よくわかってないようだった。改めて聞いてみると、ジュラは今まで自分だけの部屋というのを持ったことがないらしい。いつも誰かが一緒にいて（それは親か、搾取する人間かのどちらかだ）、部屋の隅の限られた一部だけが自分のスペース……という状態だったらしい。

「この部屋は、全部ジュラのものだよ。洋服ダンスとかは隣の部屋に置くから、ここは絵を描くためだけに使っていいの」

それでも最初のうちは、おとなしく机でスケッチブックを開いていた。急に広い野原に放たれて、どうしていいかわからなくなっている子犬と同じだったんだろう。

そこで次にしたのは、スケッチブックよりも大きな紙を何種類か用意すること。いつまでも小さな画面だけに向かってたら、ジュラの中のイメージも、小さくまとまっちゃうんじゃないかって思ったからだ。

「うわぁ、こんな大きな紙、売ってるんだねぇ」

Ｂ１判の画用紙を通販で取り寄せた時、さすがのジュラも興奮を隠せないようだったね。一枚百円くらいのものなのに、その大きな紙を見る目はキラキラ輝いて、そこに絵を描くのが楽しみで仕方ないみたいだった。

そのうち紙のサイズに合わせて床で描くようになったり、場合によっては壁に紙を貼り付けて立って描いてみたり、どんどん自由になっていった。それにつれて描くものも大きくなり、私の作戦は、とりあえず成功と言っていいかな。

その次にしたのは、そう高くもない額縁やポスターパネルをたくさん仕入れてきて、ジュラの作品を片っ端から飾ることだ。そうすることで、ジュラの描くものには価値があるんだよ……と教えたかった。

「こんなふうにするのは、ちょっと恥ずかしいな」

初めはそう言っていたジュラだけど、少しずつ慣れてきたのか、自分でよくできたと思うものを、「額縁に入れて」と言ってくるようになった。あっという間に部屋の壁が埋まっちゃったけど、いつも自分の絵を見ていることでイメージが広がっていくのか、ジュラは次から次に絵を描いた。

やがて一枚一枚に時間をかけるようになり、線も丁寧になって、いわゆる描き捨てたようなものが減った。今ではアクリル絵の具で、青や黄色をのせるようにまでなって、これまでとは違うステージに入ろうとしているのは明らかだ。

けれど、私はジュラを絵描きにしようなんて思っていない。

その絵が世間に認められるとか、売れるようになるとか——そんなことを考えたことは、一度もないんだ。

たとえば人によっては、ジュラの絵を幼稚な落書きだと思うかもしれない。常識で考えれば、その可能性の方が高いだろう。まったくの自己流だし、専門の教育を受けたこともない人間の描いたものなんて、認められると考える方がおかしい。そういう芸術家もたまにいるけれど、圧倒的に少数派じゃないかな。

それでも私は、ジュラには才能があると信じている。ただ一本の線で宇宙を感じさせるような人間を、私はジュラ以外には知らないんだ。

もちろん欲目だっていうのも、わかってる。

二度と離れられないくらいに愛してしまったから、ジュラには特別であってほしい……と思う気持ちが、私の中にあるのは認める。

けれど、そういうことを抜きにしても——私はジュラの先を見てみたい。一本の線だけで始まったジュラが、その才能をどんなふうに伸ばしていくのか、そして、どんな絵を描くようになるのか、自分の目で確かめたいんだ。

そのためなら、手に入れた大金のほとんどを使ってしまっても構わないと思っている。

＊

ジュラとの新しい生活は、本当に楽しいことばかりだった。

トッキーさんが言っていた通り、大垣は住むには何の不自由もなかった。駅前はホテルや学習塾なんかが並んでいて静かなものだけど、歩いて行ける範囲の中に、大きなショッピングモールや家電量販店があって、たいていのものは手に入る。東京のはずれに住むより、便利なくらいだ。それでいて少し歩けば、歴史を感じさせる古い家やゴシック調の小さなビルが建ってて、ちょっとした旅情を感じたりもする。

そして何より——本当に空が広い。

聞いた話によると、大垣は濃尾《のうび》平野というところにあって、どこまでも平たいんだそうだ。そのせいで夏は暑いらしいが、どうしてそうなるのかは私にはわからない。

建物も背の低いものが多いから、普通に歩いていても空の広さはわかるけど、車に乗ると、より強く実感できる。

私は大垣に移ってから十日もしないうちに、中古の軽自動車を手に入れた。地方都市に住もうと思えば、どうしても車が不可欠だったからだ。

これもまたトッキーさんの知り合いの中古車屋さんで安くしてもらったんだけど、ジュラが「色がすごく可愛いから」と言い張って、上半分が白、下半分がピンクという、けっこう目立つ車を買う羽目になってしまった。限定のスペシャルコーデらしいけれど、フロントグラスにそう書いたボードが張り付けてあったので、ジュラはすかさず『コーデちゃん』と名付けた（しかも、なぜか『遠出』と同じイントネーション）。たぶん……と言うか絶対に、ジュラは〝コーデ〟という言葉の意味を理解してないね。

そのコーデちゃんに乗って国道を走ると、大垣の空の広さが実感できる。道がまっすぐで幅も広いから、場所によっては視界の半分以上が空なんだ。

私は都内を車で走った経験が少ないから比べられないけど、走っていると本当に気分がよくなって、どこまでも突き進んでしまいたくなるくらいだ。ネットで拾って覚えた『ハチのムサシは死んだのさ』なんか歌いながらアクセルを踏んでると、最高の気分。あ、もちろん『恋のバカンス』もね。

こう思うと、大垣を選んだのは大正解だった。まだ夏の恐ろしい暑さも、冬の冷たい〝伊吹おろし〟とやらも味わっていないけど、ここで年を重ねていくのも悪くない気がする。

それはやっぱりGOKOOのメンバーの人たち、とりわけトッキーさんのおかげと言わねばなるまい。

マンションや車の件ばかりでなく、トッキーさんには本当にお世話になった。

見かけこそ迫力があるけど、トッキーさんは実は細やかな神経の持ち主で、ある意味、女性的な面が多くある人だ。

何より、私が十和子さんに気を使う気持ちを理解してくれているのが、うれしい。私は単にユウヤさんの元カノの娘でしかないが、だからこそ遠慮すべきこともあるんだ。たとえば図々しくユウヤさんに近づいたり、昔馴染みだからと言って、考えなしに甘えたりしちゃいけない。

トッキーさんは、そんな私の立場を十分に理解してくれている。

だからGOKOOのライブに無理に呼びつけられることもないし、私と二人だけで会ったりしないように……と、さりげなくユウヤさんに忠告したりもしてくれる。ちょっと気を回し過ぎていると思う時もあるけど、足りないよりは、ずっといい。

「トッキーさんって、本当によく気が回る方ですよねぇ……昔から、そんな感じだったんですか？」

一度、失礼にも尋ねてみたことがあるけど、その時トッキーさんは、自分でも不思議そうに首を捻った。

「さぁ、どうかなぁ。昔はバカばっかりやってたから、よくわかんねぇな」

ユウヤさん情報によると、トッキーさんは見かけ通りに腕っぷしも強く、若い頃は界隈でも有名なヤンキーだったらしい。それこそマッチュさんの言うように、〝どつきのトッキー〟の異名を取っていたそうだ。その頃に出会わなくて、本当によかった。

「でも、オヤジの会社継いでから、ちっとはマシになったかなぁ……とにかく客の機嫌を損ねちゃいかんから、何でも先回りして考えるようにして」

ちなみにトッキーさんは、外装工事の会社を経営している。市内でもかなり名の知れた会社で、いくつかの現場を掛け持ちで毎日走り回っているそうだけど、そこで溜まった憂さをドラムを叩いて発散しているらしい。

「何せ商売仇も多いから、値段を安くするだけじゃ、あんまり差がつかねぇんだな……やっぱり最後は、どんだけ客に喜んでもらえるかだよ」

それがトッキーさんの営業理念というヤツだけど——仕事以外のことにも、それが行き届いているのがトッキーさんのすごいところだ。

だからなのだと思うが、大垣に移って来て数日後に、私とジュラはトッキーさんの家に招待された。

ユウヤさんとマッチュさんも一緒で、建前としては私たちの歓迎会ということになってたけど、実際は、のちのち変な誤解を招かないように、私たちを奥さんと家族に紹介しておくためだ。そう、異性の知り合いは、何でも開けっぴろげにしておいた方がいい。

もっとも私とジュラは、あくまでもユウヤさんの従妹ということで。

トッキーさんの家は、さすがは社長……と思えるほど、大きくて立派だった。

二階建てで天井が高く、奥行きも十分にあって、庭も広かった。全体的に白い印象で、十分に〝豪邸〟と言ってもいい風格だ。何でも十年ほど前に、両親と同居していた家を出て、その家を構えたらしい。

そこで私たちは、トッキーさんの奥さんと家族に会った。

奥さんは美保《みほ》さんといい、スマートな色白美人だった。よくしゃべる快活なタイプで、ちょっと気が強そうに見えたけど、実際はどうなのかはわからない。

二人の子供は、おそらくは両方とも母親似で、シュッとした体形の持ち主だ。

上の子は名古屋の大学に通っている男の子で、ジュラと同じ二十歳。名前は確か亮司《りようじ》くんで、お父さんと同じように音楽をやっているそうだけど、今どきのいわゆる〝打ち込み系〟で、趣味はあまり合わないらしい。下の子は、高校二年の女の子の美空《みそら》ちゃんで、吹奏楽部でトランペットを吹いてるそうだ。

二人の子供を紹介したあと、トッキーさんは少しだけ眉を寄せて付け加えた。

「ホントは、一番上に一人、耀司《ようじ》っていうのがいるんだけど、今、ちょっと出かけちゃってて なぁ……今度、ちゃんと紹介すっから」

その口調が本当に済まなそうだったから、逆にこっちが恐縮した。何も予定を曲げてまで歓迎してくれなくても、全然かまわない。挨拶だけなら、会った時にすれば済むし。

その後、私たちは九時過ぎまで楽しく過ごし、最後にはマッチュさんの車に同乗して、トッキーさんの家を後にしたのだけど――その車内で、ユウヤさんがマッチュさんと何やら相談してから、少し言いにくそうに教えてくれた。

「あのな、瑠璃ちゃん……さっき話に出てきた、トッキーさんとこの長男だけどな」

「確か、耀司くんだったっけ？」

「そう、その耀司なんだけど……あいつ、ホントは家にいたんだわ」

「えっ、出かけてるって、トッキーさんは言ってたけど」

「いやいや、玄関の上の、左側の部屋……ちゃんと電気がついてたから」

そこが耀司くんの部屋なんだろうけど、電気がついてるからと言って、いるとは限らない。単に消し忘れってことも、十分にありうるでしょ。

私がそう言うと、ユウヤさんは小さな声で答えた。

「いやいや、耀司に関しちゃ、それはないわ。だって、もう何年も部屋から出てこないんだから」

「ヘタすっと、そろそろ十年くらいになるかもな」

ハンドルを握ってたマッチュさんが付け足したけど――私はいつのまにか口を大きく開けて、そのまま固まってしまっていた。それはつまり、〝引きこもり〟というヤツだろうか。

「子供の頃は、可愛くてなぁ。ホントに、よく笑う子だったんだよ。でも中学に入ってすぐに、学校に行かなくなっちゃって……それから、ずっと部屋から出て来ねぇんだ」

「どうして?」

ジュラが心配そうな顔で、言葉を挟む。

「よくはわかんないけど、たぶんイジメだよ。あいつ、父ちゃん譲りのでっかい体をしてたけど、とにかく性格が優しくってさ。何か言われても、あんまり言い返せないんだ……トッキーさんに聞いたことがあるけど、教科書やノートに、何種類もの筆跡で、ビッシリ〝死ね〟って書いてあったこともあったって」

それだけ聞いて、私は全部わかった気がした。悲しいけど、近頃ではよく聞く話。

「トッキーさんもさ、いつもみたいに、じっくり話を聞いてやったりすればよかったんだよ。学校の先生と相談するとか、いろいろ手はあったろうにさ。でも、トッキーさんにしても初めての子供だし、本人も若いから……イジメられて黙ってる耀司を、不甲斐ないと思っちゃったんだろうな。逆に情けないとか何とか怒鳴りまくっちゃって」

「あぁ、それはいけないヤツだよね」

思わず私は目をつむってしまった。

「うん、よくないヤツだ。それきり耀司は、部屋から出て来なくなっちまった……無理に引っ張り出そうとしたら、それこそ大暴れするらしいぜ」

さすがのトッキーさんも、万事がうまくできてたわけじゃないってことか。

「だから美保さんなんか、すっかりあきらめムードでなぁ……下の二人ばっかり構って、耀司はもういないもんだと思っているような感じなんだ。だから俺は、あの人があんまり得意じゃなくてな」

そう言い放つユウヤさんの口調も、けして温かいものとは言えなかった。

「そんなの、かわいそうだよ！」

マッチュさんの車の後部座席で私と並んでいたジュラは、突然、初めて聞くような大きな声を出した。

「私だって、小学校や中学校で、いろいろ言われたよ。分数ができないって笑われたし、漢字で〝太陽〟って書けない子だって、ずーっと言われたし……かけっこも遅いし、跳び箱の低いのも跳べないし、鉄棒の前回りもちゃんとできないし」

確認こそしていないけれど、おそらくジュラは特別支援学級に通ってた子だ。

「それでも、ちゃんと学校には行ってたよ。だって、友だちがいっぱいいたし、先生も優しかったから……私のことをバカにしても、〝死ね〟なんて言う子はいなかったよ」

それはきっと、ちゃんとした大人がまわりにいたからだろう。校長先生や担任の先生が、立派な人だったのかもしれない。

「だから学校、楽しかったよ。その時の友だちに、今でも会いたいって思うくらいに面白かったよ」

「ちょっとジュラ……少し落ち着いて」

初めて見るジュラの逆上ぶりに、私は少しばかり判断に困った。ユウヤさんたちの手前、静かにさせなくっちゃいけないんだろうけど、そのまま感情を解放させてやりたいような気もしていた。

「私が、その子の友だちになる！　マッチュさん、引き返して！」

「えっ、つまり、トッキーさんの家に戻れってこと？」

「そう！　車を、キキキキッってやって！」

「タイヤを鳴かせなくても、普通にUターンできるけど……いいの？　瑠璃ちゃん」

私は一瞬だけ躊躇《ちゅうちょ》して、うなずいた。

「すみませんけど、トッキーさんの家に戻ってください」

何だかマズいことになりそうだ……という予感しかなかったけど、私はジュラの言うとおりにしてもらった。マッチュさんは困ったような顔をしたものの、ユウヤさんまで賛同したので、車を大通りの手前で左折させ、その次の角でもう一度左折した。実はひょうきん体質のマッチュさんは、ちゃんと曲がる時に「キキキキッ」と口走る。

やがてトッキーさんの家の前に戻ってくると、ジュラは車から飛び出して、家の前まで走った。私も慌てて後を追う。

ジュラは玄関の少し前に立つと、二階の電気が点いている部屋に向かって叫んだ。

「よーうーじくん、あーそぼっ！」

夜の十時近くだというのに、静かな町の中でジュラの声が響く。

「よーうーじくん、あーそぼっ！」

三回か四回叫んだところで、トッキーさんが玄関から慌てて飛び出してきた。

「誰かと思ったら、ジュラちゃんか。どうしたんや、急に……もう夜だから、大きい声を出しちゃあかんて。近所迷惑や」

「ゴメン、トッキーさん……耀司のことを話したら、ジュラちゃんが興奮しちゃって」

私が謝るより先に、ユウヤさんとマッチュさんが頭を下げた。

「耀司が学校に行けなくなったって言ったら、かわいそうだって言い出してさ」

「だから、後で紹介するって言ったのに」

トッキーさんは困惑顔で、二階の窓を見上げた。

その時、窓に掛かっていた薄いブルーのカーテンが開いて、大砲の砲弾のような形をした人影が、のっそりと動くのが見えた。やがて様子を見るように静かに窓が開き、髪が伸び切った男の顔がのぞいた。

「耀司……」

息子の顔を見るのが久しぶりなのか、感極まったような声でトッキーさんはつぶやく。

「よーうーじくーん！　はじめましてー！　私、ジュラでーす！」

伸びあがって手を振りながら、ジュラは明るい声で言った。

「何だよ……ブラ？」

ギリギリ聞き取れるくらいの声が、二階から聞こえる。

「ブラじゃないー！　ジュラだってーっ！」

もしかすると、ここは笑うところかも……と思いながらも、私は二階の男の影を見上げ続けた。

「あのねー、ジュラは、耀司くんのお父さんのお友だちだよーっ！　だから耀司くんとも、お友だちになろうと思ってーっ！」

ジュラはキラキラした笑顔を浮かべながら、ピョンピョン飛び跳ねながら両手を振り続けた。いや、本当に大げさじゃなくて、ジュラの顔や体から、光が発せられているみたいにも見えたんだ。

＊

私たちは再びトッキーさんの家の中に入り、リビングに通された。

「別に隠そうと思ってたわけやないんや……ただ、いきなり話したら引かれちゃうかもしれんと思って」

しきりにトッキーさんは、そういった意味の言葉を繰り返した。確かに一度は〝耀司は出かけている〟と言ってしまった以上、ウソをついたことに変わりはないのだから、そう言いたくなる気持ちもわかる。

もちろん、それを責める気持ちなんて、私にも、そして（たぶん）ジュラにも、一ミリだってない。

私は母親になったことはないけど、人間一人を育てる苦労は、並大抵じゃないだろう……と、おぼろげに察している。

私の母さんを見る限り、適当にやっていても、どうにかなるのかもしれないと思わないでもないけど、それは子供の私が変にタフだっただけのことだ。

私は例のアキラくんのことだって、心の奥底の金庫室に放り込んで、普段は思い出さないようにしてる。それは間違っても〝克服〟したということではないのだろうけど、そうしなければ前に進めなかったからだ。

けれど、女の子の中には、それと似たような記憶のせいで、男が近づいてくるだけで過呼吸を起こしたり、当たり前に男と話せなくなっちゃう人だっていると聞く。私がそうならずに済んだのは、ただ自分をごまかすワザに長《た》けてたからにすぎない。

だから、親と子供の間に秘密がないなんて少しも思わないし、その関係がバッチリうまくいくことばかりだとは思わない。心がすれ違うことも、ぶつかり合うことも、当たり前にあるだろう。

いくらトッキーさんが気の回る人だと言っても、失敗はあって当然だ。そもそも耀司くんは初めての子供——耀司くんが生まれた時に、トッキーさんも父親を始めたんだから、それも仕方のない話だ。軽い気持ちで言った言葉で子供を傷つけてしまったり、自分なりの応援の仕方がまずい時だって、あるんじゃないだろうか。

「驚いたな……耀司が部屋から出てきたのを見たのは、それこそ一ヵ月ぶりくらいや。その時だって、真夜中に台所でゴソゴソやってるところに居合わせただけで、俺の顔を見るなり、すぐに部屋に戻ってしまいよったし」

トッキーさんはリビングのソファーに腰を下ろし、声を潜めて言った。

「そんなに部屋に閉じこもって、何をして過ごしてるんですか?」

「よくわからんけど、ずっとネットを見てるみたいや。今はパソコン一台あれば、時間なんて、いくらでも潰せるやろ」

私の問いかけに、トッキーさんはどこかウンザリした口ぶりで答えた。

確かにインターネットに繋がったパソコンが一台あれば、退屈を持て余すことなんてないだろう。いくつかの掲示板を巡回したり、動画サイトに張り付いたり——全国の仲間と一緒にゲームの世界の住人になることだってできる。

「ゴハンとかトイレとか……お風呂とかは、どうしてたんですか」

「飯は、女房がお盆に載せて部屋の前に置いといたら、いつの間にか食ってるんだ。トイレは二階にも一つあるから、わざわざ下りて来なくても大丈夫やし、風呂は夜中にシャワーを浴びてるみたいやな……それも、ごくたまに」

自分がすると考えたら鳥肌が立ちそうな生活だけど、引きこもりの人には、何でもないことなんだろうか。

その後も、完全に昼夜逆転の生活をしているとか、初めはきょうだいとだけは言葉を交わしていたのに、それさえも今はなくなってしまったとか――何だか悲しくなってくるような話をいろいろと聞いた。

その間、トッキーさんは、ずっと小声のままだった。それと言うのも、玄関近くに二階に上がる階段があって、なぜか耀司くんとジュラは、その階段の途中に腰を下ろして話をしていたからだ。耀司くんとしては、汚れた部屋にジュラを入れる気にはならないらしく、また、リビングでみんなと話すのもイヤだから、そんなハンパなことをしてるんだろう。

むろん私も気にはなったけど、二人から死角になる場所に立って、ユウヤさんが見張っていてくれるから大丈夫だろう。

トッキーさんの奥さんは、どういうわけか奥のキッチンに行ったまま、戻ってこなかった。もしかすると私たちに耀司くんのことを知られたのが、恥ずかしいと思っているのかもしれない。二人の子供も、それぞれの部屋で過ごしているようだ。それだけ戸月家では、耀司くんのことはデリケートな問題なんだろう。

「それにしても……やっぱり、あいつも男やな。ちょっと可愛い女の子に名前を呼ばれたら、ホイホイ部屋から出てきよるんやから」

しばらくしてトッキーさんは、冷やかすような口調で言った。そう言いたくなる気持ちはわかるけど、やっぱり単純だな……と、私は思った。

「トッキーさん、確かにそんなふうに見えるかもしれませんけど、そればっかりじゃないとも思いますよ」

言葉を慎重に選んで私が言うと、トッキーさんは怪訝そうな表情を浮かべた。

「もしかしたら耀司くん自身も、出たい気持ちがあったんじゃないですか？　ジュラは、単なるきっかけですよ、きっと」

「いやいや、自分の家なんだから、好きな時に出てくればええやないか。家族に遠慮することなんかあるかい」

「いや、遠慮しちゃいますよ……家族でも」

私には耀司くんの気持ちがわかるような気がした。自分をもういないものと考えている家族の前に出てくるのは、誰だって勇気がいるんじゃないだろうか。

「横から出てきた人間が、口を挟んで申し訳ないと思いますけど……トッキーさん、最後に耀司くんと話したのって、いつ頃ですか？」

「話すも何も、あいつはいつも部屋に鍵をかけて出てこんから、ここ最近は、まともに顔も見てなかった。さっき言った、台所で姿を見たのが最後やな。その時も、まったく話はせんかった……声はかけたんやけど、返事もしてくれへんかったんや」

憮然《ぶぜん》とした顔でトッキーさんは言い、言い訳のように言葉をつけ足す。

「何せドアの内側に、あいつは自分で鍵を付けたくらいでな。外から開けるのは、ドアを壊しでもせん限り、ムリなんや。そこまで出たくないって言うなら、こっちも放っておくしかないやろ」

「それもそうですよねぇ」

私は笑ってうなずいた。

「でも……女と子供は、猫みたいなもんだと思えって、私の母さんが言ってました」

「猫？」

「気まぐれで、扱いにくいのが当たり前って意味らしいです。私は子供を産んだことがないんで、よくわかりませんけど……そういうものかもしれませんね。最初は出たくないと思っても、ちょっとした心境の変化で、逆に出たくなることも、あるんじゃないですか」

ネタばらしをしてしまうと、そんな気の利いたセリフを母さんの口から聞いたことがない。どっちかというと、母さんの方が私よりもよっぽど猫っぽい生き方をしている。

この言葉の本当の主は、バー『むこう向き』のロコさんだ。

「そういうのを可愛いと思えるかどうかが、いわゆる男の甲斐性ってヤツじゃないかと思うのよ」

いつだったか、やっぱり客が少ない『むこう向き』のレディース・デーに、カウンターを挟んでロコさんが言うのを聞いた覚えがある。どういう話の流れだったかは忘れちゃったけど、たぶん〝どんな男が理想的か〟とか、そんな感じのよくある話題だったに違いない。

「私は、こっちのちょっとしたワガママとか心境の変化に、いちいち目くじらを立てない男が好き……反対に、前はこうだったとか、前にこんなことを言ったとか、いちいち言い返してくるタイプは苦手よ。やっぱり男は、おおらかじゃないとね……あ、今は、そういうこと言っちゃいけないんだっけ？　セクハラになる？」

「どっちみち、今は男の人がいないんだから、いいじゃないですか」

そんなやり取りをしたと思うけれど、確かに子供も同じだな……と思う。特に未成年なんかは、一人前の人間になる修行中みたいなものなんだから、平気で矛盾したことを言ったり、気分で動くことなんか、当たり前だろう。私にも覚えがある。

「なるほど、女と子供は猫みたいなもんか……瑠璃ちゃんのお母さんって、すごい人やね。俺は今まで、そんな風に考えたことは、いっぺんもないなぁ。理詰めで説得してばかりやった」

ソファーに腰を下ろしたトッキーさんは、感じ入ったように言った。

「でも、それを当の女の人が言うのって、ちょっとズルくないか?」

「確かにそうですけど、そう思っても口に出さないのが、男の甲斐性ですよ」

「いや、やっぱりズルいやろ」

そう言って笑い合った時、リビングの入口にジュラの姿が見えた。

「トッキーさん!」

その後ろには、ダークブルーのスウェットの上下を着た大きな男が控えていた。おそらく身長は私と同じようなものだろうけど、横の充実ぶりがすごい。髪は長く、寝起きのようにクシャクシャだった。

「耀ちゃんが、いろいろ謝りたいって」

「えっ」

その言葉を聞いたトッキーさんは、目を見開いた。

「耀ちゃん、お父さんやお母さんに、悪いなぁ……とは思ってたんだって。でも、みんな怒った顔ばっかりしてるから、なかなか言い出せなかったんだってぇ」

事態の深刻さを少しも理解してないような軽い口ぶりで、ジュラは言った。

「ほら、耀ちゃん、早く……さっき、ちゃんと言うって言ったじゃん」

まるで子供の頃からの友だちみたいに、ジュラは耀司くんの肩を叩く。初めて顔を合わせて一時間も経ってないのに、〝耀ちゃん〟――まぁ、ジュラは、そんな子だ。

「あ……父さん……あの」

耀司くんは、少しためらった後、絞り出すように言った。体格とは反比例した、ささやくような声だ。むろん、ジュラの追い込みがかかる。

「はい、もっとデッカイ声でぇ」

「いろいろ、悪かったです。すみません……でした」

「耀司」

トッキーさんはソファーから腰を上げ、長男の名前を一言呼んだきり、その先は何も言わなかった。ただ、しきりに瞼をパチパチさせるばかりだ。

「トッキーさん、甲斐性、甲斐性」

私が小声でささやくと、トッキーさんは鼻から長く息を吐いて、やがて明るい声で言った。

「何だ、おまえ、その頭は……とにかく、風呂入ってこい。話は、その後や」

その言葉を聞いて、耀司くんは小さくうなずいた。何だか、泣きそうな顔をしてる。

「ほら、怒らないでしょ。いいお父さんだね……じゃあ、お風呂に行ってきなよ」

そう言いながらジュラは、耀司くんの大きな背中を押した。

「いやはや、でっかい猫もいたもんやて」

耀司くんの姿が見えなくなってから、トッキーさんがつぶやいた。

「東京のノラ猫は、みんな、あんなものですよ」

私が軽口を叩くと、真に受けたトッキーさんは、再び目を大きくした。

＊

こんな具合に、戸月家を悩ませてた長男の引きこもり問題は、ジュラの乱入で半分強引に解決したんだけど——やっぱり「ちょっと可愛い女の子に名前を呼ばれたら、ホイホイ部屋から出てきよるんやから」というトッキーさんの言葉は、全面的に正しかったのかもしれない。一週間後、私たちが再びトッキーさんの家に招待された時、耀司くんの風貌が大きく変わっていたんだ。

「うわっ、耀ちゃん、すごくカッコ良くなってる！」

その姿を初めて見た時、ジュラはうれしそうに言ったけど、かなり真っ当なものになっていたのはホント。

もちろん一週間で激ヤセってわけにもいかないから、体形は前と同じような砲弾型だったけど、グシャグシャだった髪はきれいに整えられ、伸び放題だった不精ヒゲは完璧に剃られ、あまつさえ顔の肌が、見違えるくらいに艶《つや》やかになっていた。一週間ぽっちでそんなに変わるはずはないはずだけど、その前にまったく手入れしてなかったとすれば、よくあるクリームでも劇的に効くんだろうね。

着ているものも、くたびれたダークブルーのスウェットじゃなくて、上は黒地に白抜きの文字で〝initiative〟と書かれたトレーナーに、ガウチョパンツと見まがうようなジーンズ。何のイニシアティブを取りたいのかは知らないけど、前に比べれば、はるかに好感度が上がってる。

(何だか、すごくわかりやすいなぁ)

思わず笑っちゃいそうになって、私は気合で耐えた。

「あれから毎晩、夕飯を一緒に食ってるんや。部屋もそこそこ片づいたし、ウォーキングにも行くようになってなぁ……みんな、瑠璃ちゃんとジュラちゃんのおかげやな。そのお礼がしたくって、今日は来てもらったんや」

夕飯のテーブルを囲みながら、トッキーさんは終始ご満悦だった。奥さんの美保さんもうれしそうで、その二人の顔を見てるだけで、何だか私もうれしくなってきた。

「私は別に、何にもしてませんよ」

実際にその通りなので素直に言ったけど――その間にも耀司くんは、チラチラとジュラに視線を向けていた。

(やっぱり、わかりやすいわ)

その態度を見れば、耀司くんがジュラに好意を持ってるのは明らかだ。もともと素直なタチなんだろう。体のタテヨコはすごくても、心の裏表はないんだね。

けれど——正直に言ってしまうと、それは私にとっては、あまり歓迎できることじゃなかった。

なるべくなら私たちには、必要以上に関わって欲しくない。私だって、ジュラと出会って人生が変わった人間なんだ。できることなら今という時間を、誰にも邪魔されたくない。

そんな不安さえ持たなければ、耀司くんは優しくて、物わかりのいい青年だった。

アニメが大好きで、やたらと可愛らしい女の子やロボットの人形が部屋の棚いっぱいに飾ってあるのには引いちゃうところもあるけど、人の趣味はいろいろだから、別にいい。それにパソコンやインターネットに詳しくて、簡単なプログラムなら組めちゃうっていうのも、そっち方面に弱い私から見れば、尊敬に値する特技だ。

「ずっと、そんなことばっかりしてましたから……少しはできるようになって当たり前ですよ」

私が褒めると、やっぱり彼は素直に顔を赤くして、モゴモゴとした口調で答えた。

「でも、全部独学ですから、あちこち穴があるんです。だから近いうちに学校に行こうかと思ってまして……資格が取れたら、どっかで働くこともできますし」

そうするためには高校卒業の認定試験みたいなものを受けないといけないらしいけど、何年も引きこもっていた彼が、自分の足で歩こうと決めたのは立派だ。きっと本人も、一人の部屋で過ごしながら、そんなことを考えてはいたに違いない。ジュラの出現がその実行を決断させたのだとしたら、私たちが岐阜に来たのも、何か運命だったような気もしてくる。

こうして耀司くんも、私とジュラの貴重な知り合いの一人になったのだけど、その恩恵は私にもあった。ジュラを連れ出した時から、ずっと気がかりだった問題を、あっさりと解決してくれたんだ。そう、例のグレさんこと、小暮という男のスマホの件。

耀司くんの部屋に入れてもらった時、あくまでも世間話っぽく、私は尋ねてみた。

「そう言えばスマホって、電源を入れたとたんに現在地を発信するってホント？」

「えぇ、そうですよ……ほとんどのスマホは、GPS機能を標準装備ですからね。いや、ほぼ全部って言ってもええかな」

その時、耀司くんはパソコンに向かい、動画サイトの面白い映像をジュラに見せているところだった。

「それを出さない方法って、あるのかなぁ」

そう言ったとたん、彼は不思議そうな表情を浮かべて、私の顔を見た。

「いや、別にどうでもいいんだけどさ……どんな時でも、自分の居場所が他人に知られちゃう可能性があるのって、何かイヤじゃない」

「でも、その機能がないと、地図アプリなんか使えなくなりますからね」

なるほど、確かにその通りだ。よくわからないけど地図に限らず、スマホのアプリは何かと位置情報を利用するものが多い。

「まぁ、それでも構わないんやったら、出さなくする方法もありますよ」

「えっ、本当に？」

「簡単ですよ……スマホのSIMカードを抜けばええんです」

SIMカード――そう言えば、そんな言葉を聞いたことがあるな。

「ほら、スマホの、ここのところに入ってるんです」

そう言いながら耀司くんは、自分のスマホの電源スイッチの下を指さした。

「この小さい穴にピンを差し込んだら、ここが開いて、SIMカードが取り出せるんです……そしたら、位置情報を4G回線で発信することはなくなります」

「えっ、そうなの？」

「だから、簡単って言ったやないですか。ただし、GPS機能は生きてるんで、Wi-Fiに接続したら、同じですよ」

それでも地図アプリが機能しなくなるので、単に現在地の緯度と経度が数字で表示されるようになるらしい。つまり、地図上にピンで表示されることがなくなるんだそうだ。

(そんなに簡単だったのか)

もしかするとネットで検索したら一発でわかるレベルのことだったのかもしれないけど、そういうものに疎《うと》い私は、今まで一度も調べたことがなかった。

「それでスマホの中の写真とか、消えたりしない?」

「しないです。写真とSIMは関係ないんで」

「アドレス帳も?」

「大丈夫ですよ。でも心配やったら、パソコンに取り込んでおけばええやないですか」

「それって、パソコンでも見られるの?」

できれば男のスマホに電源を入れることなく、アドレス帳を調べたい。

「アドレス帳が編集できるソフトを入れとけば、見られますね」

耀司くんは何でもないことのように言ったが、私にはすでに高いハードルだった。実を言うと私は、コールセンターの仕事以外では、ほとんどパソコンを使ってなかった。やりたいことのほとんどはスマホでできちゃうから、必要性も感じなかったんだ。

おまけに、今の時点ではパソコンそのものを持ってない。

「やっぱりパソコンがいるんだね……どうしようかな」

ぼやくように言うと、耀司くんは笑って言った。

「何だったら、やりましょうか？　このパソコンでデータを読み込んで、それをUSBメモリに移しますよ」

それはありがたい申し出だけど、気安く頼めることでもなかった。何の事情も知らない耀司くんが、あのスマホの中身を見てしまう可能性があるからだ。

けれどIT機器に疎い私には、とても魅力的な申し出だ。

SIMカードを抜いて、Wi-Fiに接続さえしなければ、現在地が他人に知られることがないと言われても――もしかすると、それを可能にする技術が、私の知らない間に開発されていないとも限らない。何せ、そんなことが笑い話にもならないくらいに、この分野は日々進歩している。もう素人の私には、理解がついて行かないほどに。

とにかく私は、あのスマホの電源を入れたくなかった。これだからモノを知らないヤツは……と笑われても、あのスマホを直接操作することは、できる限り避けたい気分。

「耀司くん、実はさ……」

そうなると私には、再びまことしやかな話を作る手しか残されてなかった。

実は別れた男に持たされたスマホがあって、その中にはアドレス帳や写真なんかの大事なデータがいっぱい入っている。けれど電源を入れてしまうと、その男に今の居場所を知られてしまうようで怖い――とか何とか。

「なるほど……その男の人って、束縛するタイプだったんですね。確かにそういう人に持たされたスマホなら、どんなアプリが入ってるか、わかったもんやないです」

性根が素直な耀司くんは、私の作り話をあっさりと信じてくれた。

「ええですよ……そのスマホの現物を持って来てくれれば、SIMカードの抜き取りとデータのコピーをやりますよ」

そう言った時の耀司くんの顔は、トッキーさんと同じように頼り甲斐に溢れていた。

その言葉に甘えて、私は翌日、小暮のスマホと新しく買ったUSBメモリを持って、再び耀司くんを訪ねた。アルミホイルに包まれたスマホを見た彼は、一瞬怪訝そうな顔をしたけど、その意味を聞いて来ることはなかった。ただ私が、その別れた男を心底嫌ってるか、恐れてるというのは伝ったみたいだ。

「ただの作業ですから、すぐに済みますよ」

彼はまずスマホからSIMカードを取り出し、続いて電源を入れてWi-Fiに接続する設定を切ろうとしたが、当のスマホの充電が完全に切れていたのでコンセントに繋ぎ、少し時間を置いてから作業を続けた。スマホが動くようになってから、私がジュラから聞いていた番号を入力し、〝設定〟の項目からWi-Fiを選んでオフにした。そのくらいのことなら、私にだってできる。

「それでもう、大丈夫ですよ……そのスマホの現在地は、誰にもわかりません」

耀司くんがそう言った時、私は心の底から安心した。やっぱり詳しい人に折紙を付けてもらうと、安心感が違う。

「じゃあ、写真とアドレス帳をコピーしますね」

スマホとパソコンをケーブルで繋ぐと、耀司くんは慣れた手つきで新しいフォルダを作り、まず写真をすべてコピーした。と言っても、セクシーな写真や、例のリンチ写真もあるので、フォルダに移すところは私自身がやった。方法さえ習えば、簡単なものだ。

アドレス帳の方は、ネットでダウンロードしたという専用のソフトを立ちあげ、それを使ってデータをコピーした。何でもそのソフトがないと、読める形にならないらしい。そこは特に見られても問題がないと思えたので、すべて耀司くんに任せる。

「はい、これでOKです……バッチリですよ」

すべての作業を終えるのに、二十分もかからなかった。これでグレさんのスマホに電源を入れなくても、アドレス帳の内容をパソコンで見ることができる。その中のどれがジュラのお父さんなのかはわからないけど、ちゃんとデータは残っているんだから、ジュラにも申し訳が立つ。できれば、このままジュラがお父さんのことを気にしなくなってくれれば、もっといいのだけど――さすがに、口に出して言うわけにはいくまい。

（これで、私とジュラは完全に自由だ）

作業を終えた後、私は電源を落とした小暮のスマホを再びアルミホイルで包みながら思った。そうする必要はまったくなかったけど、万一の保険みたいなものだ。たぶんモノを知らないというのは、こういうことなんだろうね。

（私たちは……あいつから逃げおおせたんだ）

そう言い切るのは早いかもしれないけど、少なくとも居場所を知られる可能性が完全になくなっただけで、私は大きな安心感に包まれたんだ。

＊

そんな安心感が、まったくのまやかしだったと思い知るのは、十一月に入って間もなくのことだ。

その前の十月から、私は駅前のショッピングモールの中にある雑貨屋のような店で、ごく短時間のアルバイトをしていた。とりあえず食べていけるだけの現金は持っているものの、それを食いつぶすだけの生活というのは、なかなか退屈なもんだ。やっぱり人間というのは、労働に充足感を持つ生き物らしい。

また、トッキーさんたちの目をごまかすためという意味合いもあった。

やっぱり二十代の女が二人、毎日遊んで暮らしてるのは、さすがに不自然だ。実際は週に二、三回、ほんの数時間のアルバイトだけど、ちゃんと仕事をしているというだけで、いわゆる〝うさん臭さ〟は消えてくれる。

さらに言うと、ジュラに一人の時間を作るためでもある。

専用のアトリエを与えたとはいえ、やっぱりジュラには一人になる時間が必要で、一つ屋根の下に私がいない方がいいこともあった。それこそ、いつも私が近くにいたら、ジュラは遅かれ早かれ、息が詰まるに違いない。

だから十一月の文化の日は、昼から夕方まで、私はアルバイトに勤しんでいた。一応、職場に携帯を持ち込んじゃいけないというルールがあったから、スマホはロッカーにしまったままだった。

仕事を終えて、それを取り出した時——母さんからの着信が十八回も入ってた。

(何か、あったのかな)

ふだん電話をしてこない母さんが、十八回も電話をしてくるのは尋常じゃない。何らかの非常事態が起こったと考える方が自然だ。

その場で電話を掛けたい気持ちを抑え、私は急いでショッピングモールの建物を出て、路上で電話した。

「瑠璃！」

二度めのコールで出た母さんは、ほとんど絶叫口調。

「あんた、今、どこにいるのよ！」

「どこって……」

私は東京を離れたことさえ、母さんには言ってなかった。その可能性は薄いとは思っていたものの、小暮が何らかの方法(例えば、プロの探偵を使うとか)で、母さんの住所を突き止めないとも限らない。だから、情報は極力漏らさない方がいいと思っていたんだ。

「実は母さんには言ってなかったけど、ちょっと旅行中なの……今日で三日目よ」

「旅行って……どこに?」

「沖縄だよ」

その程度のウソは、深く考えなくても出てくる。

「じゃあ、やっぱり……あんたが殺したの?」

「はぁ?」

私の口から飛び出したのは、押し殺した母さんの声とは正反対の、間の抜けたものだった。

「ちょっと……何を言ってるのか、さっぱりわかんないんだけど」

「今日の午前中に、こっちに警察の人が来たんだよ。あんたの居場所を知らないかって……もちろん知らないって言っといたし、この電話番号も教えてないから、安心しな」

殺した? 警察? いったい何のことだろう。

「さっきから何を言ってるのか、ちっともわからないって。ちゃんと説明してよ」

「本当にわからないの？　だったら、あんたの部屋で殺されてたっていう人は誰？」

その言葉を聞くと同時に、巾着袋の口のように、喉元がキュッとすぼまるのを感じた。

「私の部屋で……人が殺されてた？」

「そうよ。あんたのアパートで、中年の男の人の死体が見つかったんだよ。もう何日も前から死んでたみたいだったって」

母さんのその言葉と一緒に、まわりの音がスーッと遠ざかっていく。おまけに腕と首筋に、鳥肌が立つ。

「母さん……すぐに掛け直すから、少し待ってて」

そう言って強引に電話を切り、同じスマホでニュースサイトを検索した。

（あった……これだ）

今日の午前中に配信されたらしいニュースの中に、『アパートから男性の他殺体　住人女性は行方不明』というタイトルのものがあった。その文字に触れると、リンクしているテレビのニュース画面が出て来る。私は周囲を見回した後、その動画を見た。

ニュースキャスターの若い女性の後ろに、私が住んでいたアパートが映し出され、やがて画面いっぱいに広がる。

『今日午前九時、東京足立区××で、住民から〝異臭がする〟との通報を受けた××署の警官が部屋を尋ねたところ、扉は施錠されておらず、部屋の中に死後一週間近くが経過したと思われる男性の遺体が放置されているのを発見しました。男性は四十代から六十代くらいで、死因は現在調査中です。部屋の借主は二十代の女性で、現在のところ所在は不明、××署は、その女性が何らかの事情を知っているものとして、行方を捜索しています』

一度見ただけでは完全に理解できず、私は何度も同じ動画を繰り返した。いや、話はシンプルなのに、頭の中が真っ白になって、理解がついていかなかったんだ。

つまり、そのままにしてきた私のアパートの部屋に、中年の男の遺体があった……ということだ。むろん私には、その男が誰であるのかもわからない。

（……あいつだ）

考えるまでもなく、小暮が一枚嚙んでいるのは間違いない。いや、完全にあいつの仕業だろう。きっと私とジュラの足取りを見失って、強引に炙《あぶ》り出すことにしたに違いない。普通はヤバい死体は隠すものなのに、わざと大っぴらにしたんだ。

（まさか、こんな手を使ってくるなんて）

どう考えても、アパートがバレたのは致命的だった。帰りさえしなければ、大丈夫だと思っていたけど――やっぱり甘かったか。

私のアパートには、残念ながら高級マンションほどの防犯システムはない。扉の鍵も昔ながらのシリンダー錠で、それこそピッキングで簡単に開いてしまうような代物だ。

だから、男に家探しされる可能性は、十分に考えていた。

もっとも恐ろしいのは、たった一人の家族である母さんを人質に取られてしまうことだ。母さんの身柄を攫われて、持ち逃げした金を持ってこい……と言われたら、もう抗う道はない。いかに適当な親とは言っても、私にはたった一人の母さんなのだから。

けれど幸い、今の母さんの住所を示すものは、あのアパートには何もない……と確信していた。今どきは手紙も出さないし、宅配便で何か受け取ったこともない。母さんが今、ダメな男と同居している住所は、私のスマホにだけ入っているのだ。

アパートに入る時、保証人として住所と名前を書類に書いてもらったことはある。けれど、その住所は古いもので、その後、すでに母さんは二回も引っ越していた。そもそも、間に入っていた不動産屋さんが店子の個人情報を迂闊に流出させるとも思えないけど、万一非合法な方法でアパートの契約書を見られたとしても、今の母さんの住所にたどり着くことは、普通にはムリなはずだ。

けれど、警察なら簡単なことだ。むしろ、真っ先に母さんに連絡がいく。

その過程で、小暮に母さんの居場所を知られる可能性がまったくないと、どうして言い切れるだろうか。スマホに登録されていたアドレスを見る限り、あの男の人脈はかなり広いようだ。その中に、金で情報を漏らすような不心得な警察関係者がいないとも限らない。

しかも――私は警察にも追われる身になった。

もちろん、部屋にあったという遺体の男が、どこの誰か想像もつかない。ニュースでは名前も言っていなかったから、私が知っている人なのかどうかもわからない。けれど、私の部屋に遺体があった以上、警察が私を探そうとするのは当たり前だ。指名手配がどういうものかは知らないけど、全国の警察官に私の名前や顔写真がばら撒かれたりしてしまうんだろうか。

警察の力は、一介の裏稼業の人間なんかとは比べ物にならないほど強力だろう。そのうちに私とジュラがここにいることが知られ、事情を聴かれることになる。遺体に関しては知らぬ存ぜぬで通せたとしても、あの小暮という男との関係を明らかにしないと解放されないに違いない。

その時点で、私とジュラの旅は終わる。

命がけで持ち逃げした大金は取り上げられ、場合によっては私自身、罪に問われるかもしれない。小暮に追われることはなくなるが、それはそれで一巻の終わりだ。いや、警察より先に連中に捕まるようなことになったら、お金も未来も、全部が終わる。

私は少し考え、再び母さんに電話を掛けた。

「母さん、急な話だけど、コウちゃんさんと旅行に行かない?」

開口一番に、私は言った。私は今の母さんの彼氏の名前を、〝コウちゃん〟としか知らなかった。前に聞いたけど、忘れちゃったのだ。だから、電話で母さんと話す時は、強引に〝コウちゃんさん〟だ。

「何よ、出し抜けに……そんなことより、アパートで死んでた人っていうのは」

「ごめん、今は何も言えないんだ」

私は怯えた声を出す母さんに、きつめの口調で答えた。

「でも、これだけは信じて……私は人なんか殺してないし、死んでた人が誰なのかも知らない。それは誓ってもいいけど、絶対にウソじゃないよ」

「じゃあ、警察にそう言えばいいじゃないの」

「ゴメン、実は、それもできない。今、警察に行くわけにはいかないんだ……だから、母さん、明日からコウちゃんさんと、温泉にでも行ってきなよ。できるだけ、東京から離れたところがいいかな。お金は、私が振り込むから。いくらくらい必要？　百万円くらい？」

「あんた、いきなり何言ってるの？」

「だから、今は何も言えないんだって！　お願いだから、温泉行ってよ！　一カ月でも二カ月でも、どっかで遊んできてよ！」

私は路上にいることも忘れて、ヒステリックに叫んだ。

「瑠璃……もしかして、危ないことに関わってるんじゃないだろうね」

その後しばらく黙りこくっていた母さんは、やがて感情を押し殺した声で言った。

「そこまで言うなら、今は何も聞かないでおくよ。でも、あんた、いつから百万円なんて大金を、ポンポン使えるような人間になったの？　ちっとも知らなかったけど」

気が付けば、スマホを持つ自分の手が小刻みに震えていた。

「やっぱり、何か危ないことをしてるんじゃないの？　簡単に人殺しをするような人間を相手にして」

（その通りだよ、母さん……たぶん捕まったら、私もタダじゃすまない）

そう言いたいのを、必死に堪《こら》えた。

私は小暮という男を甘く見ていた。いや、金というものを甘く見ていた。どんな大金でも、そのために人を殺すような人間は、テレビや映画の中にしかいないと思っていた。けれど、三千八百万円という金は、人を殺してでも取り返したいものなんだ。人の命より、三千八百万円は重いんだ。

「大丈夫だよ、母さん……でも今だけは、言うことを聞いて」

「わかったよ……遠くがいいって言うんなら、別府の温泉にでも行こうかな」

「いいじゃない。でも、誰に聞かれても、別府に行くって教えちゃダメだからね。お金は今日中に振り込んでおくから、明日一番で下ろせるよ」

そう言って、私は電話を切った。

とたんに、体中が震える。

とんでもない人間を敵に回してしまったと、私は改めて思い知った。

(怖い……)

私は思わず近くのベンチに座り、自分で自分の体を抱きしめる。

(怖いよ……怖いよ……怖いよ)

その一言だけで、私の頭はいっぱいになる――怖い、怖い、怖い、怖い、怖い……。

＊

やがて私は、駅近くの銀行のATMから母さんにお金を振り込み、重い足取りでマンションに戻った。玄関の鍵を開けると、ジュラがアトリエから飛び出てくる。

「お帰り！」

いつものように満面の笑みだったが、それがいきなり曇る。

「どうしたの、エルメスさん……もしかして、泣いた？」

「ううん、泣いてないよ」

そう言いながら私は頬と目元を擦った。ちゃんと拭いたつもりだったけど、やっぱり涙の跡が残ってるみたいだ。

「やっぱり大垣は、東京より寒いねぇ」

私はできるだけ、いつもと同じように振舞ったつもりだけど——ジュラにはそんな手は通じなかった。

「もしかして、誰かにいじめられた？」

ジュラは冷えた私の両手を取り、自分の頬に当てて温めてくれながら、心配そうに眉を顰めた。その顔があまりに可愛くて、そのまま私は唇に軽くキスをする。

「あ、ウガイしてないのにチューした！　風邪菌が入ってきちゃう」

「うるせぇなぁ、ケチケチすんなよう」

そう言って、今度は舌を入れる。ジュラはむぐむぐと何か言ったが、やがて私に身を預け、侵入した私の舌先を熱心に舐めた。

（私、ジュラの為なら、死んでもいいと思ってるの）

キスしながら、心の中だけでつぶやく。口に出したら、きっとウソっぽく響いてしまうから。

（ホントだよ……ジュラのためになれるなら、殺されたっていいの）

（そんなこと、今まで一度だって考えたことがなかったのに……ホントにジュラは不思議な子）

(そんなふうに思える人がいるって、きっと幸せなことだよね)

出会った時は、こんなに大切に思うようになるとは思わなかったのに——今の私にとって、ジュラは唯一無二の宝石だ。

(ジュラ……愛してる)

その後、さらに二十秒近くキスをして、ようやく唇を離した。二人の間に唾液の糸が伸び、蛍光灯の光を反射して、きらりと光る。

「エルメスさん、やっぱりヘン」

「まぁ、大人の世界には、いろいろあるんだよ」

「あ、わかった……メガネのおばさんに、また何か言われたんでしょう」

メガネのおばさんというのは、私がバイトしている雑貨屋のパート女性のことだ。四十代半ばくらいの人だけど、何かと口うるさくて、私は出勤するたびに必ず一つ二つは文句を言われている。

「まぁ、そんなところ。まったく、文句を言うのが趣味みたいな人は、相手にするだけで疲れるよ」

ジュラを納得させるために、小さなウソをついた。あいにくだけど、職場の人に文句を言われて涙を浮かべるような幼気《いたいけ》さなんて、私の中には、とうにない。

「着替えたら、すぐにゴハンの支度をするからね。あ、その前にお絵描き、見せてもらおうかな……今日は、何枚くらい描いた？」

私はジュラの描いたものを毎日チェックしているのだけど、ここ数日は、数が減っているのが気になっていた。まぁ、絵なんて毎日コンスタントに描けるものではないとわかってはいるけど、一日二枚というのは、ジュラにしては少ない。

「うーん、今日も二枚かな」

「そう……何か、他のことをして遊んでた？　それでも、別にいいんだけどね」

そう言いながら私がアトリエの扉を開けようとすると、その前にジュラが体を入れて邪魔してくる。今までに、一度もなかったことだ。

「え、何？　入るなって言うの？」

「絵なら、私が持ってくるから、ここで待ってて」

「何よ、急に……そんなのヘンでしょう。もしかして、中に誰かいるの？」

「誰もいないよ。でも、ちょっと困るんだ」

「何言ってるの、私とジュラの間で、困ることなんて何もないでしょう」

私は強引にアトリエの扉を開けて、中に入った。確かに誰もいなかったけど――思いがけないものが、部屋の中一面に散らばっていた。

「ちょっと、ジュラ！　何なのよ、これは！」

足元に落ちていた紙を拾い上げて、私は思わず声を荒らげる。

それは何かのアニメに出てくる女の子の絵で、なかなか上手に描けていた。いや、むしろ、そっくりそのままと言っていいくらいの完成度だ。それと同じような絵が、部屋の中に溢れているのを見て、私は気が遠くなりそうになった。

「もしかして、これ、ジュラが描いたの?」

「そう。『マジカル××』に出てくる、ナッツちゃん……耀ちゃんが大好きなキャラなんだって」

私は水色の巨大な目をして、あり得ない髪型をしたアニメ少女の絵を、苦々しい思いで見つめた。

(あの引きこもり野郎……)

思い余って、その紙をクシャクシャに丸める。

「ジュラ、こういうのを描いちゃダメよ」

「でも……耀ちゃんが喜ぶから」

「何もジュラが、耀司くんを喜ばせなくってもいいじゃないの。それにジュラも、こういうのを描いたら、私が怒るって気がついてたんでしょ? だから、部屋に入らせないようにしたんだよね」

「うん……エルメスさん、人のマネが嫌いだから」

そう、別にジュラがアニメやマンガを好きになったって、少しも構わない。けれど、その絵を模写したりするのは、話が違う。

私が買いかぶり過ぎているんだと、謗《そし》ってもらって構わないが――ジュラはすでに、独特の線を持っている。ジュラが何気なく引く線には、必ず宇宙的な何かが表現されているんだ。それなのに、他人の線の影響を、わざわざ受けようとしなくてもいいんじゃないか……と思う。むしろ、自分の線を突き詰めていく方向に進んだ方が、絶対にいいはずだ。

けれど、何かの模写をするということ――特にアニメ絵のような類型的なものを模写するのは、むざむざと自分の線を捨てることになりはしないか。

何もアニメ絵がいけないって言っているわけじゃない。

けれど私の知る限り、それは記号の積み重ねみたいなもので、どうしてもパターン化してしまいがちだ。たとえば私は、耀司くんの部屋に飾られていた可愛い女の子の人形に、明確な違いが見つけられなかった。耀司くんには見分けがついているんだろうけど、私には、どの子も同じ型から作ったバリエーション違いのようにしか見えない。髪や目の色と形が違うか、顔の造作が微妙に違うくらいのものだ。

そういうのが好きな人は、いくらでも愛でればいい。私も子供の頃は、セーラームーンに熱中したロだ。

けれどジュラには、類型的な絵で満足してほしくない。すでに天才なのに、わざわざ凡人になる必要なんかないんだ。ジュラなら、もっともっと先に行ける。

「あのね、ジュラ……アニメを見ても、マンガを見ても、ちっとも構わないよ。でも、その絵を真似しようって思わないで。同じナッツちゃんを描くんでも、ジュラらしく描けばいいじゃない。何も、アニメそっくりに描こうと思わなくっていいの」

「でも……そっくりじゃないと、ナッツちゃんに見えないじゃん」

「ジュラがナッツちゃんだって言えば、どんな風に描いてもナッツちゃんでしょ」

「そんなんじゃ、耀ちゃんが喜ばないよ」

その何気ない一言が、思いがけない深さで私の胸に刺さった。

「そんなに耀司くんを喜ばせたいんだ……もしかして、好きなの？」

どうして自分から傷を受けに行こうとするのか、我ながら不思議なものだけど——私は反射的に、そう尋ねていた。

その言葉に、ジュラも驚いたように目を丸くする。

「何言ってるの、好きなのは、エルメスさんだよ……そんなの決まってるでしょ。でも、耀ちゃん、優しいんだ。エルメスさんと違う感じで」

「そうか……違う感じで、優しいんだ」

ジュラはそんなつもりはないのかもしれないけれど、やっぱり女同士だから、ピッタリこないんだ……と、さりげなく言われているような気がした。

「その話は、また今度にしようか。とりあえず、ゴハンの支度をしないとね……今日はハヤシライスにするよ」

「わぁい」

それでとりあえず場は収まったけど、私の心は落ち着かなかった。

(今日は、いろいろなことがあるなぁ)

夕食の後、リビングでテレビを見ながら考えていると、例のニュースが流れた。

特に目新しい情報は加わっていなかったけど、テレビの画面で見る私のアパートは、まるでボール紙で作ったみたいに小さく、薄っぺらに感じられた。あの場所で自分が暮らしていたのかと思うと、少しばかり不思議な気がする。

一緒にテレビを見ていたジュラは、そこに私が住んでいたとは夢にも思っていないようだった。ただ、自分が暮らしていた場所の近くだ……くらいのことはわかったようだ。

「やっぱり、いなくなった女の人が殺したのかな」

「うーん、たぶん違うような気がするけど」

そんな会話をしている時、テーブルの上に置いた私の携帯が鳴った。手に取って見ると、『母さん』という文字が浮かんでる。

母さんなら、別にジュラに会話を聞かれても構わないのだけど、なぜか私は廊下に出てから電話に出た。

「もしもし、母さん?」

いつもの調子で電話に出ると、向こうからは何も聞こえてこなかった。けれど電話は繋がっていて、かすかにテレビのものらしい音が入っている。

「もしもし、母さん? どうかしたの?」

何度か呼びかけると、低く漏らしたような笑い声が聞こえてきて——それを耳にした瞬間、私の全身に鳥肌が立つ。

「やっと話せたなぁ、矢崎瑠璃ちゃんよ」

心臓に、強く殴られたような衝撃が響く。

「死体をおっぽって逃げるなんて、おまえもひどいヤツだなぁ」

その声は、明らかに小暮だ。

私は必死に心を奮い立たせ、強い口ぶりで尋ねた。

「その電話を、どうして、あんたが使ってるのよ」

「さぁ、どうしてだろうね……まぁ、ちょっと考えれば、すぐにわかるだろうけど」

「母さんに、何かしたんじゃないでしょうね」

「さぁ、どうしただろうね……まぁ、ちょっと考えれば、すぐにわかるだろうけど」

冗談のつもりなのか、同じセリフを二回続ける。

「とにかく、例のものは返してもらわないと、こっちもマズいんだよ……瑠璃ちゃん、今、どこにいるの?」

男に親し気な口調で名前を呼ばれた時、食べたばかりの夕食を、本当に戻しそうになった。

＊

その日の夜──私とジュラは、いつものように小さなプラネタリウムが映し出す、ささやかな宇宙の中でじゃれ合った。

私はジュラの裸の背中を後ろから抱きしめ、体を挟むように両腕を回していた。掌で大きなバストをそっと摑んで弄ぶと、ジュラの口元から、まるで寝ぼけているような可愛い声がこぼれ出る。この声が、私は好きだ。さらに指先で軽くバストトップを摘まむと、そのタイミングに合わせて短く息を吸い込んで──この息遣いも、私は大好きだ。

同時に丸い肩先に、何度もキスをする。ジュラの体からは甘い香りが立ち上って、何だか懐かしいような気持ちになるのが不思議。

バストから右手を離し、そのまま下に滑らせると、なめらかなお腹の上に出る。そうしようと思ってもいないのに、なぜか下から撫で上げてしまう。

「やん、エルメスさん」

にわかに素に戻った声でジュラが言った。

「お腹は、あんまり触らないでぇ……太っちゃったんだから」

「そう？　別に変らないでしょ」

「ううん、太っちゃった……毎日、エルメスさんのおいしいゴハンをいっぱい食べてるから」

ジュラは私の手を掴み、そっとお腹から引き剝がした。行き場をなくした私の手は、再び豊かなバストに向かう。

「ジュラは、このくらいの方がいいよ。細けりゃいいってもんじゃないでしょ」

今どきの女の子の中には、無茶な数字にまで体重を落としたがる子がいるけど、ジュラは少しくらい肉付きがいい方が可愛い。だから体のどこを触っても、掌に肌が吸い付いてくる。痩せっぽっちだったら、こうはいかない。

私がそう言うと、尚もジュラが何か言おうとする。

「だってぇ……」

「いいのよ」

私はその言葉を封じ込めるように、少しばかり口調を強めた。

「ジュラは、私の彼女でしょ。私がいいって言ってるんだから、それ以上、考えなくてもいいの」

自分でもイヤなセリフだと思った。いつだったか、何番目かに付き合った男に同じようなことを言われて、自分でもウンザリしたことがあるのに。

「……はぁい」

不承不承でも、そう答えるだけ、ジュラはその頃の私より大人だ。

「ジュラは、ずっとずっと……私のだからね」

どういうわけか、そんなことまで口走ってしまう。やっぱり何番目かに付き合っていた男が、ベッドの中でだけ、何度も繰り返していた言葉——けれど、そいつは自分の方から離れていった。

私も、その男と同じだ。ずっと自分のものだと言っておきながら、結局はジュラから離れていこうとしているんだから。

(ねぇ、ジュラ……私たち、たぶん……これが最後なんだよ)

ジュラの白い背中にスタンプを押すように何度もキスしながら、私は考えていた。

(ホントに……もう会えなくなるんだよ)

夕方、例の男から電話が来たことを、もちろんジュラの耳には入れていなかった。母さんが捕まっていることも、また、私の部屋で死んでいた中年男性というのは、おそらくはジュラのお父さんであることも。

その事実を思い出すだけで、フワフワしていた気分が冷め、すっと地上に引き戻されるような心地がする。

「私の部屋にいた男の人って……誰なの」

小暮が母さんの携帯で電話を掛けてきた時——私は薄ら寒い廊下に立ち、ジュラに聞こえないような小声で尋ねた。

「あ？　そんなの、俺が知ってるわけねえだろ」

当たり前のように、小暮はしらを切った。

「まぁ、小耳に挟んだ話じゃ、あいつは佐藤何とかっていう、役者崩れのケチなオッサンらしいぜ……そう言えば俺も、そんな名前のヤツに金貸したことがあったなぁ」

私は思わずリビングの方に顔を向けたが、ジュラはテレビに夢中になっていた。

「細かいことは俺もわかんねぇんだけどなぁ……何でも、あいつの娘がとんでもないことをしでかして逃げたらしくってよ。それで娘の行方を知ってるんじゃねぇかって、怖いお兄ちゃんに追い込まれたらしいぜ。まぁ、お兄ちゃんの方も、あそこまでやるつもりはなかったらしいんだけど、どうしても口を割らないから、ちっとばかり熱くなり過ぎたらしいわ」

電話の向こうで小暮は、まるで酒場でのいざこざ話でもするような口ぶりで答えた。

万一のことを考えてか、あくまでも無関係を装っていたけど、少なくとも、その場にいたのではないかと思う。あるいは、手を下した当人かもしれない。

おそらくお父さんは、どこか人のいないところにでも連れ込まれて、ジュラの行方をしつこく聞かれたんだろう。きっと正直に「知らない」と答えたに違いないが、小暮と仲間はそれを信じなかった。そして、ついには命を奪われ、その遺体は私のアパートの部屋に投げ込まれたのだ。

遺体が見つかれば、警察は部屋の主である私の行方を捜す。そして、おそらく警察の中に小暮と内通している人間がいて、その情報を流す算段にでもなっていたに違いない。自分たちで探し回る手間が、省けるわけだ。

大胆かつ効果的な手であるのは認めるけど、そんな冷酷な計算が、よくできるものだとも思う。とても、真っ当な人間の考えつくことじゃない。

「ホントは……あんたがやったんじゃないの？」

「ちょっと待て、コラッ！」

私が小声で言うと、小暮は突然に声を張り上げた。

「さっきから聞いてりゃあ、年上の人間を捕まえて〝あんた〟とか、舐めた口の利き方してんじゃねぇぞ！　年上には敬語を使えって、親に躾《しつけ》られなかったのか？　ちっ、こりゃあ、親の方から躾ねぇとな」

「ちょ、ちょっと待って……ください。ごめんなさい、すみませんでした」

当の親は、きっと小暮の近くにいる。下手に出なければ、何をされるかわからない。

「何だぁ、ずいぶん電話が遠いな。よく聞こえねぇよ」

「あの……本当に、すみませんでした」

いくら母さんのためとは言え――小暮に向かって詫びの言葉を口にしたことで、心が折れた気がした。いや、まだ完全にではないけれど、大きなヒビが入ったのは確かだ。

「まぁ、わかりゃいいんだよ。やっぱり女は、素直じゃなくっちゃ可愛くねぇよな」

そう言った後、小暮は得意げに笑った。

「で、おまえは今、どこにいるんだよ？　ジュラと一緒か？」

「今は……北の方にいます」

私がとっさに答えると、小暮は鼻で笑った。

「適当なこと、言ってんじゃねぇぞ。ホントは沖縄だろ？」

仕事の後の電話で母さんに言ったことを、やっぱり知っていた。あっさり口を割ってしまう母さんを少し残念にも思ったけど、私を庇《かば》ってだんまりを決め込んで、危害を加えられるよりはマシだ――いいんだよ、母さん、それで。

「女が逃げる時は、たいてい沖縄だよなぁ。逃げるついでに、ちょっとでも楽しい思いをしようとか考えてんのか？　ノンキを通り越して、バカだろ」

「あの……ホントに違うんです」

「まぁ、信じてやるよ。それにしても、おまえ、ラッキーだったな。実は知り合いの若いのが沖縄にいてな……こういうことがあった時は、大抵そいつにガラを押さえさせるんだよ」

どうやら小暮の下で搾取されている女性が、たびたび逃げるようなことが本当にあるんだろう。女が逃げる時は、たいてい沖縄……というのは、それなりに実感のこもった言葉なわけだ。

「場合によっちゃ、そいつに東京まで連れてこさせる時もあるんだが、そいつは女と見りゃあ、手を出さなきゃ収まらねぇ性分でよ。何を食ったら、あんなエロ人間になるのかね……だから俺も、まぁギャラの一部ってことで、たいていは見て見ぬふりをしてやるんだわ」

小暮はその後も、聞くにたえない話を楽しげに続けた。その女を物としか考えていないような言葉の一つ一つが下ろし金になって、私の心をガリガリと削っていく。

「ところがそいつ、この間、車で事故っちまってなぁ。今も両足をギプスで固定して、那覇《なは》の病院に入ってるんだわ。他にもあちこちやられて、しばらく動けねぇんだと。バカの極致じゃねぇ？」

ざまぁみろ……と、思わず言いたくなるが、実際には口に出さない。

「だから、瑠璃ちゃんはラッキーだったよ。ホントだったら、今頃……」

小暮は飽きもせず、聞いたそばから耳を洗いたくなるような言葉を並べる。せめて、母さんが同じ部屋にいないことを祈るばかりだ。

「それでな、瑠璃ちゃんよ……おまえがどこにいようが、明日の夜の十時までに、俺の事務所まで来い。場所は、この携帯でショートメールを送ってやるからよ。あぁ、俺は優しいな……別に台風も来てねぇから、沖縄からだって、飛行機でひとっ飛びだろ」

小暮は頑《かたく》なに、私が沖縄にいることにしたいらしい。

「もちろん、金もジュラも一緒にな」

「あの子とは、とっくに別れました……あの子、トロいから」

せめてジュラを庇おうと、私はもっともらしく言ったが――まったく小暮には通じなかった。

「いや、それはないな。おまえがジュラに送ってたメール、全部見たぜ……なかなか可愛いじゃねぇの。あんなメールを送ってくるおまえが、ちょっとトロいくらいでジュラを切ったりしねえよ」

「ホントです。それに、ずいぶん変わってるし……」

さらに言葉を並べようとした私に、小暮は意外な一言を口走った。

「いや、おまえはジュラを切らない……こう見えても俺は、愛を信じてるんだぜ」

それを耳にした時、私の全身に鳥肌が立った。

理由はわからない。この男の口から、そんな言葉が出てきたことが気持ち悪かったのか——あるいはジュラに対する私の思いが、思いがけないところで認められたからか。

「いいか？　何より大事なのは、金だ。どうせ減ってるだろうけど、残ってる分を全部持ってこい……おまえに話してもわからねぇだろうが、あれはホントにヤバい人から預かったもんなんだ。名前を聞いたら、おまえもチビるような人なんだぞ。多少の時間はもらったとは言え、きっちりバックしねぇと、俺だって危ねぇんだよ」

小暮の口調は、あながち冗談とも思えないような真剣味に満ちていた。

「少しでも返して詫びれば、その人も命までは取らないだろうよ……ガラの始末が大変だからな。まぁ、足りない分は、どっかで客取って返すことになるけど、死ぬよりはマシだと思わねぇか？」

どういうわけか、小暮の口ぶりはどこか恩着せがましいものになっている。〝自分がヤバい事態を収拾してやるんだからな〟とでも言いたいのだろうか。

「そう言えば、俺のスマホはどうした？　まさか、適当なところに捨ててねぇだろうな」

「いや、まだ持ってます。バッテリーは上がってますけど」

そう言った時、私の心の中に、ごくわずかながら、小暮の機嫌を取ろうとする気持ちが芽生えていたことは認める。母さんの身柄を押さえられている以上、そうなってしまうのも仕方ない……と、思ってほしい。

「よし、でかした。そいつも、忘れずに持って来い。時間厳守だぞ。十時過ぎたら、俺は寝ちまうからな」

それだけ言うと、小暮は電話を切った。

（ここまで……か）

マンションの廊下でスマホを手にしたまま、私はぼんやりと思った。

思えば勢いだけで走り出してしまった道だったけど、何の前触れもなく、いきなり行き止まりが見えてきた。

もちろん、私が母さんを見捨てられるくらいに冷酷だったら、まだ逃げることはできる。この地方都市で息を潜めて暮らしていれば、嵐は過ぎて行ってくれるに違いない。

でも私には、やはり母さんを捨てることができない。

どちらかというと迷惑を掛けられたことの方が多いけれど、母さんはたった一人の親で、今までの人生を一緒に歩いてきた戦友でもある。その母さんを捨てた痛みは、きっと一生かかっても消えないだろう。

そうなると――残った金を持って小暮の元に行って母さんを返してもらい、なるべく穏便に決着をつけてもらえるよう哀願する以外に、私にできることはない。あいつの靴を舐めてでも許しを請い、母さんの命だけは助けてもらえるよう、頼み込むのだ。

そしてジュラも――できることなら、このまま自由に生きさせてやりたい。そのために無謀な賭けに出たのだから、せめてジュラだけは。

そうすることは、あまり難しいことじゃない。

初めからジュラには何も言わず、私だけが金とスマホを持って、小暮の元に行けばいいのだ。むろん、ある程度のお金を残していってやれば、すぐに生活に困ることもないだろう。正直、少し舌打ちしたくなる気持ちもあるが、後はあの耀司くんが面倒を見てくれるに違いない。

ジュラを連れて行かなければ、私への風当たりが強くなるのは確実だ。場合によっては靴を舐める間もなく、すべてが終わりになる可能性だってある。いや、遺体の始末が面倒だと言っていたから、本当に私は一生（それこそジュラの代わりに）、どこかで売春させられるかもしれない。

それでも――母さんとジュラを助けることができるなら、私は自分から、その道を選ぶ。

「ジュラ……言い忘れてたけど、私、ちょっと東京に行ってくるから」

背中へのキスを続けながら言うと、ジュラは驚いたように顔を向けた。

「えっ、どうして？」

「ちょっと、母さんが病気になっちゃってさ……かなり重いみたいなの」

私は平気でウソをついた。

「大丈夫なの？」

私に後ろからバストを摑まれたまま、ジュラは素に戻った声で言う。

「まぁ、すぐに死んじゃうようなこともないらしいけど……やっぱり心配だからね」

「もう一つの心配の方も、大丈夫？」

ジュラにしては、ちょっと凝った聞き方。

「大丈夫よ。母さんが入院してる病院は、東京の端っこだから、あの男とバッタリ会うようなことは絶対にないわ。それに私の見かけも、前とはずいぶん違ってるし」

「それなら、いいけど……すぐ帰って来る？」

「もちろん……でも、もしかしたら、四、五日くらい、母さんの傍にいないとダメかもね。その時は連絡するから」

そう言うと、ジュラは私の方に向き直り、私の首に両腕を回した。

「五日も離れてるなんて、イヤ。私も行く」

考えてみれば私とジュラは、小暮の車で逃げた日から、一日たりとも離れたことはなかった。

「五日なんて、すぐだよ……ちゃんとお金を置いて行くから、ゴハンは買うか、どこかのお店で食べてね。一人で食べるのがつまらなかったら、耀司くんでも呼べば」

その名前を出した時、ジュラの顔にかすかな笑みが浮かんだのを、私は見逃さなかったけど——反射的に見て見ぬふりする。

「明日、朝早くに行っちゃう?」

「まだ時間は決めてないけど、どうして?」

「だったら、前に行ったパスタ屋さんで早いお昼を食べようよ……前から、行きたいって思ってたんだ」

「前に行ったバスタ屋さんって……どこだっけ?」

「ほら、お花の名前が付いたとこ」

それから、いくつかの情報が付け加えられて、ようやく『デイジーパーク』というイタリアンのお店のことだと理解した。私たちのマンションからは距離があったけど、小暮から提示された期限は、夜の十時——東京へは新幹線で行くつもりだから、余裕は十分にある。

(最後に、あのお店で過ごすのも、悪くないかもしれないな)

その店は、私たちが大垣で初めて行ったイタリアンレストランだ。かなり本格的で、味も店の雰囲気も、とてもよかった。

「そうだね……久しぶりに行こうか」

そう言いながら私は、再びジュラと胸を合わせた。

最後だと思えばこそ、絶頂が欲しかったけれど——私の心があちこちに跳ねていたために集中しきることができないで、結局はハンパな終わり方を迎えてしまった。男と違って、あからさまな終わりが見えにくい女同士のじゃれ合いは、こんな風な幕切れをしてしまうこともある。

これで二度とジュラとじゃれ合うことはないはずなのに、むしろ私は虚無感のようなものを覚えたまま、眠りに落ちた。

人生なんて、そんなものかもしれない。

＊

次の日の朝、大垣には小雨が降っていた。きっと最後の朝なのに、いつもと同じように、ごく当たり前に過ごす。

「ジュラ、デイジーパークに行く前に、ちょっと用事を片付けてくるね」

九時を少し回ったところで、私は何でもないように言った。

「こんな朝から、どこ行くの?」

「銀行行ったり、パート先に顔出したり、いろいろね……でも、二時間くらいで帰って来るから」

そんな風に会話する向こうで、いつも見ているモーニングショーが流れていた。さっきまで政治家の不祥事の話だったのに、それが終わって短いニュースになっている。

そこで、私の部屋に転がっていた男性の遺体についての続報があった。身元が判明したのかと気が気ではなかったが、死因は内臓破裂による内出血と判明した……というだけの話だった。

それが自分の父親の死だとは知らず、ジュラはチャンネルをかえた。かなり幼い子向けのアニメだ。ジュラには似合ってる。

やがて身支度を整え終え、私はバッグを肩にかけた。東京に行くことを考えて、ポケットの多い大きめのショルダーだ。

「じゃあ、行ってくるね……あぁ、いいよ、そのままで」

そう言ってもジュラは、私を玄関まで見送ってくれた。ドアを開けようとした瞬間、

「ちょっと待って」と言って私の首に両腕を回してくる。

「行ってらっしゃい、ダーリン」

どこまでふざけているのかわからない口調で言うと、ジュラの方からキスしてくる。

それも、あいさつ代わりの軽いものではなくて、舌が入ってくるディープなヤツだ。

「こら、リップが取れちゃうでしょう」

三十秒近くお互いの舌を貪《むさぼ》った後、唇を離して私は言った。

「へへーん、だ」

ジュラは意味なく体を左右に振りながら、舌を出す。

(あぁ、やっぱり可愛いな)

その笑顔を私は眩しく感じたが——もしかするとジュラも、私たちが今日で終わってしまうと気づいているんじゃないか、とも思えた。ジュラの勘は、ときどき怖いくらいに当たる。

「私が帰ってきたら、すぐに出かけられるように、着替えといてよ……できれば、夕方には東京に着きたいから」

「じゃあ、この間買ってもらったピンクのパーカーにしていい？」

「こんな天気の日に、新しいのを下ろさなくてもいいような気もするけど……まぁ、好きにしな」

そう言って、私は玄関を開けて外に出た。ジュラはたいてい忘れるので、外から鍵を掛ける。

(まるで……夢みたいだったな)

扉越しにジュラが奥の部屋に戻っていく足音を聞きながら、私は思った。

出会ったのが五月で、一緒に逃げたのが七月の初め——半年にも満たない時間だったけど、私の人生を変えるのには十分だった。自分以上に大切なものなんかなかった私が、今はあの子になら、人生そのものをくれてやってもいい……と、思ってるくらいなんだから。

私はうっかり滲んでしまった目元の涙を指先で拭い、そのままエレベーターに向かった。東京に戻る前に、しておかなくっちゃならないことがある。

私は〝コーデちゃん〟に乗って、初めに銀行に向かった。

そこのATMで五十万下ろし、財布に押し込む。旅費には十分過ぎる額だけど、最後くらい金持ち気分を味わいたい。

残高を見ると、四百二十万と少し——家のクローゼットの中には、三千万円が丸々残っているから、案外に使わなかったものだと思う。もともとブランド物なんかに対する欲求はないし、大垣に来てからは贅沢をせず、なるべく目立たないように暮らしていたから、こんなものだろう。

銀行に預けなかったのは、それで人目を引いてしまうのを用心してのことだ。

銀行は客の預金残高を把握しているから、ある程度の現金を持っていると、ありがた迷惑な営業の電話を掛けてくる。自分が三千万円もの現金を持っていることなんか、なるべく人に知られたくない。

思えば、あの金で私は洋裁の学校に行ったり、ジュラの才能を今以上に伸ばすつもりだったのだけど——その夢もここまでかと思うと、やはり悲しかった。

次に私が向かったのは、トッキーさんの家だ。

「瑠璃ちゃん……どうしたんだい、こんな朝から」

ちょうど会社に行くところだったトッキーさんは、作業着姿で私を出迎えてくれた。

「変な時間に、すみません。ちょっとばかり、耀司くんと話したいことがあって」

「瑠璃ちゃんが、あいつに？　よくわかんないけど、近頃のあいつはモテモテだな……この間も、女の子と映画に行ったらしいし」

口の軽いトッキーさんは何でもないことのように言ったけど、私には初耳だった。耀司くんと映画に行くような女の子は、私の知る限り、ジュラしか考えられない。

（そんなこと、一言も言ってなかったのに）

ジュラと耀司くんが、何度となく顔を合わせているのには気づいていたけど、映画にまで行ったなんて知らなかった。それって、普通にデートなんじゃないの。

もし今のような非常事態でなければ、ジュラにねちっこい文句の一つも浴びせかけ、無断で男性と遊びに行ったことを詰《なじ》るところだろう。きっと私には、その権利がある。けれど、今となっては――却《かえ》ってありがたくもある。私は自分がいなくなった後のジュラの面倒を頼むために、耀司くんを訪ねたのだから。

「おはようございます……瑠璃さん、早いですね。何か、あったんですか」

私が玄関先で待っていると、やがて二階の部屋から耀司くんが下りてきた。いかにも

〝今、起きました〟という感じで、髪は寝ぐせで逆立ってる。

「ちょっと話したいことがあるから、そこまで付き合ってくれない？」

「えっ、僕の部屋とかじゃダメですか？」

「悪いけど、誰かに聞かれちゃうのはマズいの……キミの部屋の隣って、亮司くんの部屋でしょ」

高校生の美空ちゃんは、もう学校に行っている時間だけれど、大学生の亮司くんの方はわからない。

「あぁ、今日は授業が午後からだって言ってたから、もしかすると、まだいるかも」

「だから、私の車の中で話そう。そんなに時間はかからないよ」

「わかりました」

そう言って耀司くんは自分の部屋に戻り、服を着替えてきた。私はトッキーさん夫婦に別れを告げ、そのままコーデちゃんに乗り込む。耀司くんを乗せるのは初めてだけど、やっぱり軽の助手席はキツいらしく、シートベルトを締めるのにも苦労していた。

あらかじめ自販機で買っておいた缶コーヒーを渡し、私はコーデちゃんを発進させる。

「どこ行くんですか」

「どこも行かないよ。その辺をクルクル回りながら、話すだけ」

停まっている車の中で男と女が話しているだけで、意外に人の目を集めてしまうものだ。走り出しさえすれば、逆に目立たなくなる。

「それで、僕に話したいことというのは……」

「わかってると思うけど、ジュラのことだよ」

名前を出した途端、耀司くんは判りやすくビクッとした。

「キミ、ジュラと付き合ってるの？」

「いえ、付き合ってるとか……そんなんじゃありません」

「でも、好きなんでしょ」

サクサクと切り込む私に気圧《けお》されて、耀司くんが動揺しているのが伝わってくるけど
——その白黒をはっきりさせなけりゃ、先には進めない。

「……好きです。ジュラちゃんが、世界で一番」

やがて二分ほどの時間をかけて、白状した。

その言葉を聞いて私の中に、ホッとしたような、それでいて同時に頭を掻きむしりたくなるような、正反対の感情が同時に込み上げてくる。けれど今は、耀司くんがジュラを思っていてくれることに感謝するべきだ。

「実は、少しばかり面倒なことが起こってね……私、遠くに行かなくっちゃならなくなったの」

「あ、出張とか、旅行とかですか」

かつての私同様、常識的な生活しか知らない耀司くんは、当たり前な相づちを打つ。

「実はね……私とジュラは、従姉妹でも何でもないのよ」

私は、すべてを耀司くんに話す気でいた。何の事情も教えないままジュラを任せるのは、さすがに卑怯だ。

「そうなんですか？　父さんからは、従姉妹だって聞きましたけど」

「それはウソよ。そういうことにしておくのが楽だから、そう言ってただけ」

「じゃあ……友だちとか？」

「それも違うかな……簡単に言っちゃえば、恋人よ」

その言葉を聞いた耀司くんは、細い目を見開き、おまけに口も、ピンポン玉が何個も入りそうなくらいに開けていた。女同士のそういう繋がりも近頃では認知されてきたとは思うけど、その当事者と接したことがある人は、まだ少ないんだろう。

「あの、つまりジュラさんと瑠璃さんは……いわゆるレズビアンというヤツですか」

「まぁ、そういうことになるんだろうね。でも正直に言うと、私にも実感はないよ。同性を好きになったのって、ジュラが初めてだから」

それまでにも、可愛いとか友だちになりたいと思った女の子はいるけど、どれもが恋愛感情とは言えないものばかりだった。ましてベッドの中でじゃれ合いたいと思ったことなんて、今までに一度もない。

だから私は、自分でもよく言う〝レズビアン〟とは違うんじゃないかと思ってる。どうしても区別しろというなら、〝バイセクシュアル〟とか〝パンセクシュアル〟の方が近い気もするけど、呼び方なんて、私には何の意味もない。

「それでね……ちょっとビックリするような話を、聞かせてあげる。もちろん、他言は無用よ」

それから私はハンドルを操りながら、出会ってから今日に至るまでの私たちの物語を、耀司くんに話して聞かせた。

ただし、ジュラが性的搾取をされていたことと、流産したことは言わなかった。どちらもジュラのプライバシーだから、勝手に他人に話していいことじゃない……と、思えたからだ。

どのみち前の方の件に関しては、話を聞いているうちに、察しがついてしまうだろう。少なくとも、ジュラが小暮という男の元で隷属的に働かされていたことは、すぐにわかるはずだ。それで耀司くんの心がふらついてしまわないことを、私は心の底から願う。

「つまり瑠璃さんは、そのヤバそうな男から、お金とジュラちゃんを掻っ攫ってきちゃったってことですか」

「簡単に言えば、そうだよ」

「そのお金っていうのは……いくらくらいなんですか」

そう尋ねる耀司くんの顔は、さっきよりも青白くなっていた。思いがけない展開に、さすがに引いちゃってるんだろう。

「だいたい、千八百万円くらいかな」

私は、あえて正しい数字は言わなかった。まだ完全には、耀司くんを信用しきれていなかったからだけど――それでも耀司くんは右手を額に当て、目まいを起こした時の真似をした。

「耀司くん、それくらいで目まいを起こしてたら、この先は聞けないよ……どうする、ここでやめとく？」

「いや、聞きます。ジュラちゃんを守るためには、知っておかないと」

「よく言った、元引きこもり青年。私も、ここでやめてもらうわけにはいかないんだ……ジュラのためにね」

私は耀司くんの意思を確かめ、絶対に外に漏らさないようにと再び念を押して、昨日から私に降りかかってきた絶体絶命の事態を説明した。

東京に残してきた私の部屋に、見知らぬ男性の遺体が置き去られていたこと（それがジュラのお父さんらしいことは、さすがに言えなかった）。

どういうわけか私の母さんの住所がバレて、今は人質になっている可能性が限りなく高いこと。

今夜十時までに、お金とジュラと一緒に男の事務所に行けば、少なくとも命だけは助けてくれそうなこと。

しかし自分はジュラには何も言わず、もちろん事務所にも連れて行かず、このまま大垣での生活を続けさせてやるつもりだということ――。

私はコーデちゃんを走らせながら、ほとんどすべてを耀司くんに話した。

「だから……私がいなくなった後のジュラのことを、キミに頼みたいのよ。あの子、中身は小学生くらいと変わらないから、きっと一人じゃ生きていけないわ。正直なところ、耀司くんじゃなくても、他人にあの子を任せるなんて悔しくて仕方ないけど……母さんを助けるためだから、仕方ない」

話しているうちに、また勝手に涙が溢れてくる。それを指先で拭っていると、耀司くんはティッシュを差し出してくれた。

「でも……それだと、瑠璃さんはどうなっちゃうんですか」

「心配してくれるのはありがたいけど、キミはそれを考えなくていいよ」

私は涙を拭きながら、わざと冷たく言う。

場合によっては殺されるか、さもなければ地獄のようなところに落とされるか――そのどちらかであるのは確実だけど、もう私には他の選択肢がない。たった一人の母さんを人質に取られてしまったんだから。

けれど少しの間をおいて――耀司くんは、思いがけないことを口にした。

「瑠璃さんの気持ちもわかりますけど……その怖い人のところに瑠璃さんが行ったら、お母さんは絶対に解放してもらえるんですか？」

「えっ」

「そういう約束をしたんですか？　話を聞いた限りじゃ、約束なんか守ってくれそうにない人みたいですけど」

私はとっさに横道に入り、人気のない住宅街の隅で車を止める。さすがに運転しながら、できる話じゃない。

「確かに……キミの言うとおりだ」

なぜか私は、お金と自分の体さえ差し出せば、母さんは解放されると独り決めしてたけど――確かに、そんな約束はしてない。ましてジュラを連れていないとなれば、どんな理不尽を押し付けられるか、わかったものじゃない。

（……甘かった）

私は奥歯を噛み締めて、自分の不甲斐なさを呪った。

改めて考えるまでもなく、あの男は私なんかよりも、はるかに狡猾《こうかつ》で残虐な人間だ。そんな人間と平等な取引ができると思い込んでるなんて――だから私は、〝ただの人〟どまりなのか。

「じゃあ、私の母さんはどうなるのよ」

耀司くんに非はないのに、思わず睨みつけてしまう。その視線にたじろぎながら、耀司くんは慌てたように言った。

「あの……やっぱり、警察に行くのが一番じゃないですか？　その男の一味が、人を殺してる可能性が高いんですよね？　だったら警察に届ければ、捕まえてもらえるんじゃないですか」

「そんなこと、私だって考えたけど……時間がないのよ！　今から警察に行ったって、すぐに男を捕まえてくれるかどうか、わからないでしょう？　あの人たちは、何だかんだと理由をつけて、なかなか動いてくれないんだから」

ジュラのお父さんの死に関わっているようなことを、小暮は電話で言っていたけど――その裏付けが取れるまで、警察は動いてくれないんじゃないだろうか。

「とにかく十時までに行かないと……母さんがどうなるか、わかったもんじゃないの」

そして警察の世話になりたくない理由が、もう一つ――警察に届ければ、私の持っているお金は、きっと証拠品として押収されるに違いない。そうなるとビタ一文、ジュラに残せなくなってしまう。

私はできることなら、ジュラにいくらかの現金を残してやりたかった。耀司くんがついていれば路頭に迷うことはないかもしれないけど、この先、あの子が幸せに暮らしていけるように、少しでもお金を持たせてあげたいんだ。

「瑠璃さん、ちょっと落ち着いて……とにかく、俺の話を聞いてくれませんか」

それから耀司くんは、私にある〝作戦〟を授けてくれたのだった。

＊

私が東京駅の新幹線ホームに降り立ったのは、五時近くだ。この期に及んでジュラと別れ難くなり、『デイジーハウス』で長く過ごしてしまったせいもあるけど、その前に耀司くんとの話が長引いてしまったためでもある。

(やっぱり、日本って広いんだなぁ)

大垣は小雨だったのに、東京には雨の気配はなく、むしろ空気が乾いていた。そんなことだけで、自分が長い距離を移動したんだと実感できる。

私は駅を抜ける前に小さなコーヒースタンドに入って、甘いカフェラテを飲んだ。どこにも寄らないように……と耀司くんには言われてたけど、やっぱり心の準備をする時間が欲しい。

それなら新幹線の中でも、さんざんにしたはず——けれど、確実に今より悪い事態の中に飛び込んでいくのには、誰だって勇気がいるものだ。もちろん母さんのことを思えば、少しでも早く駆けつけてあげるべきなのだけど、カフェラテを飲む二十分で、事態が大きく変わるような気もしない。

（それにしても……耀司くんが言うみたいに、うまく行くのかな）

耀司くんが考えた方法は、実は〝作戦〟と言えるほど立派なものではない。

早い話、事件を担当しているはずの地元警察署に私自身が出向き、自分の部屋に男性の遺体が放り込まれた顛末をぶちまける……というだけのものだ。

むろん、持ち逃げしたお金の話もしなくちゃならなくなるけど、もともとは不正なお金。だから、その正確な金額を知っているのは、それこそ関係者しかいない。「それは自分の金だ」と名乗り出る人間がいようはずもないし、いたとしても、その所有権を証明しようと思ったら、おそらく逮捕されることと引き換えになる。

だから警察には低い金額で言っておいて、その分だけ返しておけば、没収されるのは、その分で済む……ということだ。

「でも、あんまり低い額はいけませんよ。説得力に欠けますから」

コーデちゃんの助手席に窮屈そうに収まりながら、耀司くんは言った。つまり、たまたま金の入ったバッグを見た人間が、思わず盗みたくなるくらいの額でなければ、リアルじゃないということ。

「やっぱり、一千万円くらいじゃないとダメかな」

「えっ、そんなにですか？　俺は百万円以上だったら、ＯＫだと思いますけど」

そんな会話を繰り返して、結局三百万円にした。

つまり――私はコンビニの駐車場で、たまたま顔馴染みの女の子が乗っていた車の中に大金の入ったバッグがあるのを見つけ、そのまま車ごと、そいつを掻っ攫った。初めのうちは、その子と楽しくやってたけど、ささいなことで仲間割れして、お金を適当に分けて別れた。ところが自分が金を持ち逃げしたことを知った男は、こちらを炙り出すために殺人まで犯し、さらに今は母親まで拉致《らち》して、脅しをかけてきている。お金はだいぶ使ってしまったけど、せめて残りを返すので、どうにか母親を保護してほしい。そのために出頭した……という筋書きで貫くのだ。

もちろん、わざわざ地元警察に出向くのは、間に余計な人間が入って時間を浪費するのを避けるためだ。他の地域の警察を挟むより、その方が圧倒的に早い。おまけに小暮の事務所の住所はメールで送られてきたから、警察がその気になってくれさえすれば、すぐにでも母さんを助けに行ける。

警察署は、住んでいたアパートから自転車で二十分ほどの距離だけど、無防備に歩くのは、さすがに危ない。だからこそ耀司くんは、どこにも寄らず、まっすぐ東京駅からタクシーで警察署に向かうように言ったのだ。

やがてカフェラテを飲み終えた私は意を決し、コーヒーショップを出て、タクシー乗り場に向かった。乗り場は空いていて、すぐにタクシーに乗れそうだったけど——ここにきて、いきなりジュラの声が聴きたくなる。今の私は、あの子の声を聴かなければ、勇気が出せない。

携帯に電話を掛けると、四回目のコールでジュラが出た。

「エルメスさん！ 東京に着いた？」

ほんの数時間前まで一緒にいたのに、その時以上にテンションが高い。

「うん。こっちは雨が降ってなくて、気持ちいいくらいだよ」

「えーっ、いいなぁ。こっちは……まだ、しとしと降ってる」

「今は何をしてたの？」

「お絵描きしてた……あっ、でも、ナッツちゃんの絵じゃないよ。ちゃんと自分の」

「そう……どんな絵かな」

私は記憶に残るジュラの作品を、いくつも思い出しながら言った。

「アンドロメダ」

「えっ？」

「だから、アンドロメダの絵……今、すごく調子がいいんだ」

ジュラの描く線は、そのままで十分に宇宙的だけれど——はっきりと特定の天体の名前を出したのは、初めてだ。

「あのね、真ん中に中くらいのお筆で、キレイなボールを描いてね、その周りに大きなお筆で、ワーッて描いてね、後は小さいお筆で、チョンチョン……って」

あまりに感覚的過ぎる説明だったけど、何となく想像がつく。

「ほら、前にDVDで見せてくれたでしょう？　あの時から、いつかエルメスさんのために描いてあげたいって思ってたんだけど……どう描いたらいいか、ちっともわからなかったの。でも今日、バスタ屋さんから帰ってきた時、ピンときて」

「そうか……インスピレーションが降りてきたんだ」

「そう、降りてきたの……インスペーション？」

「知らない言葉、無理に使わなくってもいいよ」

無邪気なジュラの言葉に接すると、どうしても顔が笑ってしまう。

「今、とっても楽しいから、この後も描くんだ」

「ちゃんとゴハン食べるのよ」

そのまま話していたら、いつまでも電話が切れないような気がして、私は無理やり会話を切り上げる。

「私も、そろそろ行かなくっちゃ……電話、切るね」

「うん。いろいろ気を付けてね。ジュラはエルメスさんが帰ってくるの、首を長ーくして待ってます」

ジュラの最後の言葉は、そんな泣きたくなる一言だった。

後はタクシーに乗って、私の住んでいた町の警察署に行き、そこで担当の警官を呼んでもらって、すべての事情を話す——一言で言ってしまえば、簡単なことだった。十時という刻限がある以上、ひっくり返せば、その時間までは母さんは無事でいるはずだ。それなりに時間はある。

私はタクシーの中から外を見ながら、話す順番を考えた。

面倒なのは、いかに自分の話が本当であるか信じさせることだけど、バッグの中には、三百万円の現金が入っている。それを見せれば頭の固い警官でも、〝無鉄砲にも頭の悪い女が、その筋の男を出し抜こうとした〟ということを、素直に信じてくれるだろう。

やがてタクシーは、目的の警察署近くまで来た。

警察署は国道に面していて、普通なら建物の前に車を付け、広めの歩道を横切れば、すぐに中に入れる。けれど——間の悪いことに近くの道路を工事していて、建物から少し離れたところにタクシーを止めなくっちゃならなかった。

その細やかな不都合が、私の計画を台無しにした。

私は料金を払ってタクシーを降り、歩いて警察署の玄関に向かった。その二十メートルほどを歩いている途中、計ったようなタイミングでバッグの中で携帯が震えたのだ。

緊張しながらスマホを取り出してみると、液晶には『母さん』という文字が表示されている。もちろん、掛けてきたのは母さんじゃない。

「……もしもし」

電話に出ると、奇妙な笑い声が聞こえてきた。もちろん小暮だ。

「いやぁ、こんなに読みが当たっちゃうと、やっぱり笑いたくなるもんだなぁ」

私は何も答えず、立ち止まって周囲を見回す。警察署の玄関に立っている制服警官と目が合ったけど、自分の方から逸らしてしまった。

「いったい、何のことですか」

できるだけ冷静に尋ねると、今まで以上に小暮は大笑いした。

「いやぁ、絶対に警察に駆け込むと思った……まぁ、瑠璃ちゃん的には、そうするしかないもんな。気持ちはわかるよ。刻限もタイトめに切っといたから、絶対に地元のこの警察に来ると踏んでたんだけど……ここまで読み通りになったのは、四年前の菊花賞以来だぜ」

その言葉を聞いて、体から血の気が引いていくのを感じた。耀司くんが考えた〝作戦〟は、一枚も二枚も上手の男に、すべて見抜かれていたのだ。

「どっかから、私を見てるんですか」

あたりの風景に目を配りながら尋ねる。

「うん、見てるよ。何せ瑠璃ちゃんの顔を知ってるのって、俺しかいないからさ……昼過ぎから、ここで張ってたんだぜ。けっこうしんどかったわ」

片側三車線の国道を挟んで、警察署の向かいには古びたマンションが建っている。もしかすると、そのどこかの部屋から、ずっと警察署の玄関を見張っていたんだろうか？

「で、どうする？　そのまま警察署の中に入るかい？　もちろん、その場合は、親のことは保証できなくなるけど」

まったく深刻さのない口調で言ったかと思うと、不意に冷たい口ぶりになる。

「残念ながら……おまえは、もう詰んでるぜ」

確かに、その通りだ。

「これ以上、話を拗《こじ》らせるのはやめとけ。こっちも、いちいち付き合ってられねぇんだからよ……前に言ったみたいに命までは取らねぇから、そのまま警察署の前を通り過ぎたら、信号渡って、こっちに来いや」

その言葉に従う以外、私にはなかった。このまま警察に駆け込んだとしても、状況を説明している間に男は立ち去り、その足で母さんのところに行くはずだ。

（ゲームオーバーだ）

誰がどう見ても——どれだけ自分に都合のいい解釈をしようと。

そう思った瞬間、私の体から、何かがすごい勢いで抜けていく。自分には、もう何もできない。

指示通りに国道の反対側に行くために信号を待っていると、すぐ近くの公園の前に、ひょろりと背の高い男が立っているのが見えた。男の指示で、私を迎えに来たんだろう。

（でも、これはマズい）

私は気づかれないようにポケットから携帯を取り出し、信号の近くにある植え込みの中に静かに落とした。小暮からの電話を受けてから、そうするためにバッグに戻さないで、パンツの後ろポケットに入れておいたのだ。

ツツジの葉の間を落ちて、携帯が土の上に転がったのを目の端で見て、少しだけ安心した。何せ、この中にはジュラの携帯番号が登録されている。もちろんユウヤさんやトッキーさんの携帯、大垣のマンションの住所――それこそ、今の私のすべてが入っていると言ってもいい。これだけは絶対に、向こうの手に渡すわけにはいかないのだ。

「あんたが矢崎瑠璃か？」

信号を渡って公園に向かうと、男が声を掛けてくる。

きっと、この男が例の〝ペェさん〟だろう。一度、ショッピングモールで遠目に見かけたことがあるけど、近くで見ると蛇のような目をした、陰気そうな男だった。

「けっこう、いい女だな……後でやらしてくれよ」

私の頭の上から爪先までを無遠慮に眺めながら、どこまで本気かわからない口調で、

〝ぺェさん〟は言った。

あの男のまわりには、頭のおかしい人間しかいないのかよ。

＊

人目のある外では私の体に触れなかった〝ぺェさん〟は、マンションの建物に入るなり豹変《ひようへん》した。いきなり私の腕を掴み、乱暴に引っ張ったかと思うと、エレベーターの中に、突き飛ばすように押し込んだのだ。わざと荒っぽく扱って、私を萎縮させようとしていたんだろうが――動き始めたエレベーターの箱の中で、いきなりブラウスの上から胸を掴まれた時には、思わず声を上げてしまった。

「何するんですか、やめてください」

その腕を反射的に振り払うと、アゴにいきなり肘を叩きこまれた。ガチッと歯が鳴り、顔全体が熱くなる。

「おまえ、自分の立場ってもんをわかってねぇだろ？　何でも素直にハイハイ言っておく方が、身のためだぜ」

どうして、そういうことになるのか、理解できなかったけど――〝ぺェさん〟が、そう認識していることは間違いないようだった。だから私は七階に着くまで、さんざんに胸をまさぐられたが、もはや黙って耐えるしかなかった。

やがてエレベーターが止まり、〝ペェさん〟はすぐ近くの部屋の扉を、ノックもせずに開いた。タバコ臭い空気が流れ出てきて、それだけで私はウンザリする。

「よう、やっと会えたな、瑠璃ちゃん」

中に入ると2LDKのこぢんまりとした部屋になっていて、玄関から八畳くらいのキッチン、その奥のソファーとテレビしかない控え室のような畳張りの部屋に繋がっていた。そのソファーにだらしない座り方をしていた小暮が、親し気な口ぶりで声をかけてくる。

「まさか警察署の前に、こんな基地があるとは思わなかっただろ？　俺たちみたいな商売をしてるとな、こんなふうに、あっちこっちに基地を作っておくと便利なんだよ……女を連れ込んだりもできるし」

確かに生活感がほとんどないのを見ると、本当に基地のように使っているんだろう。

「とりあえず肝心の金を返してもらいたいとこだけど……まさか荷物は、そのバッグ一つか？」

こうなってしまっては、もうどうしようもない。私は黙ってバッグから三百万円の包みを出し、小暮の前にある小さなテーブルの上に置いた。

「おいおい、マジでそれっぽっちって言うんじゃないだろうな？　銀行にでも預けてんのか?」

小暮が目を剝いて尋ねてくるけど——ここが根性の入れどころだ。私はジュラを守る。あの子のために、お金も守る。

「もう、これしかありません。本当です」

「いやいや、あれだけの額を半年かそこらで使うとか、あり得ないだろ。世界一周でもしたのか? 外車でも買ったのか?」

口はふざけていても、目は笑ってなかった。

「それに、ジュラはどうした?」

「ですから……もう、とっくに別れたんですよ。今はどこにいるか、私も知りません」

その返答に相づちも打たず、小暮は心の中を見透かそうとしてでもいるかのように、私の顔を眺めるばかりだ。

「あ、あと、これはお返しします」

三百万円の包みの横に、私はスマホを置いた。小暮はすぐに手を伸ばしたが、バッテリーが上がっているので、何の操作もできない。

「この中を見たとか、そういうことはないよな」

「ロックがかかってましたから、見てません。ただスマホは、いつでも電波を出してるらしいって聞いたんで、ずっと電源を切ってました」

「じゃあ、どうして今日まで持ってたんだ？　どっかに捨てちまえば、電波のことなんか心配しなくてもよくなるだろうが」

私は一瞬、言葉に詰まった。中が見られないなら、確かに持っている意味はない。さっさと捨ててしまおうと考えるのが普通だ。

「それは……ジュラが、その中にお父さんの電話番号が入ってるはずだからって言って、捨てるのに反対したからです」

「でも、ロックが開けられないんじゃ、しょうがねぇだろう」

「だから、あの子はヘンだって言ったじゃないですか」

そう答えると、小暮はしばらく黙り込んで、何事か考えていた。やがて、ため息交じりにつぶやく。

「おまえの言ってることは、全部ウソだろ……俺も舐められたもんだなぁ」

「ウソじゃないです」

「いや、ウソだ。金もたんまり残ってるし、ジュラとも一緒にいるはずだ。たぶん俺が電話するまで、どっかの町で面白おかしく暮らしてたんじゃねぇか？　ジュラはそこに残してきたんだろ」

小暮は造作もなく、すべてを見抜いたけど——絶対に認めるわけにはいかない。

「おまえ、さっさとホントのことを言えよ。おまえのオフクロさんの身だって、俺が電話一本かければ、あっという間にアウトなんだぜ」

「お願いですから、母さんには何もしないでください」

そう言いながら、私は畳の上に手をついて、深々と頭を下げる。

「お願いしますっ、お願いしますっ」

私にできることは、もうこれしかない。ミジメだろうが何だろうが、ホントにこれしかないんだ。

「鬱陶しいから、やめとけよ……土下座なんざ、何の足しにもならねぇ」

しばらくして、小暮は冷静な声で言った。

「おい、ペェ……××は、あのままなんだっけか？」

××は、同じ区のはずれにある小さな町の名前だ。

「アキオたちが片づけたはずですけど、あいつらのことッスからね……たぶん適当ッスよ」

聞き覚えのない名前が、いくつか飛び交う。

「ま、いいや。ここじゃマズいから、とりあえず場所を移して、もう一回、丁寧に話を聞こうじゃないか……下に車回して来い」

「了解ッス」

そう言って〝ペェさん〟は、車の鍵をチャラつかせながら、部屋を出て行った。

二人きりになったところで、小暮は言った。

「おまえさ……まだ俺が優しい口の利き方をしてる間に、全部ゲロッちまった方が絶対に良いぜ。あんまり調子に乗ると、ホントにこれだぞ」

そう言いながら、自分の首を絞める真似をする。

「何度も言ってるけど、おまえが持ち逃げした金の持ち主っていうのはな……名前は言えねぇけど、ホントにおっかねぇ人なんだ。その人から見たら、俺なんかパシリだぜ」

しょせんは〝ただの人〟でしかない私には、いくら言葉で教えられても、その〝おっかねぇ人〟をイメージすることさえできない。

「おまえもバカじゃないなら、わかるだろ？　普通に考えれば、その人に最初にブッ殺されるのは、おめおめと金を取られた俺のはずだ。その人がその気になれば、とっくに簀《す》巻《ま》きにされて東京湾に沈んでるところだぜ」

確かに私に金を奪われたのは、マヌケにもキーを挿したまま車から離れた小暮だ。もしかすると神様の力添えもあったのかもしれないけど、この男が低レベルな油断をしなければ、その後のことは一切起こらなかった。

「でも、俺はこうして生きてる。おまけに金の返済も、今年いっぱいって期限付きで待ってもらえてる……どうしてだと思う？」

「いえ……わかりません」

私は畳の上に手をついたまま、小暮の機嫌を取るように答えた。

「その人はな、とにかく、女にコケにされるのが大キライなんだよ。舐められるのは好きなくせによ……へへへ、どっちの意味か、よくわかんねぇな」

相変わらず下品で、頭の悪い言い回しをする。

「とにかく生意気な女は、ボロボロにしねぇと気が済まねぇんだと。もしかすると、女に深い恨みでもあるのかもしれねぇし、女を人間だと思ってねぇのかもな」

そんな男は、世間に掃いて捨てるほどいる。

「だから金は二の次で、おまえらを引っ張り出してくるのが第一だって言われたんだ……俺に言わせりゃ、金の方が百倍も千倍も大事だと思うけどよ。まぁ、唸るほど持ってたら、金よりもプライドってことになるのかもな」

どうやら、その〝おっかねぇ人〟は、途方もなくお金を持っているらしいけど、器は大きくないのかもしれない。

「だから、この辺で終わりにしねぇとヤバいんだよ……おまえ、ホントに殺されるぞ」

いきなり私の頬を摘まみながら小暮は言ったけど――私には、その言葉の真意が判断できなかった。

その〝おっかねぇ人〟は、金を盗まれたことより、それが女の仕業だということに腹を立てているという。どれだけ女を軽く、低く見ているんだろう。女はいつも小さくなって、男の後ろからついて来るものだと思っているんだろう。

「俺は女の命は取りたくねぇんだ……やっぱり女に食わせてもらってるからな。だから、おまえも意地を張らないで、さっさと金のありかを言えよ。そしたら、全部が丸く収まるんだからよ」

あいにくだけれど、その言葉にうなずくわけにはいかない。

＊

きっと、こんな風景を見たことがある人は少ないに違いない——私は車の窓から外を見ながら、ぼんやりと考えた。警察署の向かいにあるマンションを出てから、数分後のことだ。

この町に住むようになってから数年がたち、目に入るもののすべてに馴染みがある。しばらく離れていたから、それなりに懐かしくさえもある。

それなのに、すべての風景が遠く、まるでスクリーンに映し出された映像のようにも感じられた。いっそ、よそよそしいと言ってもいいくらいだ。

ジュラと乗った救急車の窓から見た街の雰囲気と似ているような気もするけど、あの時は、振り返って救急車を見る人が、何人かはいた。けれど、ただ走っているだけのこの車に、わざわざ目を向ける人はいない。

秋になって日暮れが早くなり、すでに空はオレンジ色に燃え上がっている。その下で何台もの車や自転車が行き交い、コンビニの看板やスーパーの照明が、それまで以上に明るく見えた。

この街で、私も当たり前に生きていた。

コンビニでお菓子と水を買い、スーパーで総菜や食材を買い、評判の洋菓子店で小さなクリスマスケーキを買い、大きなドラッグストアでシャンプーやボディソープを買った。そういうものを食べたり飲んだり使ったりしながら、私は生きていた。友だちらしい友だちはいなくても、そんなありふれたものが、私の馴染みだった。

そして、今——私を気にかけてくれる人は、誰もいない。

命さえ危うい状況なのに、私を励ましもしなければ、救いの手を差し伸べてくれることもない。いつも以上にそっけなく、どこか私を無視しようとしているようにも感じられる。

いや、ただ、いつもと同じ時間を繰り返してるだけなんだろう。きっと私がこの世からいなくなった後も、街にはかわり映えしない時間が流れるにちがいない。

きっと一人の人間なんか、世界にとっては、本当に取るに足らない存在なんだろう。

そんなことは、よく知ってたはずなのに——今、帰り道を失った目で街を眺めると、世界の冷たさが身に染みた。同時に自分が、その冷たい世界に再び帰りたいと強く願っていることも、ちぐはぐだけれど、よくわかった。

私が連れて行かれようとしているのは、いくつかある基地の一つだそうだ。

周囲には大きなアルミ工場と駐車場しかなく、散歩に来る人も滅多にいないような土地で、そこに小暮は広いガレージを持っているらしい。元は自動車の修理工場で、入り口に分厚いシャッターがついていて、中に入ってしまえば、多少の物音も外に漏れなくなるんだそうだ。そして、そこは——ジュラの父親を手に掛けた場所でもあるらしい。

そこに連れて行かれると聞かされた時、私は自分に起こることを悟った。悟らない方がバカだ。

たとえ何をされても、ジュラとお金のことは話すまい……と、心に決めてはいたけれど、暴力への恐怖は、また別だった。それに対する恐れが大きくなるにつれて、今までのありふれた日々が懐かしくなり、昨夜も触れたはずのジュラの肌が恋しくなった。

そんな思いの間で、いっそ母さんを捨てることができたら、さぞかし楽だったろう……とも考える。

たとえば母さんが今まで私にしてくれたことと、私が母さんにしてあげたことが点数になって記録されていたとしたら、圧倒的に私の方が高ポイントのはずだ。

そもそも母さんは親のくせに、ちっとも親らしくなかった。いつも自分の感情を優先させて、私のことなんか、いつでも後回しだ。

そう言えば中学の時、やっぱり母子家庭の女の子が友だちにいた。シノブちゃんっていう、けっこう頭のいい子だったけど、その子がある時、お母さんに聞いてみたそうだ。

「ねぇ、お母さんにとって、命の次に大事なものって何？」

「やっぱり……お金かしらねぇ」

きっと私の家と同じように、お金で苦労してたんだろう。シノブちゃんのお母さんは少し考えて、そう答えたらしい。

それを聞いたシノブちゃんはガッカリした。ウソでもいいから、命の次に大事なのは、娘の自分だと言ってもらいたかったからだ。

だからシノブちゃんが、ほっぺをふくらませて文句を言うと、お母さんが当たり前みたいに答えたそうだ。

「だって……あなたは命より大事だから」

それを聞いたシノブちゃんはグッときて、思わず、お母さんに抱きついたらしい。

あぁ、いいなぁ——その話を聞いた時、私はすごく羨ましくなった。だから同じ質問を、家で母さんにしてみたんだ。

「そんなの、決められないよ……大事なものなんて、いっぱいあるんだから」

長いこと考えて、母さんはそう答えた。

母さんは、雑誌に載ってる性格占いとかでも真剣に考えちゃうタイプだから、その時もマジメに考えたんだろう。あれが大事な時もある、これが大事な時もある……って具合に。

「じゃあ、私は何番目くらい？」

ちょっとイラついた私は、けっこう直球に聞いた。そしたら母さん、また真剣に考えて、その後、申し訳なさそうに言ったんだ。

「悪いけど、あんたは四番目か五番目くらいかな」

当然、私はポカーンと口を開けるしかなかった。はっきり言って、親子の縁を切りたくなってしまうレベルの答えだ。

たとえば自分の命がいちばん大事だと答えたなら、確かに人間なんてそんなものだから、大目に見てやろうって気にもなる。けれど言うに事欠いて、四番目か五番目とはね。たぶん同じ年頃の女の子の中には、この一言でお母さんが大キライになって、その恨みを長いこと引きずるような人もいるはずだ。自分のお母さんは最低だと思うかもしれない。

けれど私は、逆に感心した。

ある意味、母さんには裏表がない。いつも誰かを好きになって、その人に愛されるためには、どうしたらいいかって真剣に考えてる。母さんは男の人がいないとダメな人だから、頭の中も、いつもそっちでイッパイなんだ。

その時も、きっと好きな人が何人かいて、順位がつけられなかったんじゃないだろうか。そこにお金とか自分の欲とかを入れて考えたら、どうしても娘の私は四番目か五番目になっちゃうんだろう。

「そうだとしても、お母さんも言わなきゃいいのに」

「何でも、正直に言えばいいってもんじゃないからな」

後になって、この話を友だちに話したら、みんながみんな、そう言った。きっと、そう考えるのが常識的ってヤツなんだろう。

でも私は、バカ正直な母さんがキライじゃない。少し呆れないでもないけど、そこまで徹底してたら、一周回って美点だと思う。

私は、そんな母さんが大好きだ——不器用かもしれないけど、一生懸命生きている母さんを切り捨てるなんてことを、どうしても私にはできない。私のことは四番目か五番目と言った母さんが、私は一番好きだ。

だから、どうしても母さんを助けたい。同時にジュラも、幸せにしてやりたい——その二つを実現するために深い沼の底に沈むしかないんなら、私はそうする。けして〝喜んで〟とは言わないけれど、その道しか残っていないなら。

やがて車は、ガレージの前に着いた。川の近くの、人気の少ない土地だった。

シャッターの前には見たことのない若い男が二人、すでに控えていた。小暮が私の腕を引いて車から降ろすのと同時に、よく仕込まれた芸のように片方がガレージのシャッターを上げる。

「ちょっと臭ぇけど、我慢してくれよな」

どこか気さくな感じで小暮は言ったが――ガレージの中に引きずり込まれ、誰かがスイッチを入れた電灯に照らされて見えた風景は、何となく覚えがあった。

たぶん小暮の携帯の中に入っていた、若い男性をリンチした時の写真だ。どうやらこは、そういうことをするための場所なんだろう。

「まったく、きったねぇなぁ……土ぐらいかけとけよ」

小暮は地面のあちこちに飛び散っている黒い泥のようなものに、爪先で砂をかける。若い男たちは慌てたように、同じ動きをした。

「ジュラの親父のゲロだよ……まったく、ちゃんときれいにしとけって言ったのに」

その言葉に私が足をすくませた瞬間、小暮が〝ペェさん〟に目で合図を送るのが見えた。ハッとした瞬間、いきなりお腹に重い衝撃を感じる。ヘソのすぐ上あたりに、〝ペェさん〟の拳が直撃したのだ。

思わずお腹を押さえて体を曲げたけど――その動きで押し出されたみたいに、中のものが込み上げてきて、数秒後には吐いてしまう。

「何だよ、一発でゲロか」

「やっぱり女のでも、ゲロは臭ぇな」

膝をついて苦しんでいる私の頭上で、くだらない男たちの笑いが飛び交った。

＊

それから私は腹と顔に何発かのパンチを食らい、立っていられなくなったところで長いロープで両手首を縛られた。その端を天井の鉄骨枠に通し、それを引っ張って私を強引に立たせると、どうにか足が着くくらいの高さで固定する。ドラマでよく見るような拷問シーンと同じだ。

「よっしゃ」

いったい何が「よっしゃ」なのかわからないが、〝ぺェさん〟は私のブラウスの前に手を掛けたけど――そこで小暮が鋭い声で言った。

「ちょっと待て。服は破るな」

その言葉に〝ぺェさん〟は手を止め、不満そうに小暮を見る。

「ちょっとばかり、このお姉さんとマジメに話したいことがあってな……そんな恥ずかしい格好にしたら、それどこじゃなくなるだろ」

「グレさん、ここまで来て、それはないッスよ」

「アホか。一番の目的を忘れてんじゃねぇぞ」

そう言いながら小暮は〝ペェさん〟の背中を叩く。

「おまえ、アキオらと一緒に、人が来ないか外で見張ってろ……誰か近くを通っても、バカみたいな面でガン飛ばしたりすんじゃねぇぞ。今どきは、それだけで通報されることもあるからな」

小暮の言葉に渋々という感じでうなずくと、〝ペェさん〟はシャッターの横についていた小さな鉄扉から外に出て行った。

「悪《わり》ィな、手荒なことをしちまって……でも、おまえが仕出かしたことは、それほどヤバいってことだ。まぁ、少し痛い目に遭うってくらいのことは、覚悟してきただろ？」

私は律儀に言葉を返したりはしない。

「それで、ここからが大事な話だ」

そう言って小暮は近くに転がっていたスチール製のチェアを起こし、私の目の前に据えると、座るところを二度三度手ではたいてから腰を下ろした。

「改めて言っときたいのは、俺はおまえが思ってるほど悪いヤツじゃねぇってことだよ。できれば、なるべく穏便に済ましてぇと思ってるんだ。しかも今の状況だと、それができるのは俺だけなんだよなぁ」

小暮はポケットから煙草を取り出し、一服しながら言う。

「ぶっちゃけ、金はいくらぐらい残ってる?」

「さっき渡したのが全部です」

「はは、瑠璃ちゃんも根性あるなぁ。腹にワンパン食らってゲロ吐かされたのに」

小暮が笑うたびに、吸い込んだ煙草の煙が蒸気みたいに出てくる。

「俺の見たところ、おまえは、あくまでも普通の人間だよ。いや、あのオフクロさんを見ても、おまえの方がまともだってわかる……そんな女は、派手にムダ遣いしないもんだ。銀行に入れないまでも、手元に置いてチビチビ使うタイプだね。今みたいに先の見えない世の中じゃ、大事なこった」

どうやら私の性格まで、バッチリ見透かされてるようだ。

「おまえが金を持ち逃げして、半年近くってことを考えても、三千万以上は残ってるだろ。もしかすると、もっと残ってるかもな」

そして小暮は、思いがけない取引を持ち掛けてきた。

「残りの金とジュラを返したら、おまえは自由の身にしてやる。いや、確か、さっき三百万持ってたな。そのうちの百万、ジュラの子守代として、おまえにやるよ。どうだ、こんないい話、普通はねぇぞ」

確かに小暮の言うとおり、普通なら考えられない申し出だ。金とジュラと引き換えに、自由の身＋百万なんて……今日はサービスデーか何かなのか？

「そんな怪しいものを見るような目で見るんじゃねぇよ。まぁ、気持ちはわかるわ。普通はあり得ない話だからな。しかし、元はと言えば、俺が油断したせいだしよ」

「でも……〝おっかない人〟は、それで許してくれるんですか」

口の中に溜まっていく鉄臭い味を飲み込みながら、私は尋ねた。どうやら顔を殴られた時、歯の何本かが折れたみたいだ。

「普通はムリに決まってんだろ。でも、そこは俺がうまいコト言って、ごまかそうってのよ。まさか、〝おっかねぇ人〟も、おまえを連れてこいとまでは言わねぇだろ。あの人は、さっきも言ったけど、女にコケにされるのが大キライなんだ。でも金が全部戻ってくれれば、帳消しとまでは言わなくても、うるさいことも言わねぇだろ。俺が、きっちりケジメを取っておきました……くらい言えば、納得してくれるんじゃねぇか」

「全部って……足りない分は、どうなるんですか」

たぶん三百万円近くは、すでに使ってるはずだけど。

「それはしょうがねぇから、俺が出す他、ねぇだろ」

小暮は笑って言ったが——ダメだ、ウソ臭い。そんなぬるい決着の付け方が、どこにあるって言うんだろう。そこまでおいしい話、今どきは子供だって信じない。

そう思っているのが私の顔に出ていたのか、慌てたように小暮がつけ足した。

「もちろん、条件はあるぞ。話がまとまったら、おまえはオフクロさんと一緒に、どこでもいいから身を隠すんだ。できれば、関東じゃねぇ方がいい。あぁ、沖縄も目立つからダメだ。とにかく、どっかの地方都市にでも引っ越して、十年くらい静かにしてろ」

「それは、〝おっかない人〟から逃げるってことですか」

「まぁ、そういうこった」

小暮は、新しい煙草に火をつけて言う。

どうしてそうなるのかはわからないが――この男は、その〝おっかない人〟の手から、私を救ってくれようとしているようにも思えた。

それだけ、その〝おっかない人〟というのは、容赦のない人間なのだろうか。しょせんは〝ただの人〟に過ぎない私には、想像できないレベルの話だけど。

「ここは絶対、俺の言うとおりにしといた方がいいぞ」

無言でいる私に、小暮は言ったが――実は私の答えは、少し前に決まっていた。

もしかすると、これは私にとって、以前の生活に戻るための最後のチャンスなのか……と、思えなくもない。

けれど最初に示された条件は、「残った金とジュラを返せば」。

私だって命は惜しいから、お金は返してもいい。最初から縁のなかったものと思えば、あきらめもつく。

でも、ジュラはダメだ。ジュラだけは、この男の元に返すわけにはいかない。ジュラだけを暗い世界に突き落とすようなことだけは、絶対にできない。

「ねぇ、小暮……さん」

できる限りの猫撫で声で、私は言った。

「お金を返すんだったら、ジュラの方はいいんじゃない？」

それを聞いた途端、小暮は歯を剥きだして笑った。

「やっぱり、さっき言ってたことはウソだったんだな。これだから一般人は、簡単だよ……おまえはまだ十分に金も持ってるし、ジュラとも一緒だってわけだ」

（しまった！）

その瞬間、自分の顔から血の気が引いていくのがわかった。もしかすると、全部ブラフ？

しかし、次の瞬間、思いがけないことが起こった。吊り下げられた私の前に小暮が近づいて来たかと思うと、いきなり私の髪を撫でながら、マジメな顔で言ったのだ。

「よかった……やっぱりジュラは、おまえのところにいたんだな。まさか放り出すようなことはしねぇだろうと思ってはいたけど、あいつは野良猫みたいな女だからな……よっぽどのヤツじゃねぇと、一緒にはいられねぇんだよ」

よく見ると、信じられないことに——その目には、うっすらと涙まで滲んでいる。

「なぁ、頼むよ……俺にジュラを返してくれ。あいつが近くにいないと、何だかスースーするんだ」

スースーするというのは、つまりは寂しい……ということだろうか。もしかすると小暮は、ジュラを愛しているとでも？

「そんなこと言っても……あんた、ジュラに風俗やらせたり、殴ったりしてたじゃないの」

「そういうことと、あいつを可愛く思ったりするのは、まったく別次元の話じゃないのか？」

そう言われて、私は一瞬、息を飲んだ。

私の常識では、性的搾取することと暴力を振るうことは、愛情と相反するものではあるのだけれど――必ずしもそういうわけではない例が、世の中にはあったりする。もちろん認めたくはないけど、存在するのは確かだ。

「もしかすると、瑠璃ちゃんもわかってんじゃないか？　ジュラって子は、ホントに不思議だよな。何にも知らないような顔をしてるくせに、実は世の中の全部がわかってるんじゃねえか……と思える時がある。いや、それどころじゃねぇ。何もかもお見通しで、普通の人間に見えないところまで見えてるんじゃねえかって、つい考えちまう時もあるんだ」

その言葉を聞きながら、背筋から首筋に鳥肌が立つのを、私は感じていた。この乱暴そのものの男が、まさか自分と同じことを感じていたなんて。

「あいつは猫だって、俺は思うんだよ……猫だって、そんな不思議な力があるように思える時があったりするだろ？　でも、やっぱり猫だから、優しくする人間に、すぐ懐いちまうんだ。撫でられたり、寒い時に温かくしてもらったりしたら、そいつについて行っちまうんだよ」

「そんなこと……ないよ」

胸が苦しくなるのを感じながら私は言ったけど、ジュラが猫だと思う気持ちは、十分に理解できる。

「いや、そうなんだ。あいつ、妊娠したことがあったろ？　そう、おまえに病院に連れて行ってもらった時のヤツだ。あの子供のオヤジっていうのは、客の大学生でな。あいつ、ジュラが好きになったとか一緒に暮らしたいとか、適当なことを並べやがって……その結果が、あれってわけだよ」

なるべくなら聞きたくない話だったけど——さらに、もっと聞きたくないことを聞かされる。

「おまえも話くらいは知ってるかもしれねぇけど、俺のやってる店は、基本的に本番禁止なんだ。まぁ、ホントにやるのはNGってこったな。それでも、たまにやっちまうバカがいるんだが……そういう時は、こっちのやりたい放題よ。さんざんペェにボコらせて、金をむしり取るってわけだ。でも、その学生は妙にマジでな……お上に訴えてでも、命を賭けてでも、ジュラに仕事を辞めさせるって息巻いてよ。それがイヤなら、ジュラをくれとまでぬかしやがった」

そう言った後、小暮は無言でガレージの中を見回し、やがて言葉を続けた。

「いつもなら、ちょっと脅して金を取るだけなんだけどよ……あの時は、どうにも頭に来てな。ここに連れ込んで、半殺しにしてやったわ」

男のスマホに入っていたリンチ写真を思い出す。あの中で横たわっていたのが、ジュラを妊娠させた男なのか。

「いや、正確に言うと、半殺しじゃねぇな……九割方、終わってたかな」

「もしかして、殺したんですか」

「おいおい、殺したわけじゃねぇよ！　車のトランクに突っ込んだ時は、まだ生きてたから」

やっぱり一瞬でも、この男を理解したような気持ちになったのは間違いだった。

「それでもジュラは、あの男に懐いてたみたいでな……連絡が取れなくなった男を探したいばっかりに、俺の目を盗んで逃げ出しやがった。まぁ、一週間くらいで自分から帰って来たところが、また猫みたいだったけどな」

もしかすると、その時に私とコンビニで出会ったのかもしれない。

「おまえがジュラを連れてって、半年近くになるだろ？　その間、俺がどんなにスースーしてたか、わかんねぇだろうな。まぁ、〝おっかねぇ人〟に切られた年内いっぱいって期限も迫ってたから、ちょっと強引な手を使っちまったけど……こうして瑠璃ちゃんが出てきたんだから、結果オーライってヤツか」

「ジュラのお父さんを殺して、私のアパートの部屋に死体を置いたんですね」

「そういうことだけど、親父の方は酒で体がボロボロだったから、たぶん放っておいても死んだぜ。まぁ、死んで当然の野郎だったから、気にもしてねぇよ。何せ、最初にジュラに手を付けたのは、あいつだからな……まったく人間のクズもいたもんだ」

いやだ、聞きたくない——そう思ったものの、両手を縛られているから、耳を塞ぐこともできなかった。

（もう何でもいいから、性欲に振り回されちゃうようなバカ男は、みんな死ねよ！）

そう考えて頭がクラクラした時、小暮がポケットからスマホを取り出す。まさか、私のこの姿を写真に撮っておこうとでも言うんだろうか。

「ジュラの話をしてたら、久しぶりに声が聞きたくなったなぁ……瑠璃ちゃん、電話してよ。あいつにもスマホぐらい持たせてるだろ」

「番号、わかんないです」

「これに登録してるだろ？　暗証番号教えてくれよ。俺が掛けてやっから」

いや、私のスマホは、警察署の近くで植え込みに捨てたはずだ。

「それ、私のじゃないです……誰のですか？」

「しらばっくれるのも、いい加減にしろよ。おまえのバッグのポケットの中にあったんだぞ」

そう言って小暮が見せたスマホは、可愛いアニメの女の子の絵のついたケースに入っていた。

（あれは確か……ナッツちゃん？）

その時、いきなり鉄の扉が開いて、〝ペェさん〟が駆け込んで来る。

「グレさん、ヤバいッス！　いきなりマッポが」

その言葉の途中で目の前のシャッターが上がり、何人もの制服警官の姿が見えた。むろん私服もいて、その中の一人が大きな声を張り上げる。

「動くんじゃない！」

小暮は突然の事態に目を大きく見開いたが、すぐに事態を理解したらしく、私の髪を撫でていた手を、顔の高さに上げた。

三人の警官が駆け寄ってきたが、その刹那、確かにこういうのが聞こえた。

「瑠璃ちゃん、ゲームオーバーだね」

＊

「瑠璃さん、大丈夫ですか！　しっかりしてください！」

やがて駆け寄って来た警官にロープを解いてもらっている時、いきなり耀司くんの大きな体が走り寄って来たのには驚いた。

「耀司くん？　どうしてキミがいるの？」

「実は瑠璃さんが心配で……朝、車で話してから、一足先に東京に来てたんです」

「そうなの？」

殴られた時に痛めたのか、首が寝違えたようになっていて、彼の顔を見るのも一苦労だった。けれど、どうにか私は命拾いできたらしい。

身体は自由になったものの、とても立っていられなくて、その場でへたり込む。

「どうして、ここがわかったの？」

「そんなことより、もう少し体を休めて……すぐに救急車が来ますからね」

彼は私の身を案じるのでいっぱいの様子だったけど、私は耀司くんがここにいる理由が知りたかった。

「実は……俺のスマホを瑠璃さんのバッグに、こっそり隠しといたんですよ。あのバッグ、ポケットがいっぱいありましたから」
「朝、会った時に？　少しも気が付かなかったな」

「そりゃ、バレないようにしましたからね。で、そのスマホの電波を、このノートパソコンで追っかけてきたってわけです」

そう言いながら耀司くんは、小型のノートパソコンを見せた。

画面には『自分のスマホをさがす』というタイトルの付いた地図が表示されていて、その一点に矢印が光っていた。私は小暮のスマホが発信する電波に神経質になっていたけど——まさか同じ電波に救われるとは。

「それで瑠璃さんより先に東京について、行くって言ってたアパート近くの警察署に直行して、こいつを見せました」

それから耀司くんはパソコンを操作して、たくさんの写真のサムネイルが並んでいる画面を呼び出した。

「これは……」

その写真には見覚えがあった。耀司くんのパソコンを使って、小暮のスマホからコピーしたものだ。あれは私の手でUSBメモリに移した後、すべて削除したはずだけれど。

「すんません……実はパソコンに入ってる写真っていうのは、削除しても、案外簡単に復元できちゃえるものなんです。今日、瑠璃さんから話を聞いて、その男のスマホやったら、何かヤバいものの一つも入ってるんやないかと思って、復元してみました」

実際は、もっと前に復元してたんじゃないの……という疑惑も浮かんでくるけど、今は言わないでおく。

「そしたら……グロいんやけど、これが」

耀司くんが拡大したのは、例のリンチ写真だった。気持ちが悪いと思ったのか、一瞬だけ大きくして、すぐに閉じてしまう。

「これって半年前に東京で起こった、大学生の殺人事件の現場写真ですよ……オリジナルみたいですから、スマホの持ち主が現場にいたのは間違いありません」

あの写真の青年の顔は、私の頭に焼き付いている。生気のない目を半開きにした怖い写真だったけれど——あの大学生こそ、ジュラの子供の父親だ。

「この写真のおかげって言うと語弊がありますけど、これでやっと警察の人も、俺の話を信じてくれたんです。いやぁ、それまで大変でしたよ。だって昼過ぎには警察に着いて、それからずっと説明したのに、全然本気にしてくれないんですから……俺としては、瑠璃さんが早く来てくれないかなぁって気分でした。だからこそ、スマホの位置を何度もチェックしてたんです」

「じゃあ、少し前に、警察署の前のマンションが表示されなかった？　あそこにも、あの男のアジトみたいなのがあるんだけど」

その時点で踏み込んできてくれれば、こんな痛い目に遭わなくても済んだのに……と、思う気持ちもあった。

「確かに矢印は出たんですけど……すみません、GPSの誤差だと思っちゃいました」

「えっ、何よ、それ」

「いや、このノートパソコン、けっこう古いヤツなんで、頭が悪くて」

そう言って頭を掻く耀司くんの顔を見て、私は思わず笑ってしまった。

このまま思惑通りにお金を残すことができたら、今回のお礼に新しいノートパソコンを買ってあげてもいい。

＊

「それで、お母さんは大丈夫だったの?」

事件から四日が過ぎた夜――私は久しぶりに横川のバー『むこう向き』のカウンターにいた。その日はレディース・デーではなかったけど、客は私だけだった。この店も、いよいよ危ないのかもしれない。

「それが……デリヘルの女の子たちの控え室みたいな部屋にいて、ご飯作ったりしてたんですよ。こっちは心配してるのに、緊張感がないと思いませんか？」

そう、小暮は家から母さんを拉致したものの、実際に危害を加える気は薄かったのだろう。あの男の性格は、今一つ把握しきれない。

「無事だったんだから、それが一番じゃない……ルリゴンの体は、もういいの？」

「入院してCTとか撮ったんですけど、大したことはありませんでした。それから警察の取り調べみたいなのを受けたんですけど、そっちの方が体には応えましたね」

しかし、その甲斐あって――耀司くんが授けてくれた〝作戦〟通りに、事が進みそうだった。

何せ私の現金持ち逃げに関しては、被害者がいない。

暴行で現行犯逮捕された小暮が何か言ってくる可能性はゼロではないけど、そのためには誰から預かった金なのか、はっきり言わなくっちゃならない。

けれど、彼は持ち主の〝おっかねぇ人〟をひどく恐れているから、そこまではできないのではないかとも思う。もっとも彼のスマホには、余罪を匂わせる情報が大量に入っていたそうだし、二件の殺人にも絡んでいるから、社会に出てくるのにも時間がかかるに違いない。

話をリアルにするために使った三百万円は、今は警察に持って行かれているけど、それをあきらめても、大垣のマンションのクローゼットには、二千七百万以上の現金がある。堂々と使える……とは言わないが、あれだけの現金があれば、私もジュラも、しばらく困るようなことはないだろう。実質的には私が勝ったも同然だ。

「でも、まだやることが残ってるんですよ……少々苦しいけど、明日は、ほったらかしにしてたアパートの始末をつけることになってますし」

とりあえず荷物の処分のみだけど、どうやら大家さんは、心ならずも事故物件にされてしまったことに大いに腹を立てているらしい。その賠償を負うべきは私か否かで話し合いをしなくちゃならないけど、これには少し時間がかかりそうだ。

「いかにも面倒くさそうね……早く帰りたいでしょ」

「相方を、ずっと一人にしてますから」

私はすでにロコさんに、ジュラのことを相方だと話していた。写真を見せると、「うわぁ、可愛い！」と他人事《ひとごと》なのに大喜びし、「早く連れてきなさいよ」と、さっきから五回くらい言われている。

「近いうちに、二人で東京に来ますよ……相方の場合、お父さんのこともありますし」

この時になっても、私はジュラにお父さんが殺されたことを話していなかった。

身元が判明した時点で、お母さんの方に連絡が行き、私が入院している間に簡素な葬儀は終わってしまったらしいけど——お母さんの方も、さぞや困惑しただろう。

警察の人が世間話のように話してくれたことによると、八年ほど前にお父さんは一方的にジュラを連れて失踪し、そのまま連絡を絶ってしまったそうだ。だから、お母さんも入籍こそしていないものの、今は別の人と暮らしていたらしい。

そんなことを、ジュラはまったく知らない。

できれば、このまま話さずにいられるなら、そっちの方が、よほどジュラにとっては幸せなんじゃないかと思う。

「そう言えば……さっきから聞こうと思ってたんだけど、ルリゴンは、このまま岐阜の人になっちゃうの？　二人でこっちに帰ってくるつもりはないの？」

自分のための新しいハイボールを作りながら、ロコさんは尋ねてくる。

「そうですねぇ……東京もいいんですけど、大垣も住みやすいんですよね。だから、その辺のことは、ゆっくり相方と話し合ってみます」

「できれば帰ってきてほしいなぁ。ルリゴンまで来なくなっちゃったら、この店もオシマイよ。ホントに今、厳しいんだから」

それから、どうやって厳しい競争を勝ち抜いていくか……と、いうロコさんの所信表明演説のような雰囲気になり、私は頃合いを見て腰を上げた。

「今日の泊りもビジホ？」

「えぇ、昨日と同じ浅草です」

「気を付けて行くのよ……で、またすぐに来てね」

「わかりましたって。じゃあ、明日もまた来ますから」

「偉い！　そういう素直なところは、伸ばしてあげたいな」

私たちは大げさに握手し合い、笑いながら別れた。

『むこう向き』を出て狭い階段を下り、すぐ前の道路に出ると、路面が濡れていた。いつのまにか雨が降って、私やロコさんが気づく間もなく止んだらしい。

(けっこう降ったみたいね)

水たまりこそできていないものの、アスファルトは満遍なく濡れている。道端の自動販売機にも、かなりの量の雨粒がついていた。

また降るかな──そう思いながら空を見上げると、きれいな月が浮かんでいた。そのままぐるりと見まわすと、青と白の電飾をまとった東京スカイツリーが、思いがけず近くに見える。

(そう言えば、ジュラってスカイツリーに登ったことがあるのかな)

もしないのなら、一緒に登ってみたい……と思いながらスマホを出して、一枚写真を撮った。もうジュラの顔を四日も見てない。

ジュラは今、猛然と創作意欲が湧いて、何枚ものアンドロメダ銀河の絵を描いているらしい。電話でその話を聞くたびに、「写真に撮って送ってよ」と言うのだけど、ジュラはどうしても送ってくれなかった。

「写真はダメだよ……どんなにうまく撮ったって、ニセモノじゃん。エルメスさんには、絶対に直に見て欲しいな」

そんな生意気を言うようになったのも、自分の教育の成果だったらいい……と思う。

ジュラには、本当の本物になって欲しい。いや、たぶん天才だから、黙っていてもなってくれると思うけど、前のように耀司くんの影響を受けたりしたら、余計な遠回りをする可能性だって考えられる。

(ジュラは……耀司くんのことを、どう思ってるんだろう)

私を助け出してくれた後、耀司くんは一泊して岐阜に帰ったが、今回のことは、まだジュラには何にも言わないように釘を刺してある。

私の中での彼の株は爆上がりしたけれど、それとこれとは別の話だ。

前にジュラは、私とは違う感じで耀司くんは優しいと言っていたけど――もしかすると小暮の言っていた通り、優しくされると懐いてしまうジュラの猫的一面のせいかもしれない。そして、それは私の〝犬っころの心〟と、よく似たものなのかもしれない。

そんなことを考えている時、ふと前方の道に、ビニールの透明傘が広がっているのが見えた。

いや、よく見ると透明傘をさした人間が、歩道にしゃがみこんでいるのだ。髪の長さと体のラインから見て、たぶん女性。

（あの人……どうしたんだろう）

横川から東京スカイツリー駅に向かう道は、半ば住宅街なので、十分に明るいとは言えない。そんなところに女性がしゃがみこんでいるとすれば、錦糸町あたりで飲み過ぎたか、急に具合が悪くなったかのどっちかだろう。

おずおずと近づくと、やはり私と同じくらいか、少し上くらいの女性だった。茶色系のコートに赤いレインブーツを履いて、どことなく水商売っぽい雰囲気がある。

「あの……どうかしたんですか」

すぐ横にかがみ、傘の中を覗き込むようにして声をかける。

「あ、いや、何でもないんですよ……ちょっと気分が」

「もしかして、飲みすぎちゃったんですか？　雨、もう止んでますよ」

「えっ、そうですか」

その時、初めて女性が顔を上げたが――その表情に、どことなく油断ならない光があるのを感じた。なぜか両手に、お医者さんが使うような薄い手袋をしている。

（こいつ……ヤバいヤツだ）

そう思った瞬間、寒気みたいなものが、恐ろしいスピードで首筋を這い上がる。とっさに私は立ち上がり、女との距離を取ろうとした。

しかし、わずかに遅かった。

女が素早くビニール傘を体の前に持ってきたかと思うと同時に、鳩尾《みぞおち》のあたりに途方もなく熱いものが押し付けられるのを感じる。

「えっ」

反射的に下を見ると、女の傘の透明ビニールを突き抜けて、かなりの長さのナイフが飛び出ていた。そして、その先端は私の鳩尾に埋まっている。女が傘越しに、ナイフを突き出したのだ。

「おまえ……は」

思わず手を伸ばすが、女は傘を巧みに操って、私の指先から逃げる。

「あのね……女にコケにされるのが大キライな人がいるんだけど、知ってる?」

女の顔が透明ビニール越しに、歪んで見えた。

その言葉の終わりと同時に、女がナイフを引き抜いた。私の体から飛び散った鮮血が、かなりの勢いでビニール傘に降りかかる。

「ふふ、傘って便利」

女は三歩ほど後ろに下がり、血にまみれたビニール傘を道路に投げ捨てた。

「あんた……誰に頼まれたの?」

まさかとは思うけど——これが本物の殺し屋だとでも言うのだろうか。そんな人間が、ホントにいるんだろうか。

「金は、くれてやるってさ……よかったじゃん」

私の問いかけには答えず、女は見当はずれなことを言った。

「でも、あんたも勉強が足りないよね。やたらと男の顔を潰すようなことをしちゃダメよ。それが自分のすべてだと思ってるヤツもいるんだから」

女は親しい友だちのような口ぶりだ。

「男なんてバカなんだから、適当に持ち上げときゃいいんだよ……それも女の芸のうちでしょ」

女はそれだけ言うと、くるりと背中を向けて近くの路地に走り込んでいく。その姿はすぐに闇に溶け、血にまみれた私だけが、その場に残された。

(ちくしょう……油断した)

私は近くのガードレールに手をかけて、懸命に立ち上がった。助けを呼ぼうとしたけど、なぜかノドが腫れたように痛くて声が出ない。

(女の殺し屋なんて……ホントにいるんだな)

そんなのは、映画やテレビの世界の話だと思ってたのに——ちくしょう、刺されたところが、痛いというよりも熱い。

(そうだ……ロコさん)

道の先に、『むこう向き』の小さな電飾看板が見える。『むこう向き』までたどり着ければ、ロコさんがどうにかしてくれるはずだ。私はガードレールを頼りに、二、三歩前進した。

でも――ダメだ。

どことは言えないけど、体の中の大切な部分を壊されたっていう実感がある。私はたぶん、もう持たない。

（このまま……死んじゃうの？）

（そんなの、ヤダよ）

私は『むこう向き』に向かうのをやめた。もし私が店の階段なんかで終わってしまったら、ヘンなウワサが立って、あの店の客足は絶望的なものになる。死ぬなら『むこう向き』から、なるべく離れなくっちゃ。

それから数秒後に立っていられなくなって、ガードレールを抱くようにして、そのままズルズルと倒れ込んだ。

小暮が言っていた〝ゲームオーバー〟は、こういう意味だったのか――つまり小暮が捕まってしまったら、〝おっかねぇ人〟を止める人間がいなくなるってこと。

（ジュラ……）

私のことを首を長くして待っているはずの恋人の顔が、まざまざと脳裏に浮かぶ。

アンドロメダの絵を描きながら、私の帰りを待っている可愛いジュラ。

きっと私は、あの子を守れたんだ。

小暮の上にいる〝おっかねぇ人〟の顔も名前も知らないけど、あの女の言葉を信じるなら、ジュラを追う気も、お金も取り返す気もなくなったみたいだ。ただ、女の私にコケにされたのが悔しくて悔しくて、仕返しだけはしておこうとでも考えたんだろう。

仕返しされるほど悔しがらせたってことは、つまり私が勝ったってことだね。花札で言えば、小さな役でギリギリの点差かもしれないけど、勝ちは勝ちだよ。ざまぁみろ。

(あぁ、ジュラの描いたアンドロメダが見たかったな)

絶対に自分の目で見ることはできない、二百五十万光年先にあるっていう銀河――それは、ホントにあるんだろうか。実はデタラメなんじゃないの?

けれど、あるということだけは教えられたのに、自分の目で見ることのできないものは、この世界にもたくさんある。

夢だって、希望だって、愛だって、みんな目に見えないけど、ちゃんとあるんだ。そうなんだって、ジュラが私に教えてくれたんだ。

体が支えられなくなって、濡れたアスファルトの上に倒れ込む。

(ジュラ……大好きだよ)

最後の最後に、そう言える人がいてよかった。あの子こそが、きっと私のアンドロメダだ。

（ジュラも、私のこと、大好きって言ってくれたよね……うれしいな）

（でも、もうダメかな）

倒れた拍子に体が暗い空に向いて——その瞬間に、私は信じられないものを見た。

ウソだと思うかもしれないけど、DVDで見たのと同じようなアンドロメダ銀河が、視野いっぱいに広がっていたんだ。

私にとって幸せだったのは、それが幻だと疑う時間さえ、残されてなかったこと。

「エルメスさん」

その光景に、ささやくようなジュラの声がかぶさる。

「今度会ったら、ギュッてしてくださいね」

うん、きっとするよ——そう答える前に、すべての光が溶けて、混ざり合って、奇妙な風の音と一緒に遠ざかって、ふっと暗くなった。

本作品は二〇一八年九月、小社より刊行されました。
作中に登場する人名・団体名は全て架空のものです。

双葉文庫

し-38-02

アンドロメダの猫《ねこ》

2022年1月16日　第1刷発行

【著者】
朱川湊人《しゆかわみなと》

【発行者】
箕浦克史
【発行所】
株式会社双葉社
〒162-8540 東京都新宿区東五軒町3番28号
［電話］03-5261-4818(営業部)　03-5261-4831(編集部)
www.futabasha.co.jp（双葉社の書籍・コミックが買えます）
【印刷所】
大日本印刷株式会社
【製本所】
大日本印刷株式会社
【カバー印刷】
株式会社久栄社
【DTP】
株式会社ビーワークス

【フォーマット・デザイン】
日下潤一

ISBN978-4-575-52529-8 C0193
Printed in Japan